ハヤカワ文庫 JA
〈JA1473〉

ALTDEUS: Beyond Chronos
Decoding the Erudite

小山恭平・柏倉晴樹・カミツキレイニー・高島雄哉

早川書房
8631

目次・扉デザイン／雷雷公社

ENCODING — 記銘 — 7

Mounting the World —— 世界実装 高島雄哉 13

RETENTION — 保持 — 102

JULIE in the Dark カミツキレイニー 105

RETRIEVAL — 想起 — 225

Blue Bird Lost 小山恭平 227

Decoding the Erudite 柏倉晴樹 375

巻末付録『ALTDEUS』スタッフ座談会 421

ALTDEUS
:Beyond Chronos
Decoding the Erudite

ENCODING ―記銘―

――〝私たち〟の最初の記憶を覚えているか？

私はずっと忘れていた。それは、記憶というにはあまりにおぼろげなものだったから。そのころ、私の世界にはまだ眩(まばゆ)い光とその影しかなかった。光にはやがて色がつき、影は絶え間なく動くようになって、私の脳に膨大な一次データを流し込んだ。

私がはじめて同一性を認識した世界のパターンは、ふたつ年上の姉の輪郭だった。何のことはない、学会で両親が不在がちだったあのころ彼女はいつも私のそばにいたからだ。

きっとはじめて見る乳幼児が珍しかったのだろう。彼女は私に顔を寄せて、正面から、真横から、飽きもせずにじっくりと観察した。やがて両眼視を獲得した私の眼が彼女の小動物めいた動きを追うようになると、楽しげに笑い声を上げた。

彼女は私の隣で、昼も夜も眠った。そうして、未熟だった私たちはお互いの好奇心を満たしあった。私の掌(てのひら)を撫でる指先の感触はくすぐったく、快いものだった。

私はその感触を確かに覚えていたんだ。それを、今日、思い出した……。


人形は鈍く光る実験台のステンレスの天板の上で、静かに横たわっている。

気まぐれに話しかけてはみたものの、反応がないことはわかっていた。

この人形は夢のようなものを見ている。私の脳からサルベージされた記憶のインストールは現在進行形で進んでいるが、自我の復元(デコード)にはこの後いくつかの工程が残っている。

手を伸ばして、人形の瞼(まぶた)の稜線から、すこし吊り上がった目元に指先で触れた。

その奥に隠された瞳が私を見つめるところを想像する。自らの手でデザインしたこの有機躯体(くたい)の造形は、私よりも姉のそれに似ているように感じる。意識してそう設計したのではなかった。けれど、完成した形を一瞥すれば無意識の望みは明らかだ。

こうして彼女の残滓(ざんし)を私の一部に残しておけば、きっと彼女を忘れずにいられる。

無言で横たわる人形を置き去りに、実験台のわきに置いたぬいぐるみを両手で抱いて立ち上がった。ラボを出て、中間層の環状の通路を横切り、地下に向かうエレベータに乗る。

地上から地下への資源の搬入にも使用されるエレベータは、装飾はなく鉄骨が剝き出しになっている。速度は地下に降りるほど緩やかになるよう設計されていた。このエレベータは地下九百メートルまで潜るが、人間の耳は急激な気圧の変化に耐える構造をしていないからだ。

しかし、それも肉体のほとんどを機械に換装した私には関係がない。

指先からシグナルを送って昇降機の速度を上げる。

高層階から見下ろす渋谷の街。この光景を、私は幼い頃から繰り返し見ていた。透明なエレベータの硝子越しに近づいてくる生まれ育った街並みの模倣（コピー）。けれど、今はもう、懐かしさはない。

記憶と言うのは不思議なものだ。

記銘（エンコード）されたデータから意識に浮かび上がるものは、ほんの氷山の一角にすぎない。私の脳は両の瞳から読み取った情報を、手が触れたものに関する情報を忠実に記録していた。この肉体を通して収集されたデータには私の身体的な特徴が表われている。

私たちは現象そのものを見ることはできない。私が記録しているのは、身体特性によってラベル付けされ、絶え間なく自己組織化していく閉じた世界。それが記憶であり、その集積によって構成される自我だ。

では、肉体がすべて変わってしまったら〝私〟はどうなる？

仮説はあった。だが、確信に至る答えを私はまだ得ていない。

錆びついた昇降機が止まる騒音が私を現実に引き戻した。視野内のウィンドウに表示される気温は十八度。地下九百メートルの空気は冷えている。

人類が地下に降りてから、およそ百六十年が過ぎた。そのあいだ数々の都市が地下に築かれたが、最下層に新たに構築されつつあるこの都市はある意味では最高傑作と言える。
A.T――〈Augmented Tokyo（オーグメンテッド トーキョー）〉は、拡張現実によって資源を浪費せず百六十年前の地上の渋谷を忠実に再現していた。
午前三時、街ごと眠りについたような渋谷をスクランブル交差点に向かって歩く。行く先に生体が存在しないことは、視野内に表示される地形マップの情報でわかっている。

だが、意外なことに、交差点には先客がいた。

交差する横断歩道の中央に立つ背の高い少年。いや……少女だろうか？

しなやかな体軀には人の目を見張らせる何かがあった。ぴんと背筋を伸ばし、顎を上げて空を見上げている。その視線の先には……夜空を模したテクスチャがあるだけだ。

偽物だらけのこの地下で、少女には奇妙な実在感があった。

しかし、彼女もこの都市のリアリティを向上させるために私のプログラムによって生成されているヴァーチャルな存在。その姿もパターンの組み合わせによって生成されたバリエーションのひとつに過ぎない。リアリティがあるのは、私の着想とその実装がうまく行った証拠だ。

そう思っても、妙に記憶を刺激する。いつだったか、こんなふうにスクランブル交差点の中央で、眩むように空を見上げる少女を見た。この少女に会ったのは……。

ああ、そうだ。

——二〇八〇年の八月四日。

あれは人類が最後に経験した、うだるように暑い夏の日。

あの頃、私は自分の肉体の一部を機械に換装したばかりだった。その影響だろう。あの時期の記憶の一部は、ノイズがひどくて断片的にしか読み出せていない。

データに欠けがあるのは、好ましくない。

私は音声解析プログラムを起動した。

こんなアナログな手法は不本意ではあるが、この記憶の復元(デコード)に失敗した場合の保険として、音声で記録を残しておくのも悪くはないだろう。

「記録：二〇八〇年八月四日」

淀（よど）みなく音声を吹き込んでいく。

あの少女に会ったのは、百六十年前。地上でメテオラがはじめて直接観測された、その日だった。

MOUNTING THE WORLD

Mounting the World ——世界実装

高島雄哉

高島雄哉（たかしま・ゆうや）

2014年、第5回創元ＳＦ短編賞を受賞してデビュー。2018年、受賞作を長篇化した『ランドスケープと夏の定理』（創元ＳＦ文庫）を上梓。他の著作に『エンタングル：ガール』（創元日本ＳＦ叢書）、『不可視都市』（星海社FICTIONS）があるほか、アニメーション作品『ゼーガペインＡＤＰ』『機動戦士ガンダムTHE ORIGIN』などでＳＦ考証を担当。

1st Inning――第1イニング

二〇八〇年の夏休み、高校一年のリッカは一人で国立競技場の外野席に座り、オリンピックの野球の試合を観戦していた。四年前に竣工(しゅんこう)した競技場は可変式で、今日はもちろん野球モードだ。昨日の大雨で洗われた青空には、小さな雲が一つだけ浮かんでいる。

今日は準決勝。日本対北極圏連合だ。

とはいえ目の前の現実空間で実際にプレイしている人間は、キャッチャーとファーストの二人だけ。あとはバッターも含めてみんなリモート操作のロボットだった。

今年もオリンピックはVR――仮想現実でおこなわれている。選手の多くは世界中のすきなところに住んでいて、普段の練習も今日の試合も、現地にある球場で、人間や遠隔操作のロボットを相手にプレイしている。そうして複数のリアルの球場から収集されたデータが統合されて一つの試合となるのだ。

このような情報化、拡張化は当然あらゆるスポーツにすぐさま浸透して、かつては——野球と拡張野球のように——言い分けていたけれど、リッカが生まれた頃にはすでにその区別はなくなっていた。すべては拡張されていく。

観客はと言えば、VRが本会場とはいえ、生で選手が見られる機会とあって——二十一世紀前半から定着した感染症対策中にもかかわらず——東京は新宿区の国立競技場も結構混雑していた。マスコミも多くつめかけている。

リッカのスマートフォンに会場から通知が送られてきた。今日の入場者は二万二千九百十一人。座席をひとつおきにした今日の最大収容人数は四万人だから、六割弱が入っているということになる。これが多いのか少ないのかは意見が分かれるところだろう。

人口が減り、スポーツの種類は増え、結果として野球人口は急速に減少している。リッカは共学の高校の硬式野球部に所属しているけれど、もしかすると過去に囚われているのだろうかと自問自答することがある。その象徴が彼女の手に握られたスマホだった。今では視界の中にAR——拡張現実を表示する〈視覚拡張デバイス〉を誰でも使っていて、それはさして高価でもなく、リッカのようなスマホユーザーは学年に一人いるかいないかなのだった。

　試合は両投手が好投して0-0のまま延長イニング（エキストラ）に突入しようとしていた。VR内の本会場に対抗するかのように、現実の競技場は大量のARテクスチャを空間に貼りつけている。リッカはARをスマホで見ながら観戦しているのだった。

　ロボットのピッチャーが投球モーションに入った瞬間、投球を受け止めるべきキャッチャーが立ち上がった。

　異変に気づいたリッカは、キャッチャーの視線を追った。

　そして思わず声に出してしまった。

「なにあれ」

　大会の演出だろう、と多くの観客は油断していた。みんなVRやARに慣れすぎて、現実との区別がつかなくなっているのだ。

　しかしリッカにはわかる。

　あれは映像ではない。巨大な人のかたちをした何かが空に浮かんでいるのだ。

　それは輝きながら、ゆっくりと地表に降りていった。

　数秒後、光が弾けた。

＊

気づくとさっきとは全然違う座席の下に倒れていて、自分が吹き飛ばされたことがわかった。

すぐそばでは、同じく飛ばされたらしい人たちがうめき声をかすかに漏らしていた。ほとんどの人は倒れたままだった。リッカは全身を確認し、ゆっくりと起きあがる。少しだけ早く気づいたおかげで、身構えることができたのだ。

グラウンドでは——ロボットたちはみな倒れたまま——さすがに鍛えられた野球選手二人はとっくに立ち上がって、南側を見ていた。あれは渋谷の方角だ。

そこには——一見してわかるほどの——巨大なものがあった。人の形にも見える。

国立競技場の屋根部分はあらかた吹き飛ばされており、その合間から景色が見えた。

それは、周りの高層ビルよりはるかに大きかった。しかも、全身で息をするかのようにゆっくりと蠢いている。それは一見裸体のようだったが、表層は岩なのか金属なのか、それがぼんやりと光に覆われている。

その日、ある少女は憧れの109を闊歩していた。夏休みに地方から渋谷にやってきて、若い男たちが道で声をかけてくるのを軽快にいなして、クラウド雑誌でモデルをしているカリスマ店員とおしゃべりして——そこで彼女の人生は途絶えた。あるデザイナーは渋谷駅そばのカフェで、新しい電子ペーパー手帳について文房具メーカーの社員と打ち合わせ中だった。追加資料をクラウドから落とそうとしたが急に接続が切れてしまった。せっかく8Gの高速ネットが使えるカフェを選んだのに。客たちがざわめき、窓際に集まっている。何かあったのかとようやく彼が気づいた直後、商談はカフェごと消えてしまった。

渋谷で繰り広げられていたささやかな日常は、その巨人が地面に足をついた瞬間、すべて消え去ってしまった。まるで世界が新しく実装されたかのように。

屋根の裂け目から見える巨人は、腕をだらりと下げたまま、何かを考えているのか、あるいは何かを探しているのか、しばしそのまま静止してから、挨拶をするかのようにおもむろに右手をふりあげた。

指先に膨大な光が沸き起こる。直後、振り下ろされた右手からは光の刃が地面を切り裂いていく。それはまわりのほとんどのビルより高く、通過した後には瓦礫（がれき）の道ができていた。

リッカの周囲の人々はパニックに陥りながら目や手に装着したデバイスで検索を始めている。リッカも慌ててスマートフォンを取り出す。しかしあらゆる通信回線は失われていた。

だが情報収集をしている場合ではないのは、すぐにみんな気づいたようだった。渋谷に突如現れたあれが、巨大な体の一部を振り上げて、去年できたばかりの渋谷ハイタワーをまたたくまに崩してしまった。

ざわめきは一瞬だけ不気味な静寂に変わり、直後、会場は悲鳴に包まれてしまった。

人々は一斉に会場を出ようと走り出した。一体どこに行けばいいのかはわからないまま。しかし国立競技場は渋谷の北側にあったため、まずは巨人から離れようと、多くの人々が北側出口に殺到した。

リッカは西側の出口から外に出ることにした。

しかし混乱は競技場の外のほうがひどかった。道路は大渋滞。近隣のありとあらゆるビルから人々が溢れ出て、北へ北へと駆け出している。交番には人が押し寄せているが、警察官はしきりに落ち着いて行動してくださいとメガホンで呼びかけるのみで、状況を理解しているようには見えなかった。巨人の正体もわからないのに落ち着ける人などいるはずもなく、代々木よりも南から来た人たちも増えてきて、国立競技場の周りは恐慌状態だった。リッカは持ち前の身体能力を発揮して、人の流れを読み切り、誰もいない路地裏へと駆け込んだ。

自動販売機が地震だと判定したのか、無料でジュースを取り出せるようになっている。一息つきたいところだが、今はそれどころではない。大通りの人の流れを見ながら、親に電話をかけた。今朝、試合観戦に出かける直前に喧嘩したばかりだったが、そんなことを言ってはいられない。

電話の基地局が混雑しているのか、ようやく呼び出し音が鳴って、すぐさま母親が出た。

「リッカ！　大丈夫？　今どこ？」

「まだ国立競技場の近く。わたしは大丈夫だけど、こっちはもうメチャクチャで」

声が繋がりほっとしたのもつかの間、またしても電波障害が起きた。周囲の騒音とノイズの中、聞き取れたのは、

「帰らないで！」

という不穏な一言だけだった。

リッカの家は北区赤羽（あかばね）にある。区の名前の通り、渋谷から二十キロは北にあり、ここよりもはるかに安全なはずなのに。まさか赤羽にも別の巨人がいる？

リッカは急に心細くなって、父親や友人に手当たり次第に電話をかけてみたが、もはや呼び出し音も鳴らなくなった。

周りを見ても、ここがどこだかよくわからない。それでもリッカはそろりそろりと動き始めた。二〇八〇年の高校生のたしなみとして――今日のように制服を着て――渋谷には時々行くけれど、国立競技場に来たのは初めてだったのだ。

今日はオリンピックの野球の試合だ。同じ野球部の部員たちを誘おうかと思ったものの、最近ギクシャクしていて、結局一人で来ることにしてしまった。

衝撃は大きさを変えながらも、数分おきにリッカの周囲を襲っていた。もしもっと近ければ、ただではすまないだろう。

実際、大通りでは爆風で車が何台もひっくり返り、あちこちで人が倒れていた。立っている人もケガをして、ふらつき、その場に倒れ込んでしまう。

「核爆弾だ」

と誰かが大通りで叫んだ。

その一言があっというまに周囲の人々に伝染して、異口同音に騒ぎ始めた。

それからはもうひどい有り様だった。

皆がパニックになりながら、あてもなく駆け出した。ビルに駆け込む人もいれば、地下鉄の駅に向かう人もいた。

リッカも流されそうになる。しかしたまたま——幸運だったというべきだろう——人通りの少ない路地にいたため、文字通り距離をとって見ることができたのだ。

それはリッカがキャッチャーをしていることと少なからず関係していたかもしれない。

守備において、他の八人が敵バッターに対峙するのに対して、キャッチャーはバッターの後ろに構えて、仲間に向き合い、全体に指示を出す。どんなに追い詰められていても、キャッチャーは常に冷静であらねばならないのだ。

わたしの指示はチームメイトに聞いてもらえなかったけど、とリッカはぼんやり考えていた。

それから、両手で自分の頰を強めに叩いて気合いを入れた。

――落ち着け。語呂合わせがあったはず。

そう、ついにゼロ個に、二〇五二年――核兵器全廃。

小学生の時に覚えさせられた、人類にとっての奇跡の年の語呂合わせだ。

もう、この世界に核爆弾は存在しない。

もちろんこの世からすべての暴力がなくなったわけではない。

それでも核爆弾ではない。

これはもっと別のものだ。あの巨人、あれは神なのだろうか。

めまいにも似た感覚がリッカを襲う。

――違う。ここは考える時じゃない。来た球を打つだけ、バットを振るだけ！

リッカはいつもキャッチャーとしてプレイしている時のように、皆とは逆の方角を、衝撃が来た方角を冷静に見ることにした。

大通りに近づくにつれ、人々の恐れ慄く声が大きくなる。それはリッカを怯えさせるのに充分だった。みんなの恐怖を受け止めて、それでもなお声を出してみんなを励ますのがキャッチャーだ。そう、初めての女性メジャーリーガーはキャッチャーだった。

人の流れの中に、誰かがうずくまっているのが見え、リッカは考える前に駆け出していた。

2nd Inning――第2イニング

リッカが見つけた少女は、どうやら何かを探しているらしく、ヒラヒラのスカートが地面につかないように気をつけながら歩道の植え込みのわずかな隙間にしゃがみ込んでいる。

「ブリトマルティス、返事して。私だよ、ユイだよ」

リッカが近づくと、その子が植え込みに向かって呼びかける声が聞こえた。飼い犬が逃げてしまったのか。その子に声をかける大人は誰もいない。リッカだって逃げ出すべきだとはわかっていたけれど、それでも放置なんてできなかった。

「ブリトマルティスって犬？　猫？」

「え……」

少女は驚いたように顔を上げた。美しい切れ長の目でじっと見返されて、リッカは少々たじろいでしまう。

「いえ、犬でも猫でもなくて、ARメガネ――視覚拡張デバイスです。さっき人とぶつかったときに飛んでいってしまって。買ったばかりなので、顔に馴染(なじ)んでなかったみたいです」

「音声認識か。周りに人がいるから認識できないのかもね。わたしも探す」

「ありがとうございます。助かります」

「このあたり？　ユイちゃん」

リッカは先ほど聞いた名前で呼びかけた。

「ああ、私の名前が聞こえてたんですね。ええ、このあたりです。あと、ちゃんは要らないです。もう中二なので。あなたは？」

「ちゃんは要らない、了解。わたしはリッカ。高一だよ。よろしく」

大通りほどではないが、人通りは少なくない。もしメガネが誰かに蹴られたとしたら、渋谷から離れる方向にさらに飛ばされた可能性が高い。

「スマホで呼び出せば――ってつながらないんだった」

「リッカさん、そのスマホ、自作ですか？」

「自作なはずないじゃん、おじいちゃんの形見だよ。——ユイはこの近所に住んでるの？」

　リッカは年下の子を落ちつかせようと話しかけていった。

「いえ、私は奨励会に行くところだったんです。将棋の。千駄ヶ谷（せんだがや）駅の駅ビルに将棋会館があって。いつもは駅の外に出ないのに……」

「あ、お父さんが話してたかも。年に四人しか入れないんでしょう？」

「年四人というのはプロ棋士になる人数のことですね。奨励会で勝ち抜いた四人だけがプロになれます。私も今日勝てばその四人に入れたんですけど」

「すごい！　わたしのほうはそこの競技場で野球を観てて。最終回で延長になるかどうかのいいところだったのに」

「野球って一人で観戦するんですか」

　ユイが素朴に訊いていることはリッカにもわかった。しかしだからこそ一層腹が立つ。

「チームメイトとケンカしてるから！」

　ユイはきょとんとしてしまった。リッカは恥ずかしくて、ユイに背中を向けてメガネを探し始めた。

「あったあった！　これじゃん？　何か喋ってる！」

「それです！　ありがとうございます！」

＊

ユイは小さな手でARメガネを受け取り、きれいな鼻筋のうえに載せた。

「ブリトマルティス、ユイのこと、わかりますか？　ああ、良かったです」

「今AIと話してる？　オンラインってこと？」

リッカはスマホユーザーだが、最低限の知識は友達との話で知っている。

通常、AIはデータ量が大きすぎて——デバイスにはデータを置かないため——オンラインでないと使えないのだ。

「いえ、オフラインです。ただ、私のメガネは将棋AIを搭載できるように、容量が大きいタイプにしたので、AIの一部の機能が残っていたみたいです」

ユイがその長く艶(つや)やかな黒髪をかきあげるとメガネの弦(つる)が見えた。確かに少し太い。それにしても小さくてきれいな耳だと、リッカは感心してしまった。

「じゃあ避難場所とかも覚えてるかも？」

「確かに！　ブリトマルティス、スピーカーにして。――リッカさんも一緒に話しましょう」

――はい、わたくしはAIブリトマルティスの一部、〈ブリトマルティス分裂体〉です。何か御用ですか？

AIの無機質な、しかし呑気な音声が響いた。

「避難場所、教えて！」

リッカはスマホの画面に必死に呼びかけた。

――火事ですか、地震ですか。

AIの問いかけに、二人は顔を見合わせたが、たちまち互いにうなずき合って同じ解答を叫んだ。

「怪獣！」

――映画ですね。避難する必要はありません。

ブリトマルティスはあくまでも冷静だ。

「映画じゃないってば！」

「リッカさん、この子はさっきからクラウドとの接続が切れていて、リアルタイムの情報をまったく持っていないんです。私がこの子に説明します」

一分ほどのユイの説明の後、ブリトマルティスは再び落ち着いた声で答えた。

——怪獣は存在しません。

「もう！」

両手をばたばたしてかわいらしく抗議するユイを見ていて、リッカが思いついた。

「ブリトマルティスだって、クラウドに繋がらないでしょう？」

——……確かに……繋がりません。

数秒後、ＡＩは謝罪を始めた。

——失礼いたしました。ユイそしてリッカ、お二人の言葉を全面的に受け入れます。

「で、これからどうしたらいいかな？」

すると、ブリトマルティスは驚くべき発言をした。

——渋谷に行くことを提案いたします。

「え？」

リッカとユイの声がハモった。

「このメガネ、蹴っ飛ばされて壊れちゃったんじゃない？　さっきユイが言ったばかりでしょう、渋谷には巨人がいるんだよ。みんな逃げてる中、そこに向かえ？　ムリムリムリ」

今だって、さらなる衝撃によって近くにあった水道管が破裂して、リッカたちはびくっと身を震わせたばかりなのだ。噴き出す水の音で、ブリトマルティスの声が聞き取りづらくなったが、優秀なＡＩは即応する。

――リッカさんのスマホとリンクしましょう。少しは話しやすくなりますから。さて、事情は承知しておりますが、そのうえで渋谷に行くことを提案します。

「理由は？　なんでそこまで渋谷推しなの？」

――渋谷には、私が生まれた〈ＡＲＣ（アーク）〉があるからです。

「なにそれ」

「ブリトマルティスの作製者であるジュリー博士の研究施設、〈ＡＲＣ（オーグメンテッドリサーチセンター）〉、通称アークです。渋谷の地下に広大な実験設備を作っていると」

そのとき衝撃が二人のそばの車道を駆け抜けていった。

さきほどと同じ、巨人が手を振り上げて出した衝撃波だ。ここからでも巨人の上半身が見える。まわりのビルと比べると、その身長は数百メートル以上だとわかる。

「ブリちゃん、あそこに行けって言ってるの？　絶対無理！」

リッカはスマホに映る、ブリトマルティスのＢというアイコンに向かって叫んだ。

「他の手はありませんか？」とユイ。

――オフラインではわたくしにも限界があります。人工衛星がサポートする〈衛星クラウド〉であれば生きているはずです。アンテナがあれば、あるいは通信できるかもしれません。

クラウドのサーバーは衛星に搭載されている。衛星に接続できれば、新たな情報がつかめるかもしれないし、家族とも連絡できるかもしれないのだ。

「アンテナですか。ご近所のおうちで借りられるでしょうか」

――大学に行けば自家発電設備もあるでしょう。大学はすぐ近くです。

「ブリちゃんいいね」

「リッカさん、さっきからブリちゃんって何ですか」

「いいじゃん、ブリちゃん。ブリトーみたいでおいしそうだし」

「ブリトー？」

リッカはニッと笑った。

「生き延びたら一緒に食べにいこう！」

3rd Inning——第3イニング

方針が決まると、リッカもユイも少しだけ元気になった。

最寄りの大学に近づくにつれて破壊はますますすさまじく、すれ違う負傷者も、そして目の当たりにする死者も、加速度的に増えていった。

「まさかこのにおいって」

「それ以上は言わないでください」

それは崩れたビルの粉塵であり、燃えている車の煙であり、倒れた人の流血であり、あるいは生命体が消尽した痕跡が、すべて混じり合いながら押し寄せてきているのだった。

青山のど真ん中に位置する私立大学に入るのはたやすかった。レンガ造りの塀は瓦解、学生も職員も避難したらしく、構内はもぬけのからだった。

ブリトマルティスがユイのメガネ搭載カメラを介して、構内地図を解析していく。施設名と研究室名が載っている。

——研究内容から、工学部B棟211号室にありそうです。

停電で棟内は薄暗い。

目的の部屋のドアは、鍵どころか扉ごと外れていた。量子通信研究室と書いてある。中に入ると、天井から金色の筒が垂れ下がっている。

——〈ミルザハニ型光量子コンピュータ〉です。博士がほしがっていたものですが、今は置いておきましょう。ベランダにアンテナはありませんか？

倒れた本棚を乗り越えて二人はベランダに出た。

「危ないです！」

ユイが、先を行くリッカの腕を摑んだ。

ベランダの床は、先ほどの衝撃のためだろう、完全に抜け落ちていた。

「ありがとう」

「いいえ。でもどうしましょう」

ベランダの床は幅一メートルほど。その先の手すりは残っていて、パラボラアンテナが固定されていた。アンテナからはケーブルが垂れ下がっている。

「あの手すりは頑丈かな」

——アンテナの振動から見て、手すりに損傷はないようです。

「よし、任せて」

リッカはそう言うやいなや、ユイの目の前からベランダの手すりに、助走もなしに飛びついてしまった。

ユイは思わず目を伏せたが、リッカは手だけですするすると移動して、アンテナにたどりついた。

「もう！　むちゃしないでください！」

「怒らない怒らない。ケーブルはこれでいい？」

ユイはケーブルを受け取るとささっと中に入ってしまった。

リッカは手すりから排水管に飛びつき、すぐにユイに続いた。

――通信確立中、確立中……。リンク完了です。

歓声を上げたリッカとユイは早速それぞれの親に電話をかけた。しかし、もはや当然のように、電話は鳴りもしなかった。

――僭越ながら、リアルタイム更新されているチャンネルを発見しました。

「ニュース？　渋谷のこと話してる？」

――どちらもノーです。NASAの宇宙飛行士が北京(ペキン)について話しています。

「NASAのチャンネル？　SFっぽい」

「リッカさん。NASAは現実にある組織です」

ブリトマルティスが瞬時に二人のチャンネル用アカウントを作成した。

二人がログインすると、発信者はすぐさま反応した。

——良かった！ 地球人全滅したのかと思ってたよ。こちら国際宇宙ステーション。宇宙飛行士のウェンウェンです。

「ウェンウェンってハンドルネーム？ 宇宙からっていう設定の配信番組？」

ユイの言葉をメガネが拾い、チャンネルのコメント欄に書き込まれてしまった。

——ぼくの名前は張文文（チャンウェンウェン）。NASAのサイトからの認証もあるから調べて。本当に宇宙から見てるんだよ。

サイトの情報欄には宇宙飛行士たちの個人情報が公開されていた。中国の農村部出身のウェンウェンは二十五歳、火星に行くのが夢だという。

ブリトマルティスがサイトの真偽判定をおこない、九十七パーセントの確率で真正のNASA宇宙飛行士だと推定した。

——奨励会員？ 将棋の？ わぉ。ぼくは糸原十冠（いとはらじっかん）の大ファンなんだ。

その時、爆音が響いて窓がびりびりと震えた。

衝撃波が直撃すれば、この建物も無事では済まないだろう。しかしリッカもユイも、ウェンウェンとの情報共有はしたかった。

——そこは東京、渋谷の近く？　停電してないんだね。

「太陽光パネルで発電しているんです。そちらから渋谷の様子が見えるんですか？」

——……渋谷に現れた巨人は確認している。ただ、それだけじゃないんだ。

ウェンウェンの低い声に、リッカが素早く反応する。

「もしかして赤羽にもいる？」

——アカバネかどうかはわからないけど、東京には十体以上がいる。北京にもだ。……落ち着いて聞いてほしい。世界中に千体以上が出現して、その土地を、都市を徹底的に破壊しているんだ。

リッカもユイも絶句してしまう。

続けてウェンウェンは、各地に出現した巨大存在の画像を二人のデバイスに送信した。

幾何学的な形をしたもの、地球上の生物に似たもの、いわゆる怪獣に似て非なるもの——多種多様な巨大存在が世界中で同時に破壊行為を始めたのだ。

各国の軍が対策をしているが、うまく機能する前に壊滅した部隊も多いという。

ユイは画像を凝視しながらウェンウェンに尋ねた。

「NASAの宇宙飛行士の方ならご存じでしょう、渋谷にはARCがあります。わたしのAIがそこに行きたがっているんですが、何かあるんでしょうか？」

——なるほど、きみのAIはジュリー製か。ARCは地下に恒久的な施設を作るプロジェクトだ。シェルターとしての役割もあるだろうから、少なくとも闇雲に東京をうろつくよりは安全だろう。言いにくいけど、渋谷のまわりにも何体もいる。不入虎穴、焉得虎子——虎穴に入らずんば虎子を得ず、日本でも使うよね？

ウェンウェンの日本語は流暢だった。自動翻訳ではない。日本のVRゲームや小説を楽しむために——宇宙飛行士になるために数学や物理学の勉強をしながら——独学したのだという。

「将棋でもそういう局面はありますけど……」

ユイは不安そうだ。当然だ。ARCという穴の前にいるのは、虎ではなく、一瞬で渋谷を壊滅させた巨大な、神のような存在なのだから。

リッカは自分がユイを守らなければと思った。そう、わたしはキャッチャーなのだ。気持ちを受け止めないと。

「まったく、大穴狙いだね。地下だけに」

ユイは数秒考えてから、わずかに笑った。

「なんですかそれは」

「お父さんがVR競馬すきで、いつも大穴狙いなんだよ。なんか思い出した」

「……私も家族や将棋仲間に会いたいです」

「うん……。行こうか、ARCに」

＊

リッカとユイの決断を聞いて、ウェンウェンはブリトマルティスとの常時接続を設定した。

――巨人は時速十キロで移動しながら、およそ三百二十秒ごとに衝撃波を出す。今は渋谷駅から北へと向かっているみたいだ。きみたちの位置からは、いったん西へ迂回すれば、安全にARCまで行けると思う。何かあればすぐに言うから。

「ありがとう、やってみる」

「お世話になります」

二人の音声コメントに、配信画面の中のウェンウェンがうなずき、追加データを表示した。世界地図だ。

――都市以外にも、海洋にも百体ほどが出現していて、いずれも国連や民間の研究船がいたはずの調査位置と重なっている。郊外にも同じくらい。日本だと神岡（かみおか）だね。

「神岡？〈デュアルカミオカンデ〉があります！」

ユイが叫んだ。

しかしリッカはピンとこない。

「ジェットコースターの名前？」

「リッカさん、そのスマホはニュースサイトが表示されない仕様なんですか？」

「それ、イヤミっていうことはわかるから！」

「去年三つ目のノーベル物理学賞を獲った、伝説的な観測装置が岐阜県の神岡町にあるんです！　誰でも知っていると思っていました。十年前からの日中米三国共同研究でM理論が予言する量子エンタングルメントを媒介する粒子を——」

「わかったわかった。そこにはすっごいマシンがあるってことだね」

——もしかしてあの存在は、研究活動の盛んな場所を狙って出現した？

ウェンウェンの言葉に、リッカもユイも黙り込んでしまった。

4th Inning――第4イニング

渋谷ARCへの迂回ルートを歩くこと二十分、突然ユイのメガネから電子音が鳴り響いた。ゲームで超強力なアイテムを入手したときの演出のように。

続いてメガネからブリトマルティスの声が轟いた。

――ARCネットワークに繋がって、わたくしは完全体になりました！　通信能力も分析能力も一千万倍です！

崩れたビルの名前から、渋谷区に入ったことがわかった。

リッカはついついハイタッチやハグをしたくなってしまったが、ユイとはまだそこまで親しくないのだった。

そのときユイの視界に、銀髪の小柄な女性が現れた。

拡張現実のリアルタイム映像だ。リッカもスマホ画面で見るが、誰だかはわからない。

「えっと、誰？」

「ジュリー博士？」とユイ。

——私のことを知っているとは感心感心。

「渋谷区の回線が使えているということですか」

ユイの質問に、すぐさまジュリーの怒声が返ってくる。

——区なんて関係ない！ これは私の独自無線だ！ 渋谷区のあちこちに私の基地局がある！ ほとんどあいつに壊されてしまったが。デバイスの持ち主、ちょっと私のＡＩと話をさせてくれ。ブリトマルティス！ またきみは勝手に人間を連れてこようとしているな！ しかも二人とは！

——お言葉ですが、私はこの二人が初めてです。

——さっきまでのきみがそうであったように、分裂体があちこちのメガネに残っているんだよ！ 最新機種のデバイスにしか分裂体は保存されなかったようだが、それが都内に数百体以上も生まれてしまって、きみと同じく、避難民を連れてきている！ そんなボランティア精神、植え付けた覚えはない！ 私は〈メテオラ〉の研究で忙しいんだ！

「あの、〈メテオラ〉って何ですか？」

リッカがジュリーの言葉に反応した。

ジュリーは拡張現実内でユイのデバイスに向かって文句を言うのをやめて、リッカのほうを振り返った。

――私の頭の上を歩き回っているあれのことだ。名前がないと何かと都合が悪いからな、私が〈メテオラ〉と命名した。天上のものという意味だ。

「隕石(いんせき)をメテオライトと言いますね」とユイがうなずく。

「メテオラは宇宙から来たってこと？」とリッカ。

――ぽんぽんとうるさい子供たちだ。渋谷の巨人は頭頂高およそ七百メートル。あんなもの、地球どころかこの近傍宇宙のどこにも存在しなかったし、人工物でもありえない。人類は未だあのサイズのものをあんな高速で動かすことはできないからな。世界最大のロケットであるサターンVは全長百十メートル、去年就航(しゅうこう)したアフリカ連合軍の超々大型空母は三百七十九メートルだ。しかし空母は空を飛ばないし、あんな高出力の衝撃波も出せない。

メテオラ襲来から一時間もたっていなかったが、ジュリーはすでに多くのことを分析していた。

――だったら宇宙人ですか？

回線を経由してウェンウェンがジュリーに意見をぶつけた。自分は博士のファンですと付け加えて。ウェンウェンは色々な人のファンらしい。

しかしジュリーはつれない。

——きみは本当に宇宙飛行士なのか？　少し黙っておいてくれたまえ。未知のものを見るとすぐに宇宙人で説明したつもりになるのは知的怠慢に他ならない。それにだよ、あれが宇宙人だとしても、何もわかったことにはならない。人類は他の星のことなんてほとんど知らないんだ。闇雲に数式操作しても解答にはまったく近づけない。

ウェンウェンはしゅんとしてしまったが、リッカとユイはそうはいかない。いつあの巨人に攻撃されるかわからないのだ。

「あの、わたしたちそちらに行っても？」

——話しているあいだにきみたちのことは調べた。野球に将棋か。

リッカはすぐにジュリーの言葉の棘に気がついた。

「野球と将棋キライなんですか」

——シンプルなルールが設定された世界は、いかに美しくとも、すぐに汲み尽くされてしまう。どちらの分野にも詳しくはないが、どちらもＡＩの使用を制限しているのではないか？

それはジュリーの言う通りだった。投手の身体的な癖を見れば球種は一発でわかるから、選手はどのような視覚拡張デバイスも使用を禁じられている。

「でもそれは野球を面白くするためで——」

と言いかけたリッカの言葉をユイが遮った。

「――博士の言うとおりです。もう六十年以上も前から、プロ棋士のほとんどは人間相手の練習を極力減らして、AIとの対局を繰り返しています」

――そうだろうとも。プロであるならばなおのこと、合理的に判断するだろう。

「それでもなお私たちが将棋を指すのは、今ここにあるものだけで戦う喜びがあるからに他なりません」

そのとき地面が大きく揺れた。

「また攻撃?」

「こちらに近づいているみたいです!」

しかしジュリーは構わずに話しかける。

――今ここにあるもので戦う喜びだと? 今ここにないものを手に入れなければ、そいつには永遠に勝てない! ついでに言うと、きみたちの居場所はこちらにはない!

「人でなし!」

とリッカが叫んだ。

――ふん、それは私にとって最上級の賛辞だ。何と言っても、私は人であることから抜け出ようとしているのだから。

「人から……抜け出る？」とリッカ。

「そんなことはできません」ユイが断言した。「〈人は否応なく世界と繋がり合っている〉」

——なんだそれは。私の言葉ではない。

「現役最強棋士、糸原十冠の言葉です」

十冠というのは、現在の将棋における十大タイトルすべてを保持していることを表す称号なのだという。ユイはひとり、自慢げだった。

——くだらん！

ジュリーの言葉が終わる前に回線が切断してしまった。

＊

リッカとユイの困惑をよそに、VR空間ではアバターのジュリーとアイコンのブリトマルティスが対峙していた。

回線を切断したのはブリトマルティスの独断だったのだ。

「どういうつもりだ？　もう少しで黙らせることができたのに！」

——博士、あの二人の会話から〈ミラー双対（そうつい）反応〉が観測されました。

「きみの、いや、きみたちの意図は気づいていたよ。非言語対応に長（た）けた二人組をここに連れてきているんだろう。しかし、私だってさきほどの会話中に測定していたが、きみが連れてきた二人の値は最も低い！」

——ARCにはまだ余剰空間（エクストラスペース）があるはずです。あの二人に精密測定の機会を。

「言っただろう、空きなんてない！」

——博士の頭脳には、無限の余剰があると確信していればこそ。

ジュリーは自作のAIの賛辞に喜ぶことは一切なかった。幼いころより世界中から褒め称えられてきたのだ。二十歳になったときには世界トップ十の大学の終身在職権（テニュア）を獲得したものの——ジュリー本人によれば他の研究者の思考が遅すぎて——至るところでトラブルを起こして、ついに帰国することになった。ARCは、世界最強の天才ジュリー一人のために作られた研究施設なのだ。

「いいだろう。ARCの隔壁は一時間後に閉鎖する。一秒だって待たないからな！」

そう言うとジュリーは一方的にブリトマルティスをユイのメガネに押し戻した。

5th Inning――第5イニング

　ジュリーの時間制限に文句を言いながらも、リッカとユイは足を早めていた。

　大通りに出ると、巨人が右手を挙げ、空に向かってエネルギー波を放射し始めるところが見えた。

「あれってまさか宇宙ステーションを攻撃してる?」

「どうでしょう。今ここの上空にいるとは限らないし、宇宙ステーションは一秒間で七キロ以上の速度で移動していますから」

　――世界中のメテオラが、空に映えている!

　ウェンウェンが送ってきた映像は先程のものよりもずっと禍々(まがまが)しいものだった。

　様々な形態の巨大な存在、ジュリーの名付けによれば〈メテオラ〉が、人工衛星に向かって――カメラに向かって――その形態に応じて、口のような、手のような、ありとあらゆる部位から、衝撃波を放っている。それは死そのものを放っているようだった。

　――メテオラの速度が上がったみたいだ。もっと早く走ったほうがいい!

　リッカは思わずユイの手を取って、メテオラを迂回しながら走り出した。

　数分後二人が駆け込んだのは広い公園だった。そこには多くの負傷者が避難していて、近所の病院からスタッフも来ていた。みんなひどく疲れ果てている。

「あの……」

ユイが立ち止まって、リッカがつないだ手を見つめている。

「あ、ごめん。痛かった？」

「いえ……ありがとうございます。私、足遅いので」

妙に殊勝なユイのしぐさに、リッカは一瞬で赤面してしまって、慌てて手を離し、背中を向けた。

「代々木公園か。本当に渋谷まで行く価値あるのかな。わざわざ、メテオラのいるところに」

「あります！」ユイが息を整えながら続ける。「ジュリー博士ですよ？　あんなキツめの言い方の人だとは知りませんでしたけど」

「わたしはそもそも、あの人自体知らなかったし。それに天才だからってメテオラに勝てる？」

ようやく息を整えたユイが、もう一度深く息を吸ってから言った。まるで自分に言い聞かせるかのように。

「〈しかしながら結局のところ、私たちには知性しかないのだ〉」

――糸原十冠の言葉ですね！

ユイとウェンウェンがなんだか盛り上がっている。やれやれ。将棋においては、それはもう、知性こそがすべてなのだろうけれど、相手は将棋盤をひっくり返してバラバラにしてしまうような存在なのだ。

「その十冠だったら、渋谷に行くかね」

とリッカは若干ふざけた口調で、挑発気味にユイに言った。

「行くに決まってます！……いや、いえ、どうでしょう、私など足元にも及ばないので、あるいは別の判断をするかも」

リッカはくすくすと笑ってしまった。

「なんですか？」

「いや、あなたのこと誤解してたなって反省した。わかった、ARCに行こう」

ユイは、ジュリー博士や糸原十冠のような実績のある人にただ従属しているわけではなかった。もちろんそういう人たちの優秀さは認めながらも、それはあくまでも思考過程をユイ自身で追いかけた上でのことなのだ。

リッカは思ったことを率直に伝えた。

ユイはぶんぶんと首を横に振る。

「そんな立派なものではないです。相手の考えを読もうとして、まんまと乗せられて負けることも多いです」

「相手のことを考えるだけ立派だよ。わたしは結構すぐに拒絶しちゃうから」

出会って二時間ほど経っただろうか。二人はようやく互いの心に触れた気がしていた。

メテオラが現れなければ決して出会うことのない相手と。

──ＡＲＣ閉鎖まであと二十五分です。

ブリトマルティスは同時に二人のデバイスに地図を示した。代々木公園から渋谷駅までは一キロほど。メテオラがいなくても徒歩で十五分かかる。

「ちょっとちょっとブリちゃん。ぎりぎりなんだけど、ＡＲＣって渋谷駅にあるの？」

──渋谷駅前交差点、通称〈渋谷スクランブル交差点〉にたどり着いてください。そうすればあなたたちはＡＲＣに入る資格を得る。そこで初めて詳細位置を開示します。大丈夫。あなたたちなら間に合います。

重くなりつつある足を動かして公園の外に出た次の瞬間、ウェンウェンの悲鳴と爆発音が聞こえた。

「ウェンウェン！」

二人が叫んだ直後、より大きな爆発が通信を断ち切ってしまった。

*

気づくとリッカは一人、粉塵と暗がりの中に倒れていた。

一度目の爆発はウェンウェン側のものだったが、二度目はリッカたちをほとんど直撃したメテオラの衝撃波によるものだったのだ。

粉塵が収まると、その向こうには青い空と、それからどこからか流れてきた煙の筋が幾本も見えた。

リッカはゆっくりと立ち上がった。どうやら短い地下通路らしい。

「ユイ？」

砂埃がかすかに揺らぐだけで、ユイはどこにも見当たらない。

足元に瓦礫の山があった。衝撃で地下通路の天井が抜けたのだ。

「まさか」

リッカはイヤな予感がして瓦礫の中を探った。飛び散った赤い斑点、土にまみれた白い肌、ひび割れたARメガネに、まったく動かないユイ——そんなイメージが脳裏に浮かぶ。

「まさかまさか」

しかし瓦礫の下からは潰れたペットボトルが出てきただけだった。

ひとまずは安心したリッカは、大きな瓦礫に足をかけて地上にあがった。

そこには先ほどまであった街路樹はなく、先ほどまでなかった空隙があった。衝撃波が町を切り裂いた痕跡だ。――これにわたしもユイも巻き込まれたのだろう。

「ユイ！　いないの？」

リッカは何度もユイを呼んだが返事はない。スマホを見てもリンクが切れていてウェンウェンもブリトマルティスも応答はない。

あちこちで爆発音や警報音が鳴り響いていて、人がいくら叫んでも、遠くまでは聞こえないだろう。

「ウェンウェン、大丈夫かな」

そして、ユイは無事だろうかとリッカは少しだけ心配する。少しだけだ。ユイなら大丈夫。あの子は結構タフだ。歩きにくい靴で、文句も言わずにずっと歩いている。わたしが中学生のときに、高校生を相手にあんなに平然と話せただろうか。わたしだったらきっと黙り込むか、あるいは逃げ出しているに違いない。

リッカはユイの行動を想像する。――ユイはわたしを探しているだろうか。偶然出会っただけのソリの合わない野球少女を。わたしたちにはなんの縛りもない。ユイはＡＩ搭載のメガネを持っていたし、わたしはジュリーのＡＲＣに懐疑的だった。

——ううん。きっとユイはわたしを探す。

それはもう間違いないことのようにリッカには思われた。しかし今は時間制限がある。ユイはしばしわたしを探したものの見つけられず、先にＡＲＣにたどりついてゲートを閉じさせないことを選んだに違いない。

だとすればすることは一つ。ユイを追いかければいいのだ。

ブリトマルティスが告げた、ジュリーが決めた刻限まで十五分。どうやら十分ほど気絶していたらしい。

でも渋谷への道はいくつもある。大通りを行けば早いけれど、火事はもう収まっただろうか。迂回する路地は縦横無尽にあって、メテオラの衝撃波の痕跡も歩いてはいけそうだ。

ユイの体力を考えれば、メテオラの道を選ぶ可能性はある。なんといっても渋谷まで一直線に繋がっている。これまでのメテオラの様子から、特に意味もないかぎりは、きっちり同じ角度で衝撃波を打ち出すようなことはしていない。

——そんなふうにわたしがユイを想像するということを、きっとユイは想像する。

リッカの想像上のユイと、ユイの想像上のリッカ——互いの想像の中で出会うことができれば、きっとスマホやＡＲメガネがなくてもわたしたちは出会える。

リッカは道を一つ決めて走り出した。

6th Inning——第6イニング

リッカが選んだのは衝撃波の痕跡だった。一歩一歩メテオラにまっすぐ近づいていく道だ。

——ユイは、わたしがストレートをすきなことに気づいているはずだ。わたしよりもずっと良いキャッチャーになるだろう。

もしユイとは違う道を選んでいれば、もう二度とユイに出会うことはできないかもしれない。

迷子になったら、はぐれた場所に戻るのが鉄則だろう。リッカは立ち止まって振り返った。リッカが這い出た穴がここからでも見える。

——違う！

リッカは迷いを断ち切って、再び走り出した。わたしたちは生き延びるために一緒にいて、生き延びるために会おうとしているのだ。あそこに戻って会えたところで、ＡＲＣは閉ざされて、家に帰ることも——ひとまずは——できず、行く場所も生き延びる機会も失ってしまう。

メテオラに向かって走るなんて、きっと一人で逃げている時には選択しなかった。ユイだってそうだろう。ユイは慎重な子だ。賢くて繊細なユイは、それでも再会のために、一緒にARCに入るために、この最も危険な道を選ぶ。それがこの数時間わたしたちが作り上げてきた闘い方だから。

衝撃波の道が道路と交叉して、デパートの一階のディスプレイが見えた。ガラスが粉々に砕けて、電気がショートしたのか、少し燃えた痕もある。

さらに十秒ほど走ってリッカの足は動かなくなる。

もう、これ以上は近づけない。

それは自分の体がわかっている。これ以上は命を失うことになる。

リッカは自分の恐怖から、ユイの恐怖を想像する。

恐怖でコミュニケーションするなんて——そうか、そういうことだったんだ。試合中、わたしは投手を励ます。後ろは仲間が守っている。わたしのキャッチャーミットだけを見て、思い切り投げ込んでくれればいい、負けたって良いじゃない、と。

でもそれは投手の恐怖を、投手の気持ちを、すっかり無視した対応だった。寄り添うつもりで、すり抜けていたのだ。

リッカはこれまでの後悔と共に叫んだ。

「ユイ！」

ユイと自分の恐怖の量が同じであるならば、このあたりでユイも立ち止まったはずだ。

あるいはこのあたりから路地に入って、ARCの入り口に向かったのか。

スクランブル交差点までは数百メートル。渋谷の地下街への入り口は二つ見える。

「ユイ！　どこ？」

すべて一人よがりだったのか。これまでずっと一人よがりのキャッチャーだった自分がいきなり出会ったばかりの年下の子と仲良くなれるはずもない。

そのとき、もはや懐かしさすら感じる声が背後から聞こえた。

「リッカさん！」

「ユイ！」

リッカとユイは駆け寄り、互いにしがみついた。

「よかった……！」

「ええ。会えてよかったです」

「お、素直」

「うるさいです」

　そうは言ったものの、ユイは離れようとはしない。少し震えている。

　ユイはユイで、メテオラに追い回されていたのだ。

　リッカはこうしてみて初めて、ユイのほうが少しだけ背が高いことに気がついた。

　わざとなのか無意識の癖なのか、ユイは猫背なのだ。

「もっと背筋伸ばしたほうがカッコいいのに」

「……ありがとう、ございます」

　二人の位置から見えるスクランブル交差点はここまでの崩壊がウソのように整然としていた。数百メートルの高さのメテオラからすれば、その足元のわずかなスペースで、衝撃波をあえて真下に打ち込みでもしないかぎりは攻撃を受けない死角となっているようだった。

　ここでメテオラが一歩踏み出し、リッカたちから離れる方向に移動した。さらに一歩。

　ウェンウェンの予想どおり、北側へと移動しているのだ。

「宇宙ステーションって頑丈かな」

「どうでしょう……。緊急脱出用の設備はあるはずです」

　リッカたちは西側からスクランブル交差点に入った。ウェンウェンのナビゲーションによって迂回に成功したのだった。

――あなたたちは素晴らしい。

「ん？」

「なんのことですか？」

――離れ離れになったにもかかわらず合流し、宇宙からのメッセージをも受け取って、こうして無事にたどりつきました。さあ、駅前の入り口から地下へ向かいましょう。

「ウェンウェン、無事？」

――衛星クラウドからの信号はあります。

「みんな無事なんですね！　良かった」

地下街は停電で真っ暗だったが、二人はデバイスを照明代わりに、奥へ奥へと進んだ。

渋谷の地下街はここ最近さらに巨大になっていた。地下のほうが地震に強いし、温度も湿度も一定に保ちやすいし、気圧も操作しやすいためにむしろ地上より換気もしやすいからだ。

――左に曲がると階段があります。

渋谷地下街は地下三階までショッピングフロアだ。みんな避難して、地上のような混乱もなく、圧倒的な静寂が満ちていた。

暗闇の迷宮を巡ること十五分、通路の途中にある凹みに入るようにブリトマルティスが言った。そこには何の変哲もない金属のドアがあった。空調用というプラスチックのプレートが貼ってある。駅ではおなじみの、乗降客にはまったく無縁の管理用ドアだ。

「ここから行けるってこと?」

――まったくそのとおりです。少々お待ちください。

ブリトマルティスがキーを入力したのか、ドアの鍵が開く音が響き渡った。

二人はさらに細い道を進み、もう数枚のドアを開け、長い長い階段を降りて、天井の高い倉庫のような空間に行き着いた。

「ここがARC?」

「そうなんでしょうか。何もないですね」

――ご安心ください。ここはARCの入り口に過ぎません。博士がもうすぐいらっしゃいます。

壁の回転灯が光り出し、その壁自体が動き出した。

それは壁ではなく、巨大な門だったのだ。

門が開き切って、その奥の闇から小柄な人物が歩いてくる。

半身半機に白衣をまとう銀髪の少女――ジュリーだった。

リッカはジュリーのことをまったく知らなかったが、ユイは何度も雑誌などで見ているらしく、実物に会えたとひどく感動している。

ジュリーは宣言するように二人に告げた。

「間に合ったな。いいだろう、入りたまえ！　我が研究施設〈ARC〉にようこそ！」

7th Inning――第7イニング

先頭を行くジュリーは、後ろについてくるリッカとユイに聞かれないよう、サイレントモードでブリトマルティスと話していた。

「この状況下でいったんはぐれて再び出会えるとは。単なる〈ミラー双対反応〉による無意識の呼応では説明できない！　なんだこいつらは？　――ブリトマルティス！　この二人は無線機か衛星電話を持っていたのか？」

――いいえ、ジュリー博士。二人は一切連絡をとり合っていません。言いにくいのですが、彼女たちはただ、その、勘だけで再会したようです。

勘という言葉にジュリーは激怒して文句を言い始めた。

ブリトマルティスにしても——怒られるのを恐れるような感情は持ち合わせていないものの——ジュリーが勘や偶然という説明が大キライだと知っていたのだけれど、それ以外の説明を演算できなかったのだ。

ジュリーの怒りに気づくはずもないリッカとユイは、ようやく一息つけた気分になった。

「リッカさん、どうしてみんなと喧嘩しているんですか」

「……わたしキャッチャーなんだけど、ピッチャーの男子に告白されて、でも今わたし野球のことしか考えられないから断ったんだ」

「みんなは断られた子の味方を？」

「ううん、逆だよ。わたしが居づらくならないようにとか言って、わたしに気を遣ってくれちゃって」

「そういうのリッカさんキライだから、みんなに怒ったんでしょう」

「よくわかったね」

「だんだんリッカさんのことわかってきました」

「なんでユイがうれしそうなの」

二人が歩くARCは、いたるところ煌々（こうこう）と明かりが灯っていた。

自家発電設備もあるが、これは雷から回収した電気だという。

「雷は瞬間的な大電力だから、なかなか蓄えられないって聞いたことが」とユイ。

「そういう伝聞情報こそが瞬間的なんだよ。大規模並列コンデンサーはここ十年で飛躍的に性能を向上させた。平均的な雷の電力の九十九パーセントは一度に充電できるようになっている。地上のアンテナはすべてメテオラに破壊されてしまったが、フル充電の電池は十個あるから一年はなんとかなる。そのあいだに反撃態勢を整える他あるまいよ」

全員で乗ったエレベーターは下りながら、前後左右にも動き、さらに地下深くへと潜ってからようやく止まった。

「ここは？」

――ジュリーさまの研究室です。渋谷駅前交差点、通称〈渋谷スクランブル交差点〉の地下百メートル地点です。メテオラの攻撃もここ、ARC中心部までは届きません。

そこは研究室というよりは音楽ホールのような場所だった。

「世界最強の物理学者の研究室か」

リッカは興味津々だった。

ジュリーはむかつくが、傑出した人物であることは間違いない。優れた野球選手たちの練習方法はいつだってリッカの関心事であり、分野は違いこそすれ、ジュリーの研鑽の場と聞くとぜひ見たくなるのだった。

「ぬいぐるみもあるんですね」

とユイが手を伸ばすと、ブリトマルティスが最大音量で制止した。

――ダメです！

「それには触らないように」

ジュリーの声は一転してひどく暗いものだった。

「二人共、そこのソファに座りたまえ」

リッカとユイはおとなしく従った。命の恩人であることはわかっている。二人は揃って礼を言った。

しかしジュリーはふんと言うだけで、虫籠に手を入れ、両の手のひらをリッカとユイに突きつけるように見せた。

「蝶？」

リッカはジュリーに尋ねるが無視されてしまった。

すると隣のユイがつぶやいた。

「この蝶たち……話しているみたいです」

「え？」

ユイに言われて、リッカも蝶を見つめた。こんなに近くで蝶を見るなんて初めてかもしれない。二羽の白い蝶は、確かにある種の律動をもって羽ばたいて、まるで呼びかけあっているかのようだった。

「何かを話している……。ううん、わたしたちに何かを伝えようとしている……？」

「野球や将棋を選び取っていることはさておくとして、きみたちはなかなか良い感性を持っているらしいねェ」

「……ただの蝶ではないんですか？」

リッカとユイの疑問の眼差しに、ジュリーは満足そうだった。

「この蝶は、遺伝子レベルで強固なエンタングル状態に保たれている、ミラー双対体なんだよ。このサイズにして、高次元ブラックオブジェクト級の重力波を出している。どうやらきみたちは、時空の歪(ゆが)みそのものを感じ取る感覚が優れているらしい」

「そんな能力があれば、次の球がわかりそうなものだけど」

「将棋にはあまり有効ではなさそうです」

「きみたちときたら、自らを過小評価することだけは得意なんだね。いいかい、重力波は世界膜(ワールドシート)あるいは余剰次元(エクストラディメンション)を通過することで、光よりも速く、時空をショートカットすると考えられている。重力は、過去にも未来にも、自由に移動できるというわけだ」

「すごい！　……ってこと？」リッカにはいまいちわからない。

「時を超えて連絡できるということですか」ユイも自分で何を言っているのか自信がない。

しかし二人の言葉を聞いて、ジュリーはうれしそうに高笑いした。

「そう、きみたちは意識的なタイムトラベラーになれるかもしれない」

しかしジュリーが高揚すればするほど二人は落ち着いてしまう。

「投げてくる球種がホントにわかったらズルになるよ」

「そうですね。相手の思考は盤面から読み取りたいのであって、盤外のしぐさから読み取る棋士は二流です」

ジュリーはわざとらしくため息をついた。

「これだから人間は。自ら作った虚構の価値に縛られるとはまったく——」

ジュリーが言い終わる前に室内モニターが点灯した。

「どうした？」

——今、渋谷の北側が吹き飛ばされました。信号ロストです。

「ふん。NHKのアンテナ群が使えなくなってしまったな」

ジュリーがモニターを操作している。どうやらドローンの映像らしい。

「博士は天才なんですよね。メテオラを倒せないんですか？」

「簡単に言ってくれる！」

ジュリーはいきり立ってリッカに詰め寄る。それに動じるリッカではなく、二人は言い争いを始めてしまった。

それを見ていたユイがやれやれとソファに座り直した時、手がそばのサブモニターに触れた。

スリープ状態から復帰した画面に映ったのは、ユイとリッカの祖父母までの家族リストだった。

ジュリーを見るが、リッカとの議論に夢中でこちらには気づいていない。

家族のことまでジュリーが調べていたのか、あるいはブリトマルティスに調べさせていたのだろうか。

二人の家族は全員消息不明になっていた。それはそうだろう。今この状況で、誰がどこにいて無事なのかなんて、調べようもない。離島に住むユイの祖母も安否はわからない。今年の夏も遊びに行く予定だったのに。

ユイはリッカの家族写真を眺めた。両親はどちらも優しく微笑んでいる。リッカの名は〈立沢六花（たちざわりっか）〉——美しい響きだ。一人ふきげんそうな顔のリッカを見てくすくす笑っていると、突然リッカの母親のステータスが死亡に切り替わった。救急病院に収容されていたらしい。

ユイの鼓動が急激に速くなった。

リッカのほうを見るが、すぐに目を逸らした。

これをリッカに伝えるべきか、ユイには即決できない。思考のための時間が足りない。

逡巡していると、リッカに気取られてしまった。

「どうかした？」

「あ、あの、ごめんなさい、リッカさんの漢字を見てしまいました。博士が調べていたみたいで」

「そんなの。全然いいよ」

「……リッカって、季節の立夏だとばかり。六花って雪の結晶のことですよね」

「わたしは東京で最後に雪が降った日に生まれたからね。だけど夏もすきだよ」

リッカは歯を見せて笑った。止まらない温暖化のために雪はもう十五年降っていない。

「あの……」

「ん？」

ユイが家族のことを伝えるため、サブモニターを指し示した。

しかし次の瞬間、画面はブリトマルティスのアイコンに切り替わった。

――宇宙ステーションが攻撃を受けています。

「え？　さっきは大丈夫だって」

リッカが立ち上がってサブモニターに駆け寄った。

——先程は位置を捕捉していたのでしょう。今は正確に攻撃しています。

＊

落下を続ける宇宙ステーションに、世界中のメテオラが攻撃を加えていく。

ウェンウェンは微小重力のステーションに、ステーション内を動き回り、自動修復の追いつかない穴を塞いで回っていた。

しかしすでに気圧は六割に減少し、ウェンウェンよりもずっとタフな宇宙飛行士たちが次々と意識を喪失していく。

「マジかマジか」

ウェンウェンは失神した仲間に酸素マスクをかけてから、活動できる宇宙飛行士たちと共に姿勢制御プログラムを操作していく。

宇宙ステーションはスペースデブリとの衝突に耐えられるよう、運動エネルギーを——金属を融かす熱エネルギーに変換して——吸収する〈ホイップルバンパー〉に覆われている。しかしメテオラの攻撃のような、広範囲でしかも地球側からの衝撃にはほとんど意味をなさないのだ。

乗組員全員のデバイスに、宇宙服装着の命令が発せられた。酸素マスクをつけた飛行士たちもふらつきながら自分で着替え始めている。

それからまもなく、ステーション放棄が決断された。

ウェンウェンは脱出ポッド区域に向かった。

8th Inning──第8イニング

──博士、地下街に人が集まりつつあります。近所のビルに留(とど)まっていた人々のようです。

「きみたち分裂体のせいだよ！　……しかし混沌は私の望むところではない。表層部分を開放しろ」

「さすが博士です」

「何がさすがか。暴れられても困るというだけだ。全員をこの上の階層に誘導しろ。しばらくはARCスタッフとしてこき使ってやる」

　リッカはユイにひそひそと話しかける。

「ねえ、あれって照れ隠し？　こき使うとか」

「どう……でしょう。本気かも」

　ラボのメインモニターには、宇宙ステーションの位置を示す立体地図が表示されていた。近隣衛星のカメラが、メテオラの集中攻撃によってモジュール単位に分解しながら落下を続けるステーションを捉えていた。

「大気圏外まで攻撃できるとは。これは手強いな」

　ジュリーは淡々と分析しているが、リッカとユイはたまらない。

　ウェンウェンは二人にとって命の恩人なのだ。

　──十五分後に宇宙ステーションは渋谷上空を通過します。……巨人メテオラは待ち構えているようです。

「助けないと！」

「助けたいです！」

　リッカとユイは同時に叫んだ。しかしどうすればいいのかはわからない。自然とジュリーのほうを見てしまう。

ジュリーは人工身体の顔をわずかに歪めて不快感を示した。

「あんなものまで想定した研究はしていない。それに下手に動いてここがバレでもしたら、今のARCでは持ちこたえられん！」

そう言っているあいだにもCGの宇宙ステーションはバラバラになっていく。

「もういいよ！　わたしを外に出して！　メテオラの注意をちょっとだけこっちに向ければいいんだから」

「私も行きます！」

二人の言葉に、ジュリーは大袈裟に驚いてみせた。

「何だと？　きみたちが勝手にここまで来たんだろう？　だからイヤイヤ入れてやったというのに！　まったく驚くべき発言だ！」

そう言われて、リッカとユイはしばし黙り込んだ。

「困ったものだ。少しは後先を考えて行動したまえ」ジュリーはわざとらしく腕を組む。義手の指をカチャカチャと動かしながら、「正直なところ、きみたちには死んでもらいたくないんだ。きみたちの非言語的交感は研究の価値が大いにある」

ジュリー独特の言い回しを、リッカは理解できず、ユイに解説を求めた。しかしユイだって自分の分野に近いことしかわからない。

「非言語って微表情のことですか？　現代将棋の対局では読み取り禁止です」

「きみは強いのか」

「……そのつもりです」

「なるほど。将棋と野球のあいだに〈圏論的双対性〉があるということか……。よろしい！　このジュリーさまがお前たちを手伝ってやろう！」

　ジュリーの言葉に、ユイは目を輝かせた。

「ありがとうございます！」

　しかしリッカは冷静だ。

「いいの？　博士は取引しようとしているんだよ？」

「リッカさん、それは邪推というものです。――え？　そうなんですか？」

　ジュリーはにこやかにうなずく。

「もう一人も察しが良い。しかし安心したまえ。これはきみたちにとって有利な取引だ。私はきみたちの生存確率を高めるために物資も情報も提供する。きみたちは巨人メテオラから宇宙ステーションを救ったうえで無事に生き残り、帰ってから私の実験にちょっと付き合うだけでいい。私がほしいのは、きみたちのあいだにあるものだ。きみたちの身体に触れるような実験は一切しないと約束しよう」

リッカとユイは視線を交わし、ゆっくりとうなずき合う。

「ブリトマルティス！　二人にあれを出してやれ」

ジュリーの命令によって天井から伸びてきたアームが、壁面のロッカーを持ち上げ、ジュリーの前に静かに置いた。

中には透き通るような白のローブがかかっていた。

「服？　ドレス？」

「天女の羽衣みたいです」

リッカとユイの感想を聞きながらジュリーが不敵に笑った。

「これは私特製〈アシスト・ローブ〉だ！　きみたちの身体能力を格段に拡張する！　これで少しはメテオラに対応できるだろう。野球のきみはスマホだって？　通信用にＡＲコンタクトレンズもつけてやる！」

ジュリーが自分の研究のために助力すると明言したため、リッカもユイもかえってわかりやすく感謝することができるのだった。

――ラボを出たところに更衣室があります。

「ユイ、行こう？」

「私は運動が苦手なので……」

リッカはうなずき、一人でラボを出た。

ジュリーは肩をすくめてユイに近づく。

「確かに、慣れない道具に体を振り回されて、死なれても困る。棋士のきみにはこちらを貸してやろう」

ジュリーが指を鳴らすと、ラボの片隅から蜂の羽音が聞こえてきた。

「ドローンですか？　多いですね。一、二……」

「全八機だ！　こいつらが周囲の地形データを収集してくれる。爆弾を積んではいるが、メテオラには傷ひとつ付けられないだろう。――ブリトマルティス、この子のARメガネとリンクしてやれ」

たちまちユイの視界にARCの全景が映った。見たいところがあれば、手を動かすだけで、ドローンが接近して、さらに視野を拡張してくれる。

ユイがおそるおそるドローンを動かしていると、実験道具のラックの裏に本棚を見つけた。暗がりにあるが、ドローンのカメラは高性能で、タイトルを鮮明化してくれる。英語以外の言語もあるが自動翻訳と解説までユイに表示する。

「ギリシア神話……。ジュリー博士はこういう方面のものも読まれているんですね。少し意外です。何かのヒントに？」

ジュリーが機械の人差し指でそっと背表紙に触れた。感度は良好。本を傷つけるようなことはありえない。

ユイはジュリーの指先を見つめた。ジュリーは自己身体改造でも有名だ。片手片足の機械化に加えて、医療用ナノマシンの体内常駐もしているという。

「興味深いところはある。たとえばブリトマルティスはミノア文明における狩猟の女神だ。のちにギリシア神話のアルテミスとも同一視されていく。世界のほとんどの文明で、狩猟の神は存在する。狩猟は生死に直結するからだろう」

「知識も狩りということですか？」

「賢い子はキライではない。そう、私のブリトマルティスには、持ち主の求める知識を狩ってくる機能を持たせているからね、狩りの女神の名前をつけることにしたんだ。こうした知識はかつての偉大な科学者たちの教養でもあったから、何かのヒントになると思ったんだが、もはや人間を超えなければ、この危機は乗り越えられそうもない」

ジュリーはモニターに視線を移した。巨人メテオラは渋谷の北半分をまっさらの荒野にして、再びスクランブル交差点に向かっていた。

ジュリーは義手をモニターに近づけて睨みつけた。

「もしかすると私がここにいることに気づいているのか？　私を狙って……」

その不穏な言葉がユイには聞こえなかった。

羽衣をまとったリッカが戻ってきたからだ。

「これでいいのかな」

真っ白なアシスト・ローブをまとい、細い布を手足に巻き付けたリッカが、ユイとジュリーの前で両手を広げ、くるりと回った。

ユイは思わず見とれてしまう。

ジュリーがうんうんとうなずいた。

「よろしい。正しく装着できている。その場で少し動いてみるといい」

「うん。——おお、これは結構……かなりすごい！」

リッカは軽く跳んでいるつもりなのに、ARCの三メートル以上はある高い天井に手が届いてしまった。着地も勝手に膝が動いて、衝撃を完璧に吸収した。

「理論上、身体能力を最大七倍にしてくれる。きみが生身で百メートルを十四秒で走るとすれば、最高で二秒まで短縮できる。きみの適応力次第だ」

「百メートル二秒？　想像もつかないな」

はしゃぐリッカの隣では、ユイが八機のドローンを器用に動かしている。

ジュリーが乾いた拍手をした。

「普通の人間では二機も動かせない。並列計算が得意なんだな。——ブリトマルティス！この二人は何秒メテオラの前を逃げ回ればいい？」

——宇宙ステーションが渋谷のメテオラの攻撃範囲を通過するのにかかる時間は三十五秒です。

「三十五秒……ベースランニング二周分だね。結構長い」

野球で秒という時間単位が用いられるのは、走塁のタイム以外にはそう多くはない。ボールの速度は時速で表示するし、試合時間はおおよそ三時間だ。

一塁二塁三塁を蹴ってホームベースまでの一周は一〇九・七二四メートル。メジャーリーガーはランニングホームランのとき、平均十六秒でその距離を駆け抜ける。

同様にユイも三十五秒を将棋に当てはめて考えていた。

「三十五秒、ですか」

将棋の対局では通常それぞれに持ち時間が設定され、それを使い切れば、あとは三十秒や一分以内に手を指す必要がある。三十秒あれば実に多くの候補手を考えることができる。

そんな長い時間メテオラから逃げ回ることなんてできるだろうか。——でも、とユイは考える。それと同じだけの時間がすぎるあいだ、同じ三十五秒間、こちらも思考し行動できるのだ。相手が現役最強棋士であろうと、メテオラであろうと、時間は平等に流れる。

装備を終えたリッカとユイは来た道を戻っていく。地上に、スクランブル交差点に出るために。エレベーターが高速で上昇を始めた。

「ユイ、帰ったら何したい？ わたしは野球したい。一緒にキャッチボールしようよ」

「別にいいですけど、まずはシャワーを浴びたいです。それからリッカさんは私と将棋を指しましょう」

「わたし将棋のやりかた知らないんだけど」

「それを言ったら、私だってキャッチボールしたことありません。帰ったら教えてくださいね」

*

リッカとユイが地上に向かっているあいだに、ウェンウェンは宇宙服を着て、宇宙ステーションの外壁にしがみついていた。メテオラの攻撃によって、もはや宇宙ステーションは制御不能になり、各モジュールの連結も外れてしまった。人数分以上にあった脱出ポッドはほとんどが失われて、唯一視認できるポッドも、ウェンウェンからかなり離れた位置にあった。その位置も最悪、宇宙ステーションからずっと下、つまり地球側なのだ。

——地球から離れたくて宇宙に来たのに！

ウェンウェンの夢は人類初の火星旅行記を書くことだった。もうすぐ火星テラフォーミング第一陣のスタッフが組まれることになっていた。二十五歳で宇宙ステーションでの経験もあるウェンウェンは当確のはずだった。

しかしさっき宇宙服を着ている最中に見たノイズ混じりの映像によって、その夢は完全に——ほとんど永遠に——打ち砕かれたことがわかった。メテオラは地球上のすべてのロケット発射場を破壊していたのだ。アメリカでも中国でもEUでも日本でもアフリカでも、宇宙開発のための研究開発の場がメテオラに襲われていた。

あのメテオラがもしも宇宙から飛来した存在だったとすれば、宇宙での研究は不可欠となるだろう。あるいは火星への移住こそが唯一の人類存続の道となるかもしれない。しかし、一九六一年にガガーリンが地球の周りを一周だけして帰還してから百十九年——再び人類が宇宙に人を送り込めるようになるまで、一体何年の時が必要になるのか。

メテオラの攻撃はやむことなく続いていた。巨大な太陽光パネルが衝撃波で粉々に砕かれ、その破片が広範囲に拡散しながら宇宙ステーション本体を襲った。ウェンウェンは慌ててモジュールの陰に移動してデブリの雨をやりすごす。

新たな衝撃波が唯一のポッドをかすめて、宇宙空間へと消え去っていった。世界各地のメテオラが連携して、徹底的に人類の宇宙施設を破壊しているようだった。

9th Inning――第9イニング

あんなに怖かったのに、とユイは思う。

いつのまにかメテオラへの恐怖が消えている。死んでもいいとは――うん、思ってない。開き直っているわけではないのだ。勝負から逃げた時とは違う。今はただ闘志が、あるいは勇気が、心に芽生えている。ユイは八機のドローンを従えて歩きながら自分を分析していく。――この気持ちはきっと、私の前を歩く子――リッカにもらったものだろう。私一人ではこんな心境にたどりつくことはできなかった。お母さんのことは、ARCに帰ってきちんと伝えよう。

あんなに怖かったのに、とリッカは思う。

メテオラへの恐怖はどこかへと消えている。もう自分だけが正しいとは思っていない。わたしはこれからも手痛いミスを何度もするだろう。でもそのたび、何度でも立ち上がることができる。――そう思えるようになったのはきっと、わたしの後ろにいる子――ユイのおかげだ。わたし一人ではきっと何も見えなかったから。

「作戦は？」

「出たとこ勝負、はまずいよね。三十五秒か」

そこで再び効果音が鳴り響いた。

――ジュリーさまからの追加プレゼントがございます。

「追加？」

リッカとユイは同時に声をあげた。直後、二人の視界にジュリー作製の立体作戦図が展開した。これがプレゼントということらしい。

渋谷駅南口には、ジュリーがこれから使う予定の地下空間がある。その天井をユイのドローンの攻撃によって吹き飛ばしてメテオラを落とせば、メテオラには傷一つつかずとも、少なくとも三十五秒分の動揺くらいは与えられるであろうというのがジュリーのアイデアだった。つまりは落とし穴だ。

数分後、二人はスクランブル交差点から七百メートル離れた出口から地上に出た。

メテオラは時折あらぬ方向に衝撃波を打ち出している。

二人は視線を徐々に上げ、体をのけぞるようにしてようやく、巨人メテオラの後頭部が見えてきた。

「でか！」

「くらくらします」

メテオラのあまりの大きさに、あまりの存在感に、二人の感覚は一瞬麻痺してしまう。周りのビルも多くは削られて、比較対象もない、ただただ理不尽に巨大な人型メテオラが、荒野と化した渋谷に存在していた。

――宇宙ステーションはあと五分でこちらに来ます。

「じゃあねユイ。ムチャしないように！」

「それは私のセリフです。リッカさん、またあとで」

リッカは助走をつけて、目前のビルの瓦礫へ跳んだ。

ユイはドローンを展開し、メテオラの背後から接近していく。

リッカはメテオラの正面に姿を見せた。メテオラまで五百メートルはあるだろうか。しかし身長七百メートルの巨人メテオラにとっては、ほんの数歩に過ぎない。

メテオラはリッカに気づきながらも、まったく動こうとしない。じっとリッカを見つめるだけだ。

この感じ、このしぐさを、リッカはよく知っていた。

強打者が打つべき球を絞ってきているときにそっくりだ。ボール球は一切無視。一振りですべてを決しようというのだ。

リッカがメテオラまで二百メートルのところに近づいたとき、メテオラはおもむろに足をあげた。

リッカは猛然とメテオラに向かって駆け出した。

メテオラは一瞬動きを止めたものの、すぐに腕を振り上げた。

衝撃波がメテオラの手から生み出されるのをリッカは見た。メテオラの金属のような生物のような肌にまばゆく光る虹色の亀裂が生じて、そこからエネルギーが溢れ出ているのだ。

リッカはメテオラの面前で直角に曲がって、迫りくるエネルギーをかわし、そのまま走り抜けていく。

――メテオラ食いつきました。

「リッカさん！　近すぎ！」

「大丈夫大丈夫。それよりわたし全然疲れてないんだけど！」

――それはアシスト・ローブの力です。短距離走の走り方で、長距離を走ることが可能になっています。

「ブリちゃん、そういうことはもっと早く教えて！」

しかしメテオラを駅の反対側に誘導し終えたときには、さすがにリッカも全身から汗を流していた。

「わたしもこれが終わったらシャワー浴びる！」

「ええ、やりとげて絶対一緒に帰りましょう！」

――宇宙ステーション、関東平野上空に接近。メテオラ攻撃範囲まであと百秒です。

「ユイ、準備できた？」

「完璧です。私は駅のホームに――あ、リッカさんの姿、見えました！」

そしてその背後にはメテオラが、ひどくゆっくりと、しかし真っ直ぐに駅前に――落とし穴に――向かっていた。

リッカは落とし穴の蓋の上に立ってメテオラに手を振った。

あと一歩。といっても巨人メテオラの一歩はそれだけでゆうに百メートルを超えるのだけれど。リッカは、踏み潰されまいと身構えた。

しかしその一歩はゆうゆうと落とし穴を跨いでしまった。そしてそのままメテオラの体は駅のホームに突っ込んでいく。メテオラは、リッカからユイに、目標を変えたようだった。駅ビルがすさまじい音と共に崩れ落ちる。

「リッカさん！」

「ユイ！」

メテオラ――あれは本当に神かもしれないとリッカは走りながら思った。この世界の何物とも違う存在感があれにはあった。

こういう思考ができる時間はまぎれもない、ジュリーのこの羽衣のおかげだ。ジュリーは今ここにあるものだけでは足りないと言っていたけれど。

次の瞬間、リッカはローブの限界を超えた速度でメテオラを追い抜き、ユイを抱えて渋谷駅のホームから線路を走って、陸橋から飛び降りた。

「ユイ！　大丈夫？」

「リッカさん！　リッカさん！」

リッカはしがみつくユイを抱えたまま振り返った。

メテオラは両手にエネルギーを溜め、天を仰いでいる。

「ブリちゃん！」

――宇宙ステーション、まもなく見えてきます。

このままでは衝撃波に狙い撃ちされてしまう。

「ちょっと行ってくる。ここで待ってて」

「え？　待ってください！」

ユイの声を背に受けながら、リッカは駆け出した。

――宇宙ステーション見えました。あと三十五秒です。

リッカはかろうじて残っている渋谷駅の鉄骨を蹴るように登って、巨人メテオラの肩に着地した。

いらだったようにメテオラが吠えた。全身からエネルギー波が放出されて、リッカは弾き飛ばされてしまった。

ここでメテオラの右足が落とし穴の蓋にちょうど乗った。

「ユイ！　落とし穴の蓋を落として！」

「はい！」

ドローンが地下空間の天板になっている巨大な道路パネルの四隅に激突し、爆発を起こした。ジュリー特製の爆弾ドローンだ。

しかしドローン一機が不発に終わってしまった。

メテオラはその場に立ち、両腕で駅を叩き壊している。

あとほんのわずかな力で、蓋は踏み抜かれて、メテオラは地下へと落ちるはずだ。

「あと何秒？」

――十九秒です！

ここでメテオラはまさに直上にいるはずの宇宙ステーションに向けて口を開けた。

リッカは不発のドローンを拾って、駅ビルのねじ曲がった鉄骨を蹴り飛びながらメテオラの顔めがけて投げつけた。

爆弾ドローンは顔面で爆発するも、メテオラには傷一つついていない。

「だろうね」

リッカはメテオラの顔を蹴り、メテオラの視界に入るように空を舞った。

フライが取れる範囲は――ボールの軌道は古典力学で正確に計算できるから――球が打ち上げられた瞬間にわかる。優秀な外野手は打球音を聴いただけで、自分が取れるかどうかを判断できるのだ。

「リッカさん！　ダメ！」

ローブには空中移動できるような機能は備わっていない。飛び上がったら、放物線を描いて、ただ落ちてくるしかないのだ。

メテオラはドローンの爆発でリッカに気づき、右足をあげた。

蓋の上に落下していくリッカを、着地の瞬間に踏みつぶすために。

「――ユイ、今度、将棋教えて」

どんなに良い外野手が落下点に待ち構えていても、何かの拍子にグローブから零れ出ることはある。次の一球ではまた別のドラマが生まれるかもしれない。ゲームセットまで何が起きるかわからないから、みんな何度三振してもバットを振り、ボールを追いかけるのだ。

リッカは着地の瞬間、ユイに向かって地面を蹴った。

——未来はわからない。

メテオラは蓋を踏み抜き、そのまま地下空洞に落下した。

ユイは叫ぶ間もなく、落下による爆風で吹き飛ばされてしまった。

＊

「あれ？　攻撃止まった？」

ウェンウェンは筋力トレーニングをサボってきたことを少しだけ後悔しながら、遠心力で八割増しになった自分の体重を両手の握力で支え、モジュールの地球側へと回り込んだ。

地球が圧倒的な存在感で視界に広がる。

緊急脱出用ポッドはステーション本体から脱離して、ウェンウェンから数百メートル地球に近いところに浮かんでいる。

地球に向かって跳ぶなんて、今このとき、宇宙飛行士にしかできないことだ。――いや、本来は決してしてしてはいけないのだけれど。いつかそういう意味のことわざになるかもしれない。背水の陣や死中に活を求めると並んで、〝地球への跳躍〟――宇宙飛行士ウェンウェンの故事より、なんて教科書に書かれるのだ。

そのようなことを考えているのはただの現実逃避だった。そもそもこれはウェンウェンにとって二度目の船外活動なのだ。こんな経験不足の状態で、まさか絶対の禁忌選択肢である地球方向への移動をすることになるなんて。

しかしこれ以上ためらってはいられない。もう少しポッドが地球に近づいてしまえば、重力の井戸に落ち込んで、安全な突入ができなくなってしまう。

「ええい！」

宇宙飛行士ウェンウェンは、覚悟を決め、宇宙ステーションを蹴って地球方向に跳んだ。

今ここで自分一人が闘っていることは自分しか知らない。もしかするといつか誰かを励ますようなエピソードになるかもしれないけれど、ウェンウェンはそのような大きな物語にはあまり興味がなかった。

重力はまったく感じない。ウェンウェンもポッドも、地球の周りを秒速七キロ以上で移動しているのだ。

バックパックで軌道を調整しながら慎重にポッドに近づいていく。

あと少し、あと少し。

ウェンウェンは命を賭けて、脱出ポッドのハッチを握った。


同時刻——ジュリーはわずかに残る直轄のアンテナを使って、ウェンウェンの脱出ポッドの起動反応を観測し、舌打ちをした。

舌打ちは予想が外れたことに対する自分自身への悪態であって、別にウェンウェンが無事であることを呪ったわけではなかった。

「ブリトマルティス！　そこの二人に伝えてくれたまえ。宇宙飛行士は生きていると。まったく人間はしぶとい」

——残念ですが博士。

「まさか死んだのか？　しかしきみが答えているんだ、メガネの持ち主は生きているのだろう？」

——ユイは今メテオラに追われています。リッカはメテオラと共に南ロ地下空洞に落下。おそらく即死でしょう。

「片割れが死んだ？　それでは対にならない！　双対性は失われてしまったな」

――どうしますか？

ブリトマルティスにいわゆる情けはない。二人をARCに導いたのは、あくまでも狩人の本分を発揮して、ジュリーに獲物を献上するためだ。リッカとユイ。一人ずつでは足りないが、二人が組み合わされればきっとジュリーは楽しんでくれると判定したのだった。

そしてジュリーは、自らが作ったAIに輪をかけて合理的だった。

しかし、とジュリーは考え始める。片割れを失ってこそ、時を超えて求め合うのではないか。もしその思考を、その感情を、この水晶に実装できるのであれば――

「生きている片割れはユイと言ったか。ブリトマルティス、そいつは必ずここに連れて戻るんだ！」

呼吸にも似たゆったりとした振動と共に心地よく眠っていたウェンウェンは――どれくらい眠っていたのか――時間をかけて目を開いた。

ヘルメットをかぶっていることに気がつく。シートベルトが苦しい。ぼんやりとしたまま――訓練時に何度も繰り返したように――ARコンタクトレンズに表示される外部環境の酸素濃度を確認した。

直後、はっと覚醒してウェンウェンは、シートベルトを外し、座席のヘッドレストに足をかけて、天井のハッチを開いて外に顔を出した。

「海だね――」

夜空には夏の星々が輝いていた。天文学はすきだ。カシオペア座を見つけ、北極星を確認する。どちらも高い位置にあるから、ここが北半球であることはわかる。とはいえ赤道からそれほど離れてはいない。ヘルメットを脱ぐと風は温かく、少なくとも凍え死ぬことはなさそうだ。

周囲に明かりは見えない。陸地までは距離があるのだろう。メテオラがあらゆる都市の明かりを吹き飛ばしてしまったとは考えたくもない。

GPSを見るが、どのポッドの位置情報も表示されない。自分のものも表示されていないから電波自体が取れていないということだ。GPSは人工衛星からの電波を、ポッドの受信機で受け取るだけだから、地上が崩壊しても機能する。メテオラがすべての人工衛星を墜としてしまったのか。あるいはメテオラのあの攻撃には電波環境を破壊する効果があるのだろうか。

明日の夜明けの時刻から経度もだいたいわかる。ポッドや宇宙服の電子時計は、グリニッジ標準時に合わせられている。人が宇宙を目指したときからの伝統だ。

しかしあのメテオラの猛攻のなかをよく生き延びたものだ。ポッドの大気圏突入速度は秒速七キロ前後。高度四百キロ上空を同等の速度で移動する宇宙ステーションに、的確に超音速の衝撃波をぶつけてきたメテオラだ。ポッドを捉えられないはずがない。

「まさかあの子たちのおかげ？」

そういえば急に攻撃が止んだ気がする。ちょうどあのときはアジア——中国から日本の上空に差し掛かっていた頃だ。

偶然だろうか。

それとも、あの子たちに生き延びていてほしいと願う、楽観的な空想だろうか。

ひとまずそれを確かめるすべはない。ウェンウェンは二人共が生きていると思うことに決めた。いつかあの二人に再会できると信じて。

しかし楽観的展望はそこで止まってしまった。火星に行くのはもう少し先になりそうだ。宇宙から見えた、各地のロケット発射場が吹き飛ぶ光景が忘れられない。

星を見ていると、日本人宇宙飛行士に教えてもらった暗記用の語呂合わせが思い出されて笑ってしまった。天文学は明日徒労のみ（astronomy）。くだらない冗談だ。大数学者ガウスは天文台長としてコンピュータのない時代に膨大な手計算をおこなったけれど、そこから実に多くの新しい数学を生み出したのだった。

ポッドには二週間分の水も食糧もある。ここが太平洋や大西洋のど真ん中でも、きっと陸地にたどり着くことができるという確信がウェンウェンにはあった。北大西洋海流にうまく乗れれば、ヨーロッパの西岸に流れ着くはずだ。

ハッチのふちに一羽の鳥が止まった。ライトグレーの羽に黒い頭、赤い嘴（くちばし）と足——キョクアジサシだ。今は八月、夏が終わろうとする北極圏から、夏が始まろうとする南極圏へと渡るのだろう。ウェンウェンがクラッカーをあげようと探しているあいだに飛び立ってしまった。——そう、ぼくも渡っていくのだ。再び火星に向かう明日へと。この、奇跡みたいな延長時間（エクストラタイム）を使って。

Extra Inning——延長イニング

あの日から二年。

ユイは、同じくARCに避難してきた人々と野球をやっていた。十回の裏ツーアウト。十回表にはユイのチームが一点勝ち越した。ピッチャーであるユイが腕を大きく振りかぶって、白球をドローンキャッチャーに投げ込んだ。バッターは見逃しの三振。ゲームセットだ。ユイは翻ったスカートを整えてマウンドを降りた。

二年前とは異なる透明な有機素材の両手を打ち鳴らしながらジュリーが歩み寄ってくる。

「うまいものだ。しかもそのひらひらのかっこうで」

ユイはあれからずっとリッカを——メテオラの度重なる襲来のあいまに——ドローンを使って探し続けていた。そして最近になって見つけたのが、リッカがまとっていた、もはや機能を失っていたアシスト・ローブだったのだ。

「博士もどうですか」

「身体トレーニングならシミュレーションで散々やっている」

リッカはあの時からずっと行方不明のままだ。ウェンウェンとも——世界中とも——連絡はつかない。ジュリーの概算によれば、人類はもう一パーセントも残っていないという。

リッカに母親の死を告げるべきだったのか、ユイは今でもわからなかった。

あのとき、再び地上に出る前に告げていたら、もしかすると——きっとリッカの感情はひどく揺さぶられたに違いないけれど——ユイもリッカも、もう少し慎重になって戦ったかもしれない。あのときにそんな余裕があったとは思えないけれど、それでもユイは後悔の念を消し去ることができなかった。

今ARCには避難してきた三千人弱がジュリーの統制のもとで暮らしている。地下鉄の駅などにあった救命物資とジュリーの食物培養技術によって、餓死するようなことはない。

「博士、そろそろ私と一局指してみませんか。こっそりブリトマルティス相手に練習してたりして？」

「くだらん。やれば私が勝つに決まっている！」

「私が将棋で最も素晴らしいと思うところは、一局指せばすべてが明確になるところです。盤外でいくら言葉を尽くしても――対局前にどんなに自慢話をしても、対局後にいくら言い訳しても――まったく意味をなしません」

ジュリーはユイの言葉に振り返ることはなかったものの、立ち止まって考えた。――言語を超えた、外の世界(エクストラワールド)か。それは悪くない。

――博士、誰かのことを考えていらっしゃいますか？

そのブリトマルティスの発言は、特に深い演算の結果ではない、ただの確率的声掛けだった。地上の天気の話題でも何でもよかったのだ。

しかしジュリーにとっては、すっと心の奥にまで届く言葉だった。ジュリーの脳が瞬時に反応する。――まったく、まったく、これだから人間というやつは……！　脳がこの瞬間、次の瞬間に何を考えるかは、まったく未知数だ。もっとも身近で、もっとも書き換えやすいはずの思考が、まるで自らのものにならない。この思考の不確定性こそが、人間らしさというべきか。

「……ブリトマルティス、きみにはＡＲＣの環境管理ＡＩのほうがふさわしいのかもしれないね」

――御役御免、ということでしょうか。

「そういうわけでもないさ。あんなに連れてきたのはきみだからね。責任をとるといい。きみの確率的思考パターンは、私以外の、人間相手にこそ効果を大いに発揮するだろう」

メテオラは圧倒的だ。わずかでも油断するとＡＲＣごと失われかねない。

ジュリーはグラウンドを出る直前で振り返った。

「ユイ、一局やってやろうじゃないか。ただし今日も実験につきあってもらう」

「ぜひ！」

――未来はわからないとリッカは言った。なるほど、そうかもしれない。まさかリッカは死の間際、現時点の私と共鳴していたのか？

「博士、先手どうぞ」

ユイがブリトマルティスに頼んで、将棋盤を二人の共有拡張現実に映し出した。

ジュリーの思考は過去のリッカと未来のユイにまで拡張されていく。

時間の順番は人間的なものだ。ＡＩのブリトマルティスは時間の感覚を持っていない。

ただひたすら今があるだけだ。

「これでどうだ?」

「見たこともない手です。初心者にありがちではありますが、ジュリー博士のことですから油断はしませんよ」

であるならば、人間ともAIとも異なる別の時間、まったく別の論理もありうるのではないか。

ユイはジュリーの後について研究室に入り、実験用の長椅子に横たわった。

「もう蝶は育てないんですか」

「ああ、DNAより結晶構造のほうが書き込みやすいプログラムもある」

ジュリーの話は理解できないまま、ユイは二つの水槽を眺めた。透明な液体の中に、八面体の水晶が静かに沈んでいた。手のひらに乗るほどの大きさの二つの水晶は、わずかに発光しているようだった。まるで互いに語り合うかのように。

「さあ、いつものようにリッカのことを考えてくれたまえ」

「構いませんけど、本当に心を水晶に乗せるなんてことできるんですか?」

「今や数学的にも、そんなことができるのはこの私だけだ。——脳内伝達速度がいつもより遅いな。将棋はいったん中止するか?」

「まさか。私にとって将棋を指すのは息をするみたいなものですから。リッカのことを考えるのも同じです」

ジュリーはふんと言いながら、ユイのおでこに〈量子重力観測パッチ〉を貼り付けた。研究室の天井からぶら下がっている光量子コンピュータと協働して、ユイの思考を読み取っていく。

――リッカの存在は無関係らしい。二人がいて共鳴するのではなく、まず共鳴があって二人が生まれるということか。面白いな。

ジュリーの飛車が次第にユイの王将に迫っていく。

「攻守交代だな」

「まだまだ負けませんよ」

地上はもはや廃墟すら残っていない荒野と化してしまったけれど、ARCは人口を増やしながら拡張を続けていた。自動建設機械が掘削と建設を続けていて、もうすぐ深度は二百メートルに達する。最近は避難民こそ来ないものの、子供は次々に生まれていて、人口はまもなく三千人を超える。

「ここには新しい名前が必要だな。もはや街だ」

「ARCってかわいいと思いますけど」

「それは私の研究所の名前だよ！　まったく野球場まで作るとは！　――拡張する都市、〈拡張東京（Augmented Tokyo）〉か。……誰かがそんな都市のアイデアを語っていたよ」

ついにジュリーがユィに王手をかけた。

「リッカのことを考えていたからと言い訳してもいいぞ？」

名前を出されて、ユィの反応がますます強まっていく。

ユィは三十秒ほど考えて、ジュリーの手をかわしながら反撃につながる一手を指した。

「まさか勝ったと思っていましたか、博士？」

「そうでなくてはつまらない。しかし最後に勝つのは私だ」

二つの水晶は共鳴光を増しながら、ジュリーの戦いを見つめているかのようだった。

RETENTION —保持—

スクランブル交差点を進んだ先、第二居住区にはかすかに風が吹いていた。

この区画に設置された最新型の空気循環装置は自然の風を疑似的に再現している。その機構は、二一五〇年代、およそ九十年前、私がまだこの軀体(くたい)に味覚や嗅覚を残していたころに設計したものだ。今の私にはもう、この風に含まれるわずかな植物の香りを嗅ぎ分けることはできない。

かつて荒廃した地上とメテオラの脅威から逃れ、地下深く潜った人々は自然を求めた。あの時代は、限られた資源を独占することで地下の暮らしを地上に近づけようとするものもいれば、空気の悪い地下を捨てて地上に向かおうとするものもいた。

彼らの起こした行動は真逆だったが、根本にある望みは同じだ。

空が見たい。汚染されていない空気がほしい。それだけだ。

A.T第七階層に新しく作られた第二居住区は、評価点が高いものだけが住むことを許されている。街区にはあの頃に設計した技術が惜しみなく導入されていた。

空気を濾過し風向風量に自然な変化を与える空気循環装置、水資源を循環利用するための浄水施設……、そしてこの整えられた街区のなかひときわ特別なのが、最奥にある庭付きの邸宅だった。疑似的な太陽光のもとで成長するように品種改良された植物の豊かな色彩が塀越しに見える。

何故、かつての地上の暮らしを、木々に囲まれた世界を人間は忘れられないのか。忘れてしまえば、この地下は楽園に代わるだろうに、不発弾のようにその身のうちに眠っている人間の動物的な本能がこの都市を受け入れることを拒否しているようだ。

——忘れたくない。この瞳を焼くような太陽の光を。草木のあいだを駆けた風を。〝私たち〟は、いつか必ず地上に戻る。そのためなら、たとえ私が死んだとしても……。

まるで外灯に寄って羽を焼かれる羽虫のようだ。その記憶が自らを傷つけるとわかっていても、決して捨てることができない。あれは人間の肉体に刻まれた呪いのようなものだ。

そう吐き捨てた私をあの女は困ったような目で見ていた。

この体が生身であれば、私にもあの愚かな女の願いが理解できたかもしれない。
けれど、私はその愚かさを過去のものとしたかった。

JULIE in the Dark

カミツキレイニー

カミツキレイニー

2010年に第143回Cobalt短編小説新人賞入選。2011年に第5回小学館ライトノベル大賞で『こうして彼は屋上を燃やすことにした』が大賞を受賞し、小学館ガガガ文庫から刊行されデビュー。他の著作に《七日の喰い神》シリーズ、『魔女と猟犬』（ともに小学館ガガガ文庫)、『黒豚姫の神隠し』（ハヤカワ文庫ＪＡ）などがある。

S1 上層階・第6区 住宅街

この町で生まれた人間は太陽を知らない。

この世界の夜は永遠に明けることがない。

七階建ての集合住宅が密集しているその区画は、〝団地〟と呼ばれていた。連邦自治政府が公的に運営する〝公営団地〟だ。居住者は上層市民の中でも、選ばれた高官の家族に限られている。

「頼むからしっかり歩け、シタラっ。重いんだよ、お前っ……！」

ヤマザキはもたれ掛かってくるシタラに肩を貸し、アスファルトの上を歩いていた。砂場に遊具の置かれた公園を横目に見る。団地の敷地内には電信柱や外灯があり、見上げた先の暗がりには、無数の電線が交差している。

旧時代を生きた祖父いわく。かつて〝団地〟とは、一般庶民にこそ提供された建物だったという。自治体の管理する公営団地ともなれば格安で、貧しい人々のためにあるような建物だった。それが今や富裕層の象徴だ。〝団地〟は上層階にだけあって、ヤマザキたちの暮らす下層階には存在しない。団地を羨む日が来るとはなと、祖父は鼻で笑っていた。

ヤマザキは時々後ろを振り返り、追っ手がないかを警戒する。立ち並ぶ四角い建物の向こう側で、濛々と黒煙が上がっていた。火元は、ヤマザキたちレジスタンスの襲撃した浄水場だ。

けたたましいサイレンと、機械的なアナウンスが敷地内に木霊する。

『――浄水場火災による延焼の恐れはありません。住民の皆さんは外出を控えてください。決して外へ出ないでください。火が団地まで届くことはありません。繰り返します――』

外に出ないように、と注意喚起されてはいても、建物の廊下やベランダには、寝間着姿の住民たちが姿を現していた。今は夜時間だ。寝ていたところを爆音で起こされ、何事かと浄水場の方向を見つめている。

ヤマザキとシタラは住民たちの視線を避けて、建物の裏側へと回った。外灯の明かりが届かない薄暗い路地だ。ヤマザキが肩から下げた受信機が、〝青旗〟の無線を受信する。

『ジジ……――襲撃者のうち二名が住宅街に逃げた模様。外見の特徴は、例のつなぎに空気清浄マスク。収穫前の長い黒髪が確認されている。下層階のレジスタンスだ』

コバルトブルーの旗を掲げる政府直属の警備兵は、下層市民から〝青旗〟と呼ばれ嫌われている。〝警備兵〟などと呼称されてはいても、その実態は政府直属の軍に等しい。政府に仇(あだ)なす者たちに対しては、容赦なく銃口を向けてくる。

シタラの左足はライフル銃によって砕け、ボロぞうきんのようになっていた。

『一人は身長一六五〜一七〇程度の中肉中背。左足を負傷している。こっちは男だが、もう一方は一八〇を超える大女とのことだ。見ればすぐにわかるだろう――』

ヤマザキは舌打ちをした。ただでさえ愛想のない鋭い目つきを、ことさらに細くする。

「……誰が大女だ。あたしそんなにデカくないし」

「一七八センチは充分に大女だろ……。それより、酒をくれ」

シタラは撃たれた左足を庇(かば)ってけんけんしながら、ヤマザキにしがみつく。

「一口でいい。ウイスキーを飲ませてくれ」

「ダメだ、バカ。追われてるんだぞ？　ホームに戻るまで我慢しろ」

自分よりもチビのくせに、筋肉質のシタラは異様に重い。角張った頬に、眠っているかのような細い目。長い髪は頭の後ろで結んでいた。ビリジアンの色したつなぎを着て、空気清浄マスクを首から下げている。

『襲撃者はニューナンブを所持しているとの情報アリ。各位防備されたし――』

受信機は青旗の通信を流し続ける。ヤマザキはポリエステルのリュックを「よっ」と担ぎ直した。腰まで届く長い黒髪は、シタラと同じように後ろで結んでいる。空気清浄マスクは、額の上にずらしていた。下層階では必要なマスクだが、空気の綺麗な上層階においては邪魔なだけのマスクである。

二人の頭上では、空気を循環させるための装置が稼働している。ゴゥン、ゴゥン、ゴゥン……――。団地のサイレンが鳴り止むと、その重厚な稼働音が聞こえてくる。

「……暑いな、ちくしょう」

建物の裏に積まれた室外機からは、熱風が噴き出していた。うなじに汗を掻きながら、ヤマザキはシタラを引きずるようにして、建物の陰から陰へと急ぐ。だがはたして。このまま団地を抜けたところで、下層階へ続くエレベーターにたどり着けるとは限らない。血が止まらないシタラの左足を一瞥すれば、その可能性は非常に低くも感じられる。

状況は絶望的だ。しかしヤマザキとシタラには、進むしか道がない。

――青旗の連中は、どこまで迫ってきてるだろう？

――他の同志たちは、無事逃げ切れたんだろうか？

シタラの身体を引きずりながら、ヤマザキは一歩ずつ足を踏み出し続ける。無我のまま進んで行きたいのに、どうしても弱い自分が頭をもたげる。

——やっぱりリサーチが甘かったんだ。無謀な計画だったんだ。

——浄水場を占拠するなんて……初めから無理な話だったんだ。

鼻先から垂れて落下した汗を、つま先で強く踏みつけた。

「……ちくしょう」

やがて二人は団地を抜けて、開けた表通りへと出た。ヤマザキは頭上に強い光を感じ、足を止める。見上げた先が眩しく光っていて、顔をしかめた。それはまるでスポットライトのように。天から差す光が、小高い丘の上に降り注がれている。

「……何だ、あれ」

丘の上には一軒の家があった。天からの強烈な光は、その家を照らしているのだ。

アスファルトの上り坂が、右へ左へとうねりながら丘の上まで続いていた。道の両脇には外灯が点々と灯っている。ヤマザキはシタラを引っ張って、その坂道を上っていった。

息を切らしながら、汗を流しながら、得体の知れない家へと近づいていく。怪しい家だ。青旗に関係した施設かもしれない。しかしヤマザキたちには他に行く当てがない。ならばせめてこの好奇心を満たすため、何か目標を持って足を進めたかった。

「ハア、ハア、ハア……」

丘の上にあったのは、三角屋根のロッジだった。丸太を積み重ねたような木造の壁に、ペンキの厚く塗られたドア。旧時代的な建物だ。しかしヤマザキの視線を釘付けにしたのは、その小屋を囲むようにして立つ木々であった。瑞々(みずみず)しくて青々しい、まるで本物のような植物だ。屋根より高い樹木が何本も、大きく枝葉を広げている。

小屋の側には花壇があり、ドーム型のビニールハウスがあった。テラスの手すりには、小さな花を咲かせたつるが絡まっていて、花の周りをひらひらと蝶々が舞っている。

ヤマザキはシタラから手を離した。「ごふっ」と土の上に倒れたシタラが呻く。

「すごい……。本物の〝朝〟みたいだ……」

ネットの動画でしか見たことのない風景。ふと緑のにおいが鼻をつく。酸っぱくてえぐみのある、生々しい青臭さである。〝まるで本物のよう〟ではない。この植物たちは、本当に本物なのだ。——あり得ない。

この世界にも朝はある。昼があって夜がある。ただしそれは、時間で区切られた定義でしかない。旧時代を生きた祖父いわく。この世界で生まれた人間は、本当の朝を知らない。この世界の夜は、永遠に明けることがない。

旧時代において、朝昼晩を定義づけるのは時間ではなかった。太陽だ。しかし地上をメテオラに滅ぼされ、逃げ延びた先の地下シェルターに、太陽が昇ることなどあり得ない。

――じゃあ、アレは何だ？

ヤマザキは天を見上げる。その強烈な光源は、直視できないほどに明るい。それでいて温かく、不快ではない。むしろ体中の細胞が喜んでいるような、不思議な高揚感を覚える。

肩から下げた受信機が、再びノイズを発した。

『ジジ……――あの辺りには〝魔女の住む家〟がある。絶対に襲撃者たちを近づけるな。第四班は速やかに丘へ向かえ。魔女を保護しろ――』

「魔女……？」

空気循環装置から流れてきた人工の風が、ヤマザキの汗ばんだ肌を撫でる。ざわざわと木々の葉っぱを揺らす。テラスの前に突き刺さった、郵便受けの風見鶏をくるくると回転させる。その光景を、ヤマザキはどこか夢見心地で見つめていた。

S2　カスガ邸・室内

ヤマザキは、唸るシタラをテラスにあったロッキングチェアに座らせた。

シタラのベルトからガンホルダーを外し、自分の腰に巻きつける。レジスタンス御用達の拳銃・ニューナンブである。撃ち方は学んでいる。「これでも飲んでろ」とシタラには、ウイスキーの瓶を腕に抱かせた。

踵を返したところに声が掛かった。——ヤマザキ。

振り返ったヤマザキに、シタラが細々と言う。

「……すまんな。足手まといだ」

「……普段謝らないやつが、謝るな。死ぬみたいじゃないか」

はんっ、とシタラは噴き出し、口角を吊り上げる。

「……さっさと薬か包帯か、見つけてこい。それから、アルコールがあれば消毒になる」

「ウイスキー持たせてるだろうが。傷口にはそれぶっかけてろ」

「ふざけるな。これは飲む用だろ」

瓶を強く抱きしめるシタラ。ヤマザキは呆れて鼻で笑った。

部屋に掛かったカーテンの隙間から、薄暗い室内を見渡した。パソコンの機器やテレビモニターの置かれた、雑多な印象のある部屋だ。大なり小なりのボタンが灯っている。幸運にも、窓ガラスのカギは開いていた。ひとけがないのを確認し、室内に足を踏み入れる。

冷房の効いた部屋はひどく寒い。コンピュータの重低音が絶えず響いていた。

ヤマザキはガンホルダーから抜いた拳銃を顔の側で握り、部屋を見回した。まるで研究施設のようだ。ベッドが三つか四つは並べられそうなほどに広いが、無造作に置かれた機器に面積を取られ、圧迫感がある。足元を見れば、いくつものコードが絨毯の上を這っていた。

この部屋の住人は、よほどずぼらな人物と見える。テーブルの上には、汚れたマグカップやプラスチックの袋などが散乱していた。紙くずやファイルや、本の束が床に投げ捨てられている。紙の資料は貴重なはずなのに、ひどく乱暴な扱いだ。

デスクで発光するディスプレイには、折れ線グラフや数字の羅列が表示されていた。ヤマザキにその意味を理解することはできないが、タスクバーに収納されていたアイコンには見覚えがある。音声データだ。ほんの些細な好奇心で、アイコンをクリックした。

『六月七日――予想が外れた。リア値がどうも安定しない。周波数を変えてみるか？』

スピーカーから、若い女の声が流れた。その音が思いのほか大きく、慌ててマウスを滑らせて、ボリュームを小さくする。

『六月十日――ダメだ、反応が変わらない。そもそも基準値からしてズレていたのか？　やはりこんな稚拙な機材ではダメだ。得られる数値の信憑性が乏しい。くそッ。どれくらい時間を無駄にした？　トナミさえいなければ。あいつが邪魔をしなければ――』

実験を記録した音声日誌のようだ。うまくいっていないらしく、女の声にはイラ立ちが感じられる。何かを放り投げ、壊すような音。暴れているのか。部屋の乱雑さとリンクする。

パソコンの側には、ピ、ピ……と一定の間隔で電子音を鳴らす機械があった。

コンピュータから伸びるコードを眼で辿ってみれば、壁際の台に置かれた、二つ並んだ水晶に繋がっている。鋭利に尖った歪な水晶である。寄り添うように並んだそれは、どちらも抱きかかえられるほどに大きい。コンピュータから伸びたコードの先端は、まるで脳波計のように、水晶の表面に張り付けられていた。

ヤマザキは、顔を近づけてその水晶を覗き込んだ。中にきめ細かな粒子が煌めいている。いつかネットの動画で見た、星空に似ていた。光の粒はキラキラと瞬く。ピ、ピ……と、耳に残る電子音と同じリズムで。それはまるで、生きて呼吸をしているかのように――。

『ダメだ、ダメだ、ダメだッ!! 何もかもが足りないッ! これじゃ、会えない――』

「……会えない……? いったい誰に――」

「だから知らないと言っているッ! 日本語が通じんのか、お前らはッ……!?」

突如、部屋の外から声が聞こえて、ヤマザキは身構えた。パソコンから聞こえるのと同じ声だ。

「レジスタンスなどに興味はない! お前たちのくだらん闘争に、私を巻き込むなッ」

ヤマザキはそっと部屋のドアを開けて、廊下へと出る。声のする方へ、忍び足で近づいていく。

『――そう癇癪を起こさないでください、博士。彼らは拳銃を持っているそうですよ？とても危険なの。だからすぐにでも、そのロッジから出て欲しいんですけど』

「黙れ。私のラボを奪っただけじゃあ飽き足らず、この小屋まで奪おうと言うのか？ 強欲だな。本当は私を殺したいんだろう？ 正直に言ってみたらどうだ？ あァん？」

ヤマザキはドアを少しだけ開けて、隙間から中の様子を窺った。

そこはリビングだった。作りは外観同様、旧時代の様相を呈している。火のくべられていない暖炉があり、映っていないテレビがあり、膝丈のガラステーブルを、花柄のソファーが取り囲んでいる。この部屋は先ほどの研究施設と違って、綺麗に整頓されていた。

声の主は、花柄ソファーの向こう側にいた。開いた玄関ドアの前に立っている。白衣を着た若い女性だ。小柄で華奢（きゃしゃ）な体つき。上層市民としては珍しく、髪を長く伸ばしていた。大きく二つに分けて根元から結び、背中の後ろに垂らしている。

ちらりと見えた横顔は小さく、そのせいで彼女の掛けている丸眼鏡は、やけに大きく感じられた。顔立ちはまだあどけない。二十代前半のヤマザキよりも、もっと若いかもしれない。

しかしその話し相手は、彼女のことを恭しく〝博士〟と呼ぶ。

『ジュリー博士……。あなたはきっと、私のことを誤解しているんです』

ドアの向こうの訪問者は三名。コバルトブルーのヘルメットと制服は、彼らが青旗の警備兵であることを示している。ただしジュリーが話している相手は、彼らではない。

よく見れば、先頭の男が〈パーソナル・ウィンドウ〉を展開させていた。腕に巻いたデバイスで、空間に平面動画を浮かび上がらせる映像通信だ。映っていたのは、三十代後半の女。ヤマザキはその顔に見覚えがあった。連邦自治政府を運営する、評議会委員の一人である。

あごの尖った端整な顔立ちに、明朗快活な話し方。背筋を伸ばして座る姿は、いかにもできる政治家らしい。ベリーショートの黒髪に強い目力のせいか、男前な印象を抱かせる女だ。トレードマークの白いスーツに、真珠のイヤリングを合わせていた。

『ねえ博士、あなたは私にラボを追い出されたと思っているみたいですけれど。研究資金の移行は私個人が決めたのではなく、評議会で決定されたことなのですよ？』

「はンッ！ 議会に資金運用の変更を提案したのは、どこのどいつだ？ お前は莫大な研究資金を、自分とこの企業に落としたかっただけだろ？ そいつを横取りと言うんだよ」

『まあ、横取りだなんて、乱暴な言い方。むしろ、資金を独り占めしていた今までの運用方法こそ、おかしかったと思わなくて？　地上探査にインフラ整備、地下面積拡張に至るまで……私たち人類はあらゆる技術を博士、あなたの発明に頼りすぎました。私はあなたの負担を軽くしたくて――』

「物は言いようだな、トナミ。騙し、欺き、たぶらかし、蹴落とした人間を踏みつけることに快楽を覚えるようなサディストが。その薄ら笑いをやめて、私の前に出てこい。直接話し合おうじゃないか？」

『そうしたいのは山々なんだけど、ごめんなさい。最近とみに忙しくて』

　トナミは深いため息をついた。わざとらしい大げさな仕草だった。

『ですが博士、あなたにどれだけ嫌われようが、私含む評議会は、あなたのことを認めているんです。性格は著しく破綻してはいても……その頭脳はまさに〝人類の宝〟――。この地下都市〈Augmented Tokyo（オーグメンテッド トーキヨー）〉への貢献は計り知れません』

　人類はまだ、あなたのような天才を必要としている――トナミはそう言って微笑んだ。

『豊南製鉄所への就職という道……そろそろ考えていただけたかしら？』

「お前はバカか？　お前の下で働くくらいなら、舌を噛んで死んでやる」

『あらでも博士、そんなところでどうやって、研究を続けていくつもりですか。天才なのにわからない？　奇人変人で通ってたあなたにはもう、私以外に頼れる人なんていないのですよ？　資金も資材も人材もなければ、何も研究できないでしょ？』

仕方ないじゃない――そう続けてトナミは「くすっ」っと破顔した。

『全部私に、奪われちゃったんだから』

「死ねッ！」

ジュリーはトナミに殴りかかった。その拳は届かない。

すかすかとトナミの顔面を透過しただけ。しかし映像に映るだけの人物に、警備兵たちを蹴りつけた。

「出ていけ、お前ら！　いいか、今後このロッジに一歩でも足を踏み入れてみろ。そのつま先から徐々に細切れにしてやるからなッ！」

「――お客さまですか？」

突然聞こえた背後からの声に、ヤマザキはびくりと肩を震わせる。

振り返ると、十代半ばほどの少女が小首を傾げている。黒いロングスカートに白いエプロンを重ね、頭にホワイトブリムを乗せていた。小柄な少女だ。小屋で働くメイドだろうか。

ヤマザキは立ち上がると同時に、少女の背中に回り込んだ。背の低い彼女に合わせ、屈むようにして少女の口を手で塞ぎ、そのこめかみに拳銃を突きつける。

「静かに……。騒がなければ、危害は加えない」

少女は抵抗しなかった。身体を硬直させもしない。銃口を突きつけられているというのに、ただ目をしばたたかせるだけ。

瞬間、ヤマザキの目の前でリビングのドアが開け放たれる。

現れたのはジュリー博士だ。少女を盾にするヤマザキを正面に見据えるが、その表情はムスッと不機嫌に歪んではいても、驚嘆している様子はない。ヤマザキの侵入をすでに知っていたかのように腰に手を当てて、「さて」と口を開いたのだった。

「君がトナミの捜しているレジスタンスとやらか？」

「……通報はやめておけ。さもなくば、この子の脳天を撃ち抜く」

「撃ち抜く？　そいつァ物騒だねェ！　ぜひやってみろ」

ヤマザキは、少女を乱暴に抱き寄せた。

「言っとくが……あたしたちは追い詰められている。本気だぞ。本気でこいつを」

「あァだが！　銃声は困るね。せっかく追い出したアイツらに戻って来られるのは嫌だ」

ジュリーは腕を組み、眼鏡のブリッジを指で押し上げた。

「アンテ。そいつから銃を奪え。壊さずにな」

「承りました、博士（ドクター）」

途端、確かに掴んでいたはずの少女の身体が、ヤマザキの腕からすっぽ抜ける。

「なっ……」と驚いた次の瞬間、ヤマザキは拳銃を握る利き手を捻られていた。痛みを感じたその刹那、足を大きく払われて、床と天井がひっくり返る。衝撃を背中に受け、息が詰まった。

「っ……!? はっ?」

気がつけば、仰向けとなったヤマザキの顔を、少女が丸い瞳で見下ろしていた。一八〇センチメートル近い身体を振り回したのにも拘わらず、少女は息一つ乱れていない。

その手には、つい先ほどまでヤマザキが持っていた拳銃が握られている。

「な……何者だ、お前……ボディーガードか?」

「違う。アンテは、ちょっと強いだけのお手伝いロボットだ」

答えたのはジュリーだった。

「お手伝い……ロボット……?」

「ああ。私が作ったアンドロイドさ」

ヤマザキは身体を起こした。傍らに立つアンテを見つめる。

アンドロイド――AIの搭載された人型のロボット。その存在は知っているし、実際に見たこともある。上層階では、作業補助のため一般的に使用されているとも聞く。しかしヤマザキが知っているアンドロイドとは、明確に〝アンドロイド〟とわかるものだ。動くたびに、関節の駆動音が鳴る人形である。それに比べこの少女はどうだ。表情こそ乏しいものの、その瞳には光が宿り、触れた肌の質感さえ、まるで人間と変わらない。

「……嘘だろ？　触った感じは本物だったぞ」

「くふッ……！　体温さえ感じたろ？　この天才に作らせてみれば、トポロジカル樹脂を使って、極めて人肌に近い皮膚を生み出すことさえ、たわいないのさ。おののけ」

「あんた……医者なのか？」

「いんや？　博士(ドクター)ではあるけど」

「……何でもいい。人体には詳しいんだろう？　助けてくれ、死にかけてるんだ」

「はァん？」

跳ねるように立ち上がったヤマザキは、最初に足を踏み入れた、冷房の効いた部屋へと駆け抜けた。その窓から外に出て、ロッキングチェアに座らせたシタラを、ジュリーに紹介する。シタラは、青白い顔で眠っていた。つなぎを血に染めたまま、腕をだらんと垂らしていた。ヤマザキが別れ際に抱かせたウイスキーの瓶は、足元に落ちている。

「こいつだ。足を撃たれて血が止まらないんだ。あんたなら治療できるだろ？」

「フム……。確かに私は天才だがな」

ジュリーはシタラを一瞥し、つまらなそうに頭(かぶり)を振った。

「死んでいるものは生き返らせられんよ」

S3　カスガ邸・庭

シタラの最期の地となったこのロッジに、堆肥葬用カプセル〈ホワイトベッド〉があったのは僥倖だった。ヤマザキはシタラのつなぎをナイフで剝いで、ウッドチップの敷き詰められたベッドへと寝かせる。

ホワイトベッドは庭にあったため、シタラの遺体をそこまで運ばなくてはならなかった。なかなかの重労働である。ヤマザキはつなぎの上部を脱いで、袖口を腰に巻きつけたタンクトップ姿となっていた。その胸元には、汗が滲んでいる。

「……お前は幸せ者だよ、シタラ」

ヤマザキはベッドに眠ったシタラの顔を見下ろし、つぶやいた。

青白くなった四角いあごに、枝葉の影が落ちている。貧困がゆえにその多くが火葬される下層市民にとって、堆肥葬は贅沢な最期と言えた。それもこんなに空気の澄んだ場所で眠れるのだから、上等過ぎるくらいだ。浄水場の襲撃後、散り散りになった仲間たちの中には、これを羨むような死に方をした者がいるかもしれない。

ヤマザキはシタラの頭を持ち上げて、結ばれた長い黒髪を根元から切り取った。

毛髪は下層市民にとって、重要な収入源の一つだ。業者に買われた毛束は、漏れたオイルを吸着させるためのオイルフェンスとして使われたり、電気分解でシステインという物質を取り出し、パーマ液として利用されたりする。他にも化学調味料や粉ミルクの材料として、また喉や肝臓に効く漢方として、様々な用途で売買されている。そのため貧困に喘ぐ下層市民は、男女ともに幼い頃から髪を伸ばす習慣がついていた。金のために伸ばされた長髪を、上層市民は「みっともない」と嫌がるため、長髪は下層市民のトレードマークとなっている。

「じゃあな、シタラ。次は地上で会おう」

ウイスキーの瓶をウッドチップに差し込んで、ヤマザキはベッドのフタを閉めた。

シタラの遺体は、これから半年ほどかけて有機還元される。金を払えば、その堆肥は業者によって地上へと運んでもらえるはずだ。〝地上に撒かれた堆肥は、やがて荒廃した大地に再び花を咲かせる〟――昔からそう言い伝えられており、人は死んでこそ地上に還ることができるとされている。本当にそんなことで地上をメテオラから取り戻せるのか――根拠はないが、ヤマザキはそうであって欲しいと願う。

センチメンタルな気分でヤマザキは、祖父の言葉を思い出していた。旧時代を生きた祖父いわく、痛みとは、生きている限り避けられないものなのだそうだ。避ける方法ではなく、乗り越える方法を見つけなさいと教わった。母親を亡くしたばかりの幼きヤマザキは、それじゃあその、悲しみを乗り越える方法を教えて欲しいと泣きじゃくったものだ。しかし祖父は、その方法をついぞ教えてはくれなかった。成長した今だってわからないままだ。

ひと仕事終えたヤマザキは、つなぎのポケットから電子タバコを取り出した。ニコチンで肺を満たし、たっぷり時間をかけて煙を吐く。数時間ぶりのタバコは美味かった。

ゴゥン、ゴゥン、ゴゥン……——。空気の循環機から発生した人工の風が吹き、タバコの煙を渫っていく。遠くでカラカラと、風見鶏が回る音がした。

「……アンテと言ったな。お前のご主人様について聞いていいか？」

ヤマザキは振り返った。アンドロイドの少女は、少し離れた場所に立っていた。へその前に手を重ねて、まるでヤマザキを監視するように、じっと前を見つめている。ジュリーの話を信じるなら、ロッジにはジュリーとこの少女の二人しか住んでいないらしい。

少女の正式名称は〈Android NB-Ver.10〉といった。略して〝アンテ〟だ。

「お前のご主人が話していたトナミ議員は、評議会委員の幹部のはずだ。そんな人物と対等に話せるってことは、ジュリー博士ってのは、あの若さで評議会の一員なのか？」

アンテはまばたきをした。人と見まがうような、丁寧な仕草で。

「当個体のマスターはジュリー博士ではございません」

「そうなのか……？　お前はじゃあ誰のものだ」

「当個体はカスガ様の所有物です」

「カスガ……？　〈保守派〉のカスガ議員のことか？」

地上奪還を目的とし、メテオラ駆除にリソースを割くべきと主張する〈革新派〉に対し、この地下世界こそ〝最後の楽園〟と位置づけ、安定した生活の供給を優先すべきと唱えるのが〈保守派〉である。カスガとは、その〈保守派〉の中心人物でもあった老婆で、評議会の重鎮だ。だいぶ歳を召していて、半年ほど前に他界していたはず。

「……カスガ議員のメイドを作った人物が、ジュリー博士か。……なるほど、トナミ議員と仲が悪そうにしていたのも納得できる」

確かトナミ議員は〈革新派〉であったはずだ。〈保守派〉とは敵対する関係にある。

『──勘違いするなよ、デカ女』

キューン、と突然、アンテの頭部から細い機械音が鳴った。丸い瞳の虹彩が紅く灯り、その顔つきが変わる。まるで邪悪なものにでも取り憑かれたかのように、アンテは歪な笑みを浮かべた。発する声は、ジュリーのものである。

『私は〈保守派〉でもなければ〈革新派〉でもない』

ヤマザキは反射的に身を引いた。ジュリー博士は、アンテのＡＩに干渉できるのか。

『人類がこの都市を捨てて地上に出ようが、地下に楽園を築こうが、そんなことはどうだっていい。勝手にしろって感じだね。私はただ、私の都合のいいものの味方なのさ』

アンテは、歩き方まで変わっていた。一歩二歩と、大股でヤマザキに近づいていく。小柄なアンテの身長は、ヤマザキの胸の辺りまでしかない。

『しかし本当にデカいな、君は』

至近距離でそう言ったアンテは、戸惑うヤマザキの手元から電子タバコを奪った。

『カスガ氏は私に都合がよかった。研究資金の多くを私のラボ〈ＡＲＣ（オーグメンテッドリサーチセンター）〉に回してくれていたからな。だからその見返りに、この〝最後の楽園〟を作ってやったってわけだ』

アンテは、シタラの眠るホワイトベッドの前でくるりと踵を返し、そのフタの上に腰かけた。大きくスカートを翻して足を組み、ヤマザキから奪った電子タバコを咥える。

そうしてアンドロイドのくせに、ふぅーっと大きく煙を吐き散らした。

「……作った？　そのアンドロイドだけじゃなく……ここも、あんたが？」

『いかにも。この庭園もまた私の発明品だ。幼少期のカスガ氏は毎年夏になると、田舎に住む祖母の家に遊びに行っていたそうな。地上にあったロッジはメテオラ襲来時に祖母と共に吹き飛ばされてしまったからな。カスガ氏の記憶の中にある思い出をサルベージして、まったく同じものを作って欲しいと依頼された。実に保守的な彼女らしいじゃないか？』

私にはまったく理解できんがな——と付け加え、アンテは両腕を広げた。

『つまり、ここはカスガの思い出の中なのさ』

ヤマザキは、改めて周囲を見渡した。花壇には色とりどりの花が咲き乱れ、ビニールハウスの中では、見たことも食べたこともない果実が実っている。自然に囲まれた庭園はあまりにものどかで、地下世界に生きるヤマザキにとっては、現実味がない。

土を掘るためのスコップが立てかけられており、土を運ぶための一輪車が置かれていた。

蛇口の側に立てかけられていたのは、バットだ。旧時代から伝わるスポーツに使用される道具である。バット自体はそう珍しくもないが、ここで見つけたバットは古いロゴの入った骨董品だった。実際に使用するにはもったいない代物だ。

蛇口にはホースが繋がっていて、取っ手をひねると水が出ることも確認済みである。水が貴重品である下層階では考えられない。最後の楽園。確かにここは、そう呼ぶに相応しい場所かもしれない。ヤマザキは、頭上より降り注ぐ光を見上げ、顔をしかめる。

「……これは……本物の〝朝〟なのか？」

『本物の朝？　朝に本物や偽物があるのか？　そいつァ初耳だね』

「……あの光は？　本物の太陽じゃ……？」

『地下シェルターに太陽が昇るものか。あれは私の作った人工太陽さ』

ヤマザキは驚きのあまり首を振る。太陽など、人の手で作れるものなのか。

「あんた、いったい何者なんだ……？」

『待て。コーヒーが沸いた』とアンテはヤマザキの質問を遮って、ホワイトベッドから飛び降りた。ひょいと電子タバコをヤマザキへと投げ返す。

慌ててタバコを受け取ったヤマザキを、紅い瞳が楽しそうに見つめていた。

『コーヒータイムだ。君も付き合え、デカ女』

S4　カスガ邸・キッチン

ロッジの裏戸が、キッチンへと繋がっていた。アンテがこまめに清掃しているのか、キッチンはリビングと同じように、よく整頓されている。中央に大きなキッチンテーブルがあり、敷かれたクロスの上に細長い花瓶が置かれていた。庭で見た一輪の赤い花が飾られている。

　テーブルの上には、将棋盤も置かれていた。下層階でも人気のあるボードゲームである。プレイの途中でやめてしまったのか、小さな駒がランダムに並べられている。カスガ議員は将棋に精通していて、その腕前はプロ級であったというネット記事を思い出した。議員はもういないのだから、プレイしていたのはジュリーとアンテだろうか。

　ふとヤマザキは眉根を寄せる。将棋盤の側に、先ほどアンテに奪われた拳銃が無造作に置かれている。無意識に、つなぎのポケットに手を入れた。

「…………」

「人工豆でいいな？　最近はとんと天然ものを見かけん。絶滅したのか、あれは」

　ジュリー博士はシンクを前にして立っていた。ヤマザキに背を向けたまま、振り返りもせず問う。

「下層階ではどうだ？　天然ものは入ってくるか？」

「……コーヒーなんて高級品。人工豆すら普通に手に入らないよ」

「へえ、不憫（ふびん）だねェ」

　シンクの上では、年季の入ったコーヒーメーカーがコポコポと湯気を発している。香ばしい匂いが鼻孔をくすぐる。壁沿いの戸棚には、花柄の白い皿が整頓されて収納されていた。また別の棚を見れば、フライパンや鍋などの調理器具が片付けられている。

旧時代的な雰囲気に満ちている——ヤマザキにとってこの空間は、ネットの動画や祖父の思い出話でしか聞かない、まるでおとぎ話の中の世界である。

冷蔵庫には、一枚の絵がマグネットで留められていた。幼子がクレヨンで描いたようなタッチで、女の子と車椅子の老婆が描かれている。ここが本当にカスガ議員の思い出を再現した場所ならば、女の子の方こそカスガ議員なのかもしれない。

「何をぼーっと突っ立っている？　適当に座るがいい」

振り返ったジュリーは、両手に持ったマグカップのうち、一つをヤマザキに押しつけた。アメリカンコミックのキャラクターが描かれたマグカップだ。なみなみと注がれたコーヒーに、スプーンが差し込まれている。

ヤマザキは言われたとおりに、キッチンテーブルのイスを引いて座った。テーブルに置かれた拳銃からは、あえて距離を取る。しかし意識はしている。もしかして自分は、試されているのではないだろうか？　弾が抜かれているのかもしれない。ヤマザキはつなぎのポケットの中に潜ませた予備の弾を、手の中で転がした。

「砂糖とミルクは？　いるか？」

「あ……すまない。ありがとう」

渡されたトレイには、小さな陶器とミルクポーションの注がれたカップが載っていた。陶器のフタを開けると、白い粒が盛られている。砂糖だ。滅多に口にできない高級品。

ヤマザキは、コーヒーを人生で三度しか飲んだことがなかった。ただしその飲み方は、祖父から教わって知っている。砂糖をスプーン一杯だけと、ミルクポーションをほんの少し、慎重にコーヒーに混ぜて、スプーンをかき回した。

「返せ」と言われ、トレイをジュリーに渡す。

ジュリーはシンクの前。脚の長い丸椅子に腰かけていた。シンクの上にトレイを置いて、砂糖をマグカップに入れ始める。一杯、二杯、三杯と、高級な砂糖を惜しげもなく。

ヤマザキはその横顔に話しかけた。

「礼を言う。ホワイトベッドを貸してくれたおかげで、シタラを地上に戻すことができそうだ」

「別に？ カスガが使用していたものが空いていただけだよ。あのままロッキングチェアの上で腐敗されてもたまらんしな。アンテは掃除しにいったかね？」

ヤマザキは「ああ」と頷いた。ヤマザキを裏戸へと案内したあと、アンテは「清掃して参ります」と告げてその場を離れた。テラスはまだ、シタラの血で汚れていたのだ。申し訳なく思い手伝いを買って出たが、「当個体の仕事です」と断られていた。

「通報……しないのか？　あたしたちがレジスタンスだってことは……あんたも――」

ヤマザキは言葉を切った。四杯、五杯、六杯……と、ジュリーが砂糖を入れ続けるので恐ろしくなったのだ。「……ちょ、ちょっと。待て」

「ァん？」とジュリーは手を止め、顔を上げる。

「入れすぎじゃない？　砂糖ってそんなに入れるもん？」

「何だ、人の生き方を指図するタイプか？　私は超甘党なんだ」

もう一杯砂糖を加え、ジュリーは陶器にフタをする。

「……壊れたかと思った」

「で、通報？　して欲しいのか？　したら喜ぶんだろうな。お前たちを血眼（ちまなこ）で捜しているトナミあたりが。私はヤツが死ぬほど嫌いなんだ。あれが喜ぶことなど、一寸たりともしたくないね」

ジュリーはマグカップを傾けて、コーヒーを飲んだ。甘すぎるだろうに、ほぉと息をつく顔は満足げだ。「飲まないのか？」と促され、ヤマザキは「ああ」とテーブルに置いていたマグカップに手を伸ばし、唇を濡らした。苦かった。

「……さっき、トナミ議員と話していたな。研究資金や資材を奪われたとか？」

「盗み聞きとはいい趣味だね。〝豊南製鉄所〟を知っているか？」

「ああ……〈アイアンバルブ・シリーズ〉の。下層市民なら皆知ってるよ」

豊南製鉄所は、人類が地上で暮らしていた旧時代から続く企業である。かつては農業に使われるトラクターや田植え機、稲を回収するためのコンバインなどを製造していたらしいが、メテオラ襲来以降、人類が地下に潜ってからは、地下世界を拡張させるための掘削機を製造して財を成している。労働者たちが乗って操作するアイアンバルブは、シェア率ナンバーワンのヒット商品だ。トナミ議員は、その一族の末裔だった。

「カスガの死以降、〈保守派〉は力を弱めてしまった。これを機に台頭してきたのが〈革新派〉のトナミだ。ヤツは私のラボに入るはずだった資金を、すべて豊南製鉄所に横流ししたんだよ。私が研究を私物化しているだとか、国家転覆を企てているだとか——評議会の連中に、あることないこと並べ立ててね。忌々しいことこの上ない！」

話が見えてきた。カスガ議員の庇護のもと、研究を続けていたジュリー博士は、彼女の逝去によって後ろ盾を失い、トナミ議員にラボや研究費用を奪われてしまったのだ。

自分のラボであるはずの〈ARC〉を追われることになり、このカスガ邸へと身を潜めた。ここでも研究は続けているようだが、先ほど部屋で聞いた音声日誌を思い返せば、うまくいっていない様子である。

「トナミめ。いっそ殺してやりたいが、あれは絶対に私の前に姿を現さない臆病な白イタチだ。ヤツがなぜ部下を使って連絡を寄越していたかわかるか？　私とオンラインで繋がることを恐れているのさ」

「……オンラインで繋がると、不具合でもあるのか？」

「通信を辿れば居場所が知られる。それを恐れているんだよ」

「けど評議会委員は、匿名回線を使っているはずだろう？　通信源なんてそう簡単に辿れないはずだ。あたしたちレジスタンスも、その回線経路を追跡しようと試みては、何度も失敗して――」

「お前、さてはアホだな？　オンラインで繋がった私が、トナミのデバイスに〈Jコード〉でも仕込めば、たとえ接続経路を匿名化したところで、発信源くらい探知できるさ」

「……〈Jコード〉？　それって、実在するのか？」

「するよ。政府はその存在自体を否定しているがね」

〈Jコード〉とは、匿名回線を無効化する不正プログラム――いわゆるマルウェアだと言われている。例えば、映像通信〈パーソナル・ウィンドウ〉のデバイスがそれに感染すると、匿名回線を使っていたとしても、その通信時間や発信・受信アドレスを丸裸にされてしまうらしい。ただし〝匿名〟の意味を壊してしまうこのコード――実在するのなら恐ろしいが、その正体どころか、存在自体さえあやふやなものであった。

かつて〈パーソナル・ウィンドウ〉は、決して盗聴や通信傍受などできないという触れ込みで販売されていた。しかしこのデバイスが一般的に普及されるようになってから、青旗がテロを未然に防ぐなど、盗聴や通信傍受でもしなければ起こりえないような出来事が度重なって発生した。

政府は人々の通信を傍受しているのではないか——そう責め立てられた評議会委員の一人が、思わず口に出した言葉が〈Jコード〉だ。すぐに政府から正式に訂正され、その評議会委員は虚偽の証言で混乱を招いたとして脱会させられたが、そのコードの存在は政府に否定され続けながらも、今でもまことしやかに語られている。

先ほどのトナミ議員とジュリーの映像通信を思い返せば、確かに〈パーソナル・ウィンドウ〉を展開させていたのは、ロッジを訪問した警備兵だった。彼と繋げた映像通信をもって、二人はやり取りを交わしていた。つまりジュリーとは、そんな政府がひた隠しにするマルウェアを仕込んできてもおかしくないような、危険人物ということなのだろうか。

「……でもトナミ議員は、あなたを〝人類の宝〟と評価していた。豊南製鉄所に来て欲しそうにも見えたけど」

「そう見えたか？　ヤツが私の研究を理解し、純然たる想いから製鉄所に勧誘してると？　ホントにそう思ったのなら、お前も政治屋の薄っぺらーな外面に騙されやすいアホな国民の一人ということだねェ。アホ」

　ふん、とジュリーは鼻を鳴らした。

「ヤツは、この天才を監視し、管理したいだけだよ。どこにでもいるだろう？　何でもかんでも自分の監視下に置かないと気が済まない人間が。そんなのが権力を持ったら厄介だよ。コントロールできないのなら、敵認定。排除しても構わないとさえ思っている」

　ジュリーは静かにコーヒーをすすった。

「映像通信越しでも殺意は伝わる。あれは私の存在が疎(うと)ましいんだ」

「殺意って……そんなに恨まれているのか？」

「まァ気持ちはわからんでもない。豊南製鉄所は、ことごとく私に開発コンペでボコボコにされているからな？　例えば、空気循環システムだ」

　ジュリーが窓の外へ目配せをして、ヤマザキはその視線を追いかけた。

　キッチンの窓から、空気を循環させる巨大装置が見えるわけではないが、その稼働音は今でも外から聞こえてくる。ゴゥン、ゴゥン、ゴゥン……――。

「豊南製鉄所が社運を懸けて取り組んでいたプロジェクトの一つが、空気を循環させる送風機の開発だった。ただしそれは稼働してわずか二年半で不具合が見つかり、私が改良を重ねた〝空気循環システム(Air Circulation System)〟――通称〈AiCiS(アイシス)〉に取って代わられた。まッ、豊南製送風機の不具合を指摘したのも私なんだが」

「……アイシス？　あの空気循環システムも……あんたが作ったのか？」

「そう言ってる。もっと噛み砕かんとわからんか？」

ヤマザキは改めてジュリーを正面から見据える。小柄な身体に、丈の長い白衣。短いスカートの裾からは、白衣と同じくらいに白い太ももが覗く。均衡の取れた顔立ちは、まるで陶器で作られた人形のようだ。目や鼻の位置まで寸分の狂いなく、左右対称に置かれているように感じられる。これだけバランスが取れているのに、顔のサイズと合っていない丸眼鏡だけが不均衡で、それゆえに妖しい魅力を感じた。不思議な人物だ。

夜の明けない町でただ一人、太陽の下に住まう女――。

旧時代を生きた祖父いわく。地上にはかつて、社会に適合しない者たちがいたという。人知を超えた不思議な力を持ち、達観した思考で人々を導いたり、あるいは堕落させたりする存在。その多くは俗世を離れ、天涯孤独に生きる者がほとんどだったという。人々は彼女たちを〝魔女〟と呼んで畏怖していたのだとか――。

ジュリーの、後ろで二つに結ばれた艶やかな髪は、上層市民としては珍しく長い。しかしこれは恐らくヤマザキたち下層市民と違い、売るために伸ばしているわけではないのだろう。その性格から察するに、ただ、切るのが面倒くさいだけ。なるほど魔女だ。社会の常識に囚われず、太陽を作り、風を作った女。彼女はこの都市の発展に欠かせない、超重要人物――ヤマザキはポケットに手を入れて、予備の銃弾を握りしめた。

「……すまない、博士」

ヤマザキは、テーブルの端に置かれた拳銃へと飛びついた。瞬時に回転式リボルバーをずらし、ポケットの中の予備の弾を詰めようとした――「って、入ってんのかよ！」ジュリーは弾を抜かないまま、本当にただ無造作に、拳銃を放置していたのだ。あまりにも舐められすぎている。ヤマザキは撃鉄を起こし、銃口を向けた。

「悪いが、あんたを誘拐させてもらう」

ジュリーはまったく動じなかった。顔色一つ変えず、身動ぎ一つせず。「ほう？」と小首を傾げる。可愛らしい仕草にも見える。紅い瞳は好奇心に満ち、この状況を楽しんでいるかのようにさえ思えた。

「誘拐とは？　私を君の組織に連れて行くのか？」

「〈レペゼンフォーマークス〉だ。知っているか？」

「知らんな」

「……まあ、これから大きくなっていくレジスタンス組織さ。〝下層階により良い未来を〟――それが我々の活動理念だ。そのためなら、何だってする」

「浄水場襲撃もか？　君たちの革命には、爆薬が使われるらしいな？　浄水場を爆破するだけの火薬を、どこで手に入れるんだ？」

爆薬規制法案により、個人や企業の所有する火薬の量は制限されている。しかし下層市民の多くは労働者だ。世界拡張とうたわれ永遠に続けられる掘削作業には、ダイナマイトを使用する現場もある。レペゼンフォーマークスが所持する爆薬は、そういった作業中に長年掛けてコツコツと集め、隠し持っているものだった。

もちろん、今のところ信用のおけないジュリーには伝えない。

「爆破……できてない。浄水場占拠は失敗に終わったんだ。上層階のライフラインを押さえて、評議会と交渉するはずだったのに……。けどあんたなら、浄水場の代わりになるだろ？　〝人類の宝〟であるあんたなら、交渉材料になり得る」

「交渉ねェ。私を盾に、何を要求するつもりだ？」

「言ったろう。〝下層階により良い未来を〟だ。今の下層階には、未来がないんだよ。ここで生きるお前には信じられないだろうが、下の空気は悪すぎて、空気清浄マスクをつけなきゃ外に出るのも一苦労だ。最悪、砂が気管に詰まって窒息死する……！」

「だろうな。下層階ではまだ、空気の循環に豊南製鉄所製の巨大送風機が使われているはずだ。壊れてるんだろう。不具合があるんだから」

「なのに連邦自治政府は、その送風機を直そうともしない。マスクがあるのだから大丈夫だろうと、ほったらかしだ。それから、水。あたしたちも、上層階に生きるあんたたちみたいに、充分に飲めるくらいの、綺麗な水を確保してもらう。それから、それから──」

ヤマザキは思い返す。浄水場を襲撃し占拠して、チームリーダーは何を要求しようとしていた？　必要なのは、食料だった。学業だった。医療だった。排水設備だった。何もかもが足りない。この地下都市〈Augmented Tokyo〉の上層階と下層階の間には、それだけ大きな隔たりがあった。

下層階に生まれた者たちには、未来がないのだ。連邦自治政府から課せられる労働は出世に結びつかず、ただただ消費されるのが彼らの人生だ。だから労働者としての生き方を変えるために、下層市民の若者たちは徒党を組んだのだ。世の不条理に抵抗するために。独占された資源を奪うために。戦う術を学び、闘争心をたぎらせたのだ。

「あたしたちが、下層階の未来を変えるんだ……！」

「くっくっく……甘いな。そして、若い」

ヤマザキよりも若く見えるジュリーが、そう言って笑みを噛み殺す。

「この世界はまだ、一応の民主主義を取ってはいるんだ。現状の暮らしに不満があるのなら、立候補すればいい。この世の仕組みを学べばいい。下層の暮らしが困窮しているのは、評議会委員に下層階出身の政治屋がいないからだよ。暴力だけで革命など成功しない。ただ犬死にするだけだ。君の相棒のようにな」

「黙れッ！」

ヤマザキはジュリーとの距離を詰める。紅い瞳の眼前に銃口を突きつける。

「暴力は暴力に潰される。それがわからんほどにアホなのか？　お前は、この私が誘拐されるのに、アンテが黙って見ていると思うのか？」

「……想定済みだ」

「言っておくが逃げられんぞ？　銃声一つ、私の声一つで彼女は飛んでくるだろう。また戦うか？　今度こそ勝てるとでも？　ムリだ。あいつは〈保守派〉の重鎮・カスガのメイドだぞ？　襲撃者を捕らえ、拷問に掛けることさえあった」

ジュリーは、苦虫を噛みつぶしたような顔で首を振った。

「カスガもあれで結構なサディストだったからな……。襲撃者をイスに固定して、アンテに指の爪を剥がさせるんだ。一枚ずつ、ゆっくりと。それが終わったら次は指。外から一本ずつ折っていくのさ。アンテは怖いぞ？　感情がないから容赦ない。気絶したらその度に逆さに吊すんだ。頭に血を巡らせ起こすためにな！　おやおやどうした、顔が青いじゃないか？」

「……あたしが誘拐に失敗したら、好きにするがいい。覚悟の上だ。それでも……あたしはこの生き方を変える。そのためなら、戦う価値があるっ！」

ヤマザキは銃口を天井に向けて、トリガーを引いた。パンッ――と乾いた音がして、すぐに拳銃を構え直す。しばらくの間があって、トタトタと廊下を駆けてくる音がした。

ヤマザキは廊下へと銃口を向ける。

「銃声ですか？　博士」

アンテは緊張感の欠片（かけら）もない表情で、キッチンの入り口に顔を出した。

「あァ、銃声だ」とジュリーが口を開き、ヤマザキは反射的にそちらへ銃口を滑らせる。

「だが何の問題もない。それより、テラスの掃除は終わったのか？」

「まだです博士。重曹が残り少ないです」アンテが再び発言し、ヤマザキは銃口をアンテへと戻した。「注文リストに入れておきますか？」

「あぁよろしく」再びジュリーを狙うヤマザキ。

「承知しました」アンテへと銃口の向きを変える。

アンテは深く一礼し、廊下をトタトタと駆けていった。

ジュリーはシンクに頬杖をつく。

「ふゥン……。覚悟を決めたとこ悪いがな、デカ女。さっきのはウソだ。アンテはあくまでカスガのメイドだからな。特に私は護らない」

「え……。そうなの？」

ヤマザキは未だ拳銃を廊下に構えたまま、目線だけを流してジュリーを一瞥する。緊張で引き攣ったその表情がよほど面白かったのか、ジュリーは「くくっ」と歯を覗かせた。

「〝より良い未来を〟――か。奇しくもそれは科学に通ずる。現状に不満があるからこそ、科学とは発展するのだ。『これが世界だ』と達観したつもりで思考放棄するアホどもに比べれば、今を変えようと足掻くお前たちの運動は、嫌いじゃない」

「……？」

「やり方は若く、そして甘い――が、私は超甘党なのであった」

ジュリーはコーヒーを飲み干して、脚の長い丸椅子を降りた。

「……誘拐、されてくれるのか？」

「ああ。だが足らんな。この天才物理学者を誘拐する割には、要求が小さすぎる。空気を綺麗に？　水をくれ？　ふんッ、ちみちみとまどろっこしい言い方をするな。〝上層階と下層階の住人総入れ替え〟――このくらいは要求しろ」

「……それは、ボスと相談しないと」

ヤマザキは大きく息をつき、がくりと脱力した。拳銃をテーブルの上に置く。指先はまだ、微かに震えている。

「さァ！　それじゃ早速出発だ――と行きたいところだが」と、ジュリーはヤマザキの全身を舐めるように観察する。「……風呂を貸してやるから入れ。お前、汗くさいぞ」

ヤマザキのつなぎは、シタラの血でドス黒く汚れていた。タンクトップは汗に濡れて、形の良いバストを透かしている。よく見れば整った顔立ちに、日本人離れした高身長――。

「それから、着替えも必要だな。私のを、貸して……」

ヤマザキはスタイルが良かった。時代が違えば、モデルになっていたかもしれない。自分とはあまりに違う体つきに、ジュリーは鋭い舌打ちを一つ。――「ちッ」

その理由がわからず、ヤマザキは小首を傾げた。

「まあいい。カスガのクローゼットでも漁ってみるか？」

言ってジュリーはマグカップをシンクに置き、「ついてこい」と廊下に出ていった。

S5　カスガ邸・玄関先

「……やけに肘が突っ張るな、この服は」

「デカい君のサイズに合う服があっただけでも、ありがたく思うんだな」

クローゼットの中からジュリーが選んだのは、上下黒のスーツ一式だった。カスガ氏の旦那か、あるいは息子の礼服か。男物の衣装が一着だけ、クローゼットに入っていたのは僥倖だった。黒のネクタイと白いワイシャツもまた、同じハンガーに掛けられてあったものだ。

ただ、ほとんどの住人が労働者である下層出身のヤマザキにとって、スーツとは、見る機会こそあれ着ることのない服である。着用したのは初めてだ。

「こんな動きにくいものを、上層市民の連中はよく好んで着るもんだ」

テラスに出たヤマザキは、電子タバコを咥えた。腰にも達する長い黒髪は、シャワーを浴びたばかりで湿っているため、結ばず自然に垂らしている。腰にはニューナンブの差し込まれたガンホルダーが覗く。「SPかお前は」とジュリーは思わず口にした。

「SPって何だ？」

「知らんならいい」

ジュリーは、ぱんぱんに膨らんだリュックサックを背負っていた。格好はほとんど変わらず、外出時に相応しいとは思えない白衣に、短いスカート姿。そして丸眼鏡のままだ。歩くことを想定してか、底の大きなワークブーツを履いている。頭には、ぶかぶかのヘルメットを被っていた。何だかちんちくりんな印象である。

「……何だ。そのヘルメット」

「おぉん？　下層階ではヘルメット着用が義務だと聞いたが？」

「まあ確かに、そうだけど」

　下層階は上層階に比べ整備が行き届いていない。どこへ行っても落石の危険があるため、外出時のヘルメット着用は義務とされている。ただしあまりにも煩わしすぎて、そんなルールに従っているのは、実際に落石を食らった時の死傷率が高い児童や老人ばかりである。

　テラスの階段を下りた先に、アンテが電動付き三輪車〈カーゴ〉を用意してくれていた。人類が地下で生活を始めた当初から、一般的に使用されている乗り物だ。バイクのような形状で後輪が左右に二つあり、荷台に多くの荷物を載せて運べる。

　その荷台には今、ヤマザキの背負っていたリュックサックが載っている。そして、ジュリーによって用意されたいくつかの機材。わずかに残ったスペースに、背負ったリュックごとジュリーが腰かけた。

　運転する気はまったくなさそうだ。カーゴはエンジンが駆動するのではなく、運転手がペダルを漕ぐのを電動でアシストする〝電動付き三輪車〟である。下層階への昇降機がある階層の端まで漕ぎ続けるのは、当然ながらしんどい。

「……運転はどこかで交代してくれるのか？」

「バカを言え。なぜ誘拐される側が運転する？　それは君の仕事だろう」

ある程度予想できてはいたが、ジュリーは頑なに労働をしようとしない。

ヤマザキは大人しくサドルに跨がった。

「いってらっしゃいませ、博士。ヤマザキ様」

深々と礼をするアンテに見送られて、ヤマザキはカーゴを走らせた。人工太陽に煌めくカスガ邸の敷地を出て、シタラと共に上ったくねる坂道を下っていく。カスガ邸から離れるに連れ、太陽光は弱まっていった。朝や昼を通り越し、進む先が夜になっていく。

ヤマザキは一度だけ振り返った。暗がりに包まれた世界で、小高い丘の上にぽつんと建つ一軒の小屋。光を浴びて輝くそれは、まるで霞がかったカスガ氏の夢のようだった。

と、その時だ。

ウルルルルル……――。前方より独特な飛行音を聞き、ヤマザキはハンドルを握る手に力を込めた。見れば一本道の向こうから、人の頭よりも二回りは大きな球体が滑空してくる。球体にはライトが付いており、スポットライトのような明かりが、道路を忙しなく照らしていた。その下部からは、ライフル銃を展開させている。

「マズいぞ、博士。〝浮き玉〟だ……！」

青旗の軍旗や制服と同じ、コバルトブルーの色をした球体。警備兵が使用するAI搭載型のドローンだ。英字や数字の羅列された正式名称はあるが、ヤマザキたち下層市民は簡単に〝浮き玉〟と呼んでいる。空中をゆらゆらと浮遊する様が、かつて漁業で使用されていた〝浮き玉〟と似ていることがその名前の由来らしい——が、そのような漁具どころか、海さえ画像や動画でしか知らないヤマザキたち世代にとって、その名は時に発砲さえしてくる、危険極まりないボールの名称に違いなかった。

上層階の住宅街では、ああやって浮き玉が常にパトロールしているものなのか。あるいは、ヤマザキたちレジスタンスの残党を捜しているのか。上空を滑空しているため正面衝突することはないが、すれ違えばまず間違いなく、浮き玉の視界に入ってしまうだろう。

相棒であったシタラは、浮き玉のライフル銃に左足を砕かれたのだ。顔認識されてしまえば、問答無用で撃ってくる可能性がある。ヤマザキはカーゴを急停車させた。

「引き返すぞ。見つかってしまう」

「嫌だ。このまま真っ直ぐ突き進め。愚直なまでにな」

荷台のジュリーは、リュックに背をもたれ座ったまま。パソコンを腹の上に置いてキーボードを叩きながら、モニターから視線すら外さない。

「何だよ、愚直って！　シタラはあいつに撃たれたんだ。あたしのニューナンバー情報はたぶんバレてる。見つかれば発砲してくるぞ」

「見つかれば、の話だろ？　見つからなければいい」

「見つかるんだよ！　隠れられるような脇道がないんだからっ」

ウルルルル……――。浮き玉は宙を滑るようにして近づいてきている。不毛な会話をしている暇はない。ヤマザキはサドルを降り、ハンドルを大きく切った。その時だ。

ジュリーがタタン、とエンターキーを弾いた。するとケーブルで繋がった四角い機器から、長方形の用紙が一枚、プリントアウトされる。――「おい、くそデカ女」

「誰かデカ女だっ。あたしにだって名前は……――あだっ」

振り返ったヤマザキは、ジュリーに額を叩かれた。おでこに長方形の紙が貼られている。細かな幾何学模様の描かれた、まるでお札の様な紙だった。

「……何？　これ」

「〈偽装札〉だ。貼り付けた対象の情報を誤認させる、言わば目くらましさ。君のニューナンバー情報に、アンテの識別コードを注入（インジェクション）した。剝がすなよ？」

「……え？」

ウルルルル……――。カーゴを下に見た浮き玉が、空中に静止した。

頭上からスポットライトに照らされて、ジュリーは目を細める。不愉快極まりないといった顔をして、額に手をかざし、しっしっと手のひらをヒラヒラさせた。ほんの数秒、浮き玉はジュリーとヤマザキに光を当てていたが、やがて静かに通り過ぎていく。

「ククク……。やけにデカい〝お手伝いロボット〟だと不審に思われたかもな」

「……不審には思われたんだ」

ジュリーはリュックをソファー代わりにして、再び荷台に寝転がった。

「ほら、さっさと運転を続けろ。まったく手の掛かる誘拐犯だな、デカ女」

「……ヤマザキだし」

ヤマザキは大人しくペダルを漕ぎ始める。〝人類の宝〟などと称されるだけあって、確かにすごい。すごいが、友だちにはなれないタイプだな、と思った。

S6　東京運航カキツバタ・上層階フロア

「君たち革命軍は、どうやってここまで上がってきた?」

ジュリーにそう尋ねられたのは出発前、カスガ邸にいた時だ。

答えは簡単。労働者用エレベーターを管理している業者の一人が、レペゼンフォーマークスの同志だった。しかし浄水場襲撃が失敗した今、ヤマザキたちが使用した〈労働者用エレベーター〉は、青旗によって封鎖されている可能性が高い。そこでジュリーが提案した行き先が、〈要人用エレベーター〉乗り場だった。

「――昔、自分の所属するグループ企業の収支を誤魔化し、横領したバカがいてな。私が裏で帳簿を弄(いじ)って、助けてやったんだ。その恩があるから、ヤツは私に逆らえないのさ」

ジュリーは一人、段ボール箱の載った台車を、優雅に手押ししながら歩いていた。はたから見れば独り言をつぶやいているよう。磨かれたガラスの自動ドアを通り抜ける。

「本名はあるが、本人は〝燕子花(かきつばた)〟と名乗っている。ひげ面の太った中年が、楚々とした可憐な花を名乗ることに一抹のイラ立ちを感じないでもないが、何でも代々続く家の家紋がカキツバタらしくてな？ その名に誇りがあるんだとか」

段ボール箱の中で膝を抱えるヤマザキは、取っ手となる穴から、外を覗いた。

そこは白を基調とした広いフロアだった。よく清掃されていて、ゴミ一つ落ちていない。床は蛍光灯の光を反射して、眩しいくらいに輝いていた。ジュリーの向から先にカウンターがあって、後ろの壁に大きく、紫色の花を模したロゴが描かれている。

「ほら、ヤツがそうだ」

カウンターに立つ受付嬢たちに交じって、スーツ姿の中年男がいた。口ひげを生やした、丸いシルエットの太い男。小柄なジュリーよりも目線の位置が低く、小突けばコロコロと転がっていきそうな印象がある。ジュリーが歩いていくと、男は受付嬢たちを離席させ、揉み手をしながらカウンターを回り込んで出てきた。

「これはこれは、博士ッ。こんな階層の果てまで来ていただいて、恐れ入りますゥ！」

「久しいな、燕子花。また少し肥えたか？」

近づいてきた燕子花のほっぺたを、ジュリーは無遠慮に摘まんだ。くい、とムリに顔を上げさせて、わずかに緊張したその作り笑いを、至近距離で見つめる。

「今度はどんな悪さで懐を潤しているんだ？　私にも一枚嚙ませろ」

「いやいやいや、勘弁してくださいい博士。まっとうな仕事しかしませんよォ、あたしゃ」

破顔一笑。燕子花は首を振る。ジュリーは「ふゥん」と興味なさげに相づちを打って、彼を解放した。頰を摘まんでいた指先を、燕子花のスーツの肩口で拭く。

時間が惜しい。本題を切り出す。

「さっき連絡したとおりだ。ちゃちゃっと下に降ろしてもらえるか？　急いでるんでな」

「ああー……や、それがですね、事情が変わりまして」

「あァン？」

燕子花は胸ポケットからハンカチを取り出して、ジュリーに摘ままれた頰を拭いた。

「浄水場襲撃を受けて、全エレベーターが封鎖……誰も通してはいけないことになって」

「あァ参った。爆発したってなァ？　おかげで下層階に行けなくて困っているんだ。私はまったくの無関係なのにな。だからお前に頼んでいる」

「いやそれがですねぇ？　上からの圧力が思った以上に厳しくて」

「どうした燕子花？　らしくないじゃないか」

ジュリーは燕子花の肩を抱き寄せた。

「上からの圧力？　そんなものに屈しない、ギラギラとした危うさがお前のイケてるとこだったじゃないか？　この私がどれだけ献身的にフォローしてやったか、忘れたのか？　私は覚えているぞ？　思い出せないのなら、今ここで並び立ててやろうか。お前の行なった、数々の武勇伝を」

「あははッ。若い頃のコトを言われると弱い、なあ……」

燕子花はジュリーの腕をすり抜けて、彼女の足元にある台車へと視線を落とした。

「ところでその箱は、何です？」

「燕子花……。お前本当に燕子花か？　〝日々を楽しく過ごすため、知るべきでない三つのこと〟それすらも忘れてしまったのか。よろしい。思い出させてやろう――」

ジュリーは燕子花の鼻先に、一本ずつ指を立てる。

「一つ、メテオラ襲来前の地上での生活。二つ、隣人が過去に犯した罪。そして三つ目は」唾を呑んだ燕子花が、慌てて口を挟んだ。

「ジュリー博士の所有物の中身、でした。思い出しました、失礼」

「あァ良かった、昔の燕子花に戻ったな？　ではさっさとエレベーターへ案内しろ」

ジュリーは台車の持ち手を握る。燕子花はその側に立って声を潜める。

「わかりました……では、一つだけ忠告させてください。これは一人の友人として」

「……？　何だ。気持ち悪い」

「博士が彼女に当てた〈偽装札〉……すでに対策済みらしいです」

「……何？」

瞬間、無数の足音がフロアに響き渡った。

コバルトブルーのヘルメットに防護服を着けた警備兵たちが、カウンターの奥や出入口から次々に現れる。その手にはライフル銃が握られていた。

四方八方から銃口を向けられて、燕子花が「ひぃっ」と手を挙げる。しかしここは彼の所有する建物だ。青旗が隠れていたことを知らないはずがない。

「裏切ったか。燕子花」

ジュリーの言葉に、燕子花は「滅相もない！」と声を裏返した。

「あたしゃいっさい喋ってません！　政府なんて大嫌いだ。このあたしが、あんたの情報をリークするわけがないでしょ！　けど青旗はここへ来た。すでに知っていたんだ。あんたがここへ来ることをっ」

言いながら両手を挙げ、じりじりとカニ歩き。警備兵たちの方へ避難していく。

ジュリーはじろりと警備兵を一瞥した。先頭に立つ隊長格は背が高く、ガタイのいい男だった。その顔には見覚えがある。カスガ邸にやって来て、トナミ議員と〈パーソナル・ウィンドウ〉を繋げていた警備兵だ。

「はんッ……。トナミの差し金か」

鼻を鳴らしたジュリーに、男がライフル銃を構えたまま告げる。

「ジュリー博士。あなたには、浄水場襲撃者蔵匿罪の容疑が掛けられています。重要参考人として我々と共に来ていただこう」

「お前、名前は？」とジュリーは腕を組んで尋ねた。

「……？　マジマですが」

「お前はトナミの直属の部下なのか？」

「……答える義務はありません。その箱は……？　おい、開けてみろ」

マジマの指示を受け、若い警備兵が二人、段ボールのガムテープを剝がした。額に札を貼り付けたヤマザキが、リュックサックを抱きかかえて座っている。急に視界が開け、のぞき込まれている状況に混乱している様子だった。

「え……え？」

「レジスタンスだな？　立て！」

マジマに銃口を突きつけられて、ヤマザキは両手を挙げた。言われたとおり、箱の中で恐る恐る立ち上がる。高身長に加え、台車の上である。マジマの突きつけていた銃口はだんだんと上がり、やがて背の高いマジマでさえ、見上げる格好となった。

「……お前が、浄水場の襲撃者か……？」

「あ……え、アタシァ。ただの〝お手伝いロボット〟デスケド……？」

ヤマザキは引きつった笑みを浮かべて答えた。

「嘘をつけ！　お前のようなデカいお手伝いロボットがいるかッ！」

偏見ではある。が、ジュリーは深いため息をつく。

「デカ女……。〈偽装札〉で誤魔化せるのは、浮き玉に対してだけだ」

「……あ。そっか」

警備兵たちの銃口がヤマザキへと向いているその隙を突いて、ジュリーはヤマザキの腰に下げたホルダーから、ニューナンブを抜き取った。「あ」とヤマザキが声を上げたと同時に撃鉄を起こす。それを見た警備兵たちが、一斉にジュリーへと照準を合わせた。しかしジュリーが拳銃を向けた先は、彼らではない。自らのあごの下である。

「下がれ。私とこのデカ女から離れろ。近づけば殺すぞ。私が、私を」

思わぬ行動に、警備兵たちが動揺する。ヤマザキもまた戸惑っていた。

「……博士？　何の意味があるんだ、それ」

ジュリーは側に立つヤマザキを、ギロリと睨み上げた。

「アホか。くそ意味があるわ。今ここにいる人間の中で、最も人質として価値があるのは誰だ？　本当に使えない誘拐犯だな。私は君の仕事をしてやっているんだぞ？」

ジュリーの言葉は的を射ていた。フロアに集った警備兵たちは、誰一人として動けない。自分を人質に取るというジュリーの奇行は、歴とした抑止力となっている。

「ジュリー博士、あなたは――」

「黙れ。交渉に応じるつもりはない」

一歩前へ出たマジマを、ジュリーはひと睨みで制止させる。

「マジマ、と言ったな？　君がトナミからどんな指示を受けているかは知らんが、少なくとも、評議会の連中はまだ私に利用価値を感じているだろうな？　それ以上近づけば、お前たち人類は、この街を発展させゆく天才を失うことになる。この地下都市〈Augmented

〈Tokyo〉の発展は、百年も二百年も遅れることになるだろう」

紅い瞳がマジマを射貫く。真剣な眼差しとは思えない。むしろ遊ぶように少し、笑っている。しかしそのことが、このジュリーにおいては恐ろしい。彼女なら——とマジマにそう思わせるのだ。彼女なら、本当にやりかねないと。

「私が死んだら、君の責任だ。私が今、盾にしているのは、この街の未来だと知れ」

「あなたは、狂っているのですか……？」

「ククク……。そう見えるだろうさ。お前たち凡才からして見ればな」

ジュリーは、警備兵の陰に隠れていた燕子花へ、視線を滑らせた。

「おい、燕子花。さっさと案内しろ。そうすれば、お前の裏切りを許してやる」

「……だから、裏切ったわけじゃないんだって」

肩をすくめ、しぶしぶジュリーの元へ戻る燕子花。「あちらです」とカウンターより奥を手で示す。段ボール箱や機材の載った荷台は、ヤマザキが押した。

「マジマ隊長ッ！」

部下が叫んだが、マジマは動けなかった。

ジュリーは銃口をあごの下に添えたまま、割れた道をエレベーターへと去っていく。

まさか、自分で自分を撃つわけがない——常識的に考えればそうだ。しかし彼女は、

〝常識外〟と評される人物。万が一、あのマッドサイエンティストが、自分を撃つことに躊躇(ためら)いがないとしたとしたら。本当にただ、酔狂で引き金を引きかねない——と、ほんの一瞬でもそう考えてしまった時点で、動くことはできなくなっていた。

自分は呑まれたのだ。マジマはそう、認めるしかなかった。

S7　東京運航カキツバタ・エレベーター内部

「……ちょっと待ってくれ。これ出られるのか……？」

エレベーターのドアが閉まるなり、ヤマザキは不安に駆られた。

ヤマザキのよく知る〈労働者用エレベーター〉は、組まれた鉄筋剝き出しの籠を吊ったものだ。それに比べ〈要人用エレベーター〉は、息の詰まるような密室。閉じ込められたような感覚に陥り、顔を青ざめさせている。

一方でジュリーはエレベーターに乗り込むなり、床にあぐらを掻いていた。段ボール箱の中から取りだした機器を床に並べ、二台のノートパソコンを起動させている。

燕子花とは、エレベーターに乗り込む直前に別れていた。使用の制限されたエレベーターは現在、管制室で起動制御されている。そのロックを外しに行ったのだ。彼が本当に協力してくれるのか、ヤマザキは信じ切ることができなかったが、「ヤツに私に刃向かうほどの胆力はないよ」とはジュリーの弁だ。やがてエレベーターは流れるように動き出した。

「……ホントだ、動いた」

室内のスピーカーから、ヒーリングミュージックが聞こえてくる。見上げたエレベーターの上部にテレビが設置されており、受付嬢と同じ制服の女性が映し出されていた。

『本日は〈東京運航カキツバタ〉ニーナナエレベーターをご利用いただき、誠にありがとうございます。下層階へは二〇七秒。三分二七秒で到着いたします――』

ある瞬間に、ドアと反対側の壁が開けた。一瞬、ヤマザキは外に投げ出されたのかと身構えたが、よく見れば透明度の高いガラスが張られている。

はるか眼下に、ヤマザキたちの住む下層階が見下ろせた。真っ暗で何も見えない箇所がほとんどだが、住宅の密集している辺りはポッポッと灯りが灯っていた。掘削作業の続く下層階では、常に砂塵が舞っている。視界が悪く、町はまるで煙の中にあるようだ。

下層階の人口は、上層階の二倍以上だとされている。その住民の多くは労働者で、鉄材やトタン板を積み重ねたバラック街に住んでいた。電線が乱雑に絡まった、いつ崩れてもおかしくないような町だ。

火事を恐れる連邦自治政府は、下層市民に石油ランプの使用を禁じたが、使用できる電力では充分な明かりが確保できず、とても一般的な生活が確保できない。家の窓辺や玄関のあちこちで、ランタンがぼんやりと灯っている。

このような町にも、飲み屋街があった。上から見て、最も明かりが集中している区画だ。一日の大半を掘削時間に費やした労働者たちは、仕事が終わるとあの界隈に集まってくる。

彼らの多くは、ヤマザキたちの親の世代である。労働して酒やタバコが買えることに幸せを感じ、下層で生きることを受け入れた者たちだ。上層市民に指示を仰ぎ、言われるがまま穴を掘る。夜時間である今、仕事終わりの彼らは、あの飲み屋街で乾杯しているはずだ。同じ時間、より良い生活を求めて上層階で散っていった若者たちの存在も知らずに。

「…………」

自分の生まれ育った町を眺めていると、突然、室内に流れる音楽がやんだ。

テレビ画面の動画が暗転し、受付嬢の代わりに白スーツの女が映し出される。

「……しつこいな、白イタチが」

ジュリーはパソコンから顔を上げようともしない。猫背になってキーボードを叩きながら、ただ苦々しく舌を出した。

『ジュリー博士……。あなたには深く失望しました』

トナミは大きく頭を振って、深いため息をついた。テレビの下にカメラが付いている。そこからエレベーター内部の様子を見ているのだろう。

『浄水場の襲撃者を匿うばかりか、警備兵を脅して下層階へ向かい、何をするおつもりですか？　まさか、レジスタンスに入って私たちと戦おうとでも？』

「ははは、それも悪くないな」

ジュリーはパソコンモニターを見つめながら、ついでのように答えた。

「どうせ上にいたところで研究は続けられんし。いっそこのまま下に潜って、薄汚い白イタチからラボを取り戻す算段を考えた方が良さそうだ」

『聞き捨てなりませんね、博士。あなた、本当に私たちの敵になると言うの？』

「ずーっと敵だろうが。お前にとって私は、コントロールのできない狂人。お前の最も嫌いなタイプじゃないか？　お前より優秀で、お前より評議会の信頼が厚く、お前より社会に貢献している私を、お前はずーっと疎ましく思っていたはずだ——」

ジュリーは手を止めて、ここに来て初めてテレビ画面を見上げた。

「殺したいほどにな？」

その紅い瞳が、挑戦的に燃えている。

『……自己評価が高すぎるのも考えものね』

　トナミは声のトーンを落とした。

『博士。あなたは実験や方程式に夢中になる前に、世渡りの仕方を学ぶべきだったわ。どれだけ頭ばかり良くても、孤独な狂人なんて、何かあったって誰も助けてくれないわよ』

「ほう。私の身に何が起こるというんだ？」

『……さあ。命を脅かすような事故とか？』

「くっくっくっ……」ジュリーは笑った。

「ようやく本性を現したな、白イタチ。私を事故死させてくれるのか？」

『評議会と敵対すると宣言したのは、あなたよ博士。まさか無事にそこから出られるとは思ってないでしょうね？　エレベーターの降車口には、今、警備兵たちが集結している』

「浮き玉もか？」

『ええ、もちろん』

　浮き玉という言葉を聞いて、ヤマザキは震え上がる。額に付けたままの〈偽装札〉に触れた。大丈夫だ。これさえあれば、自分の姿はアンテと認識されるはず――が。

『言っておくけど、その〈偽装札〉はもう無意味ですからね？』

「えっ……！」

『顔認証システムの脆弱性はすでに修正済みよ。うちのスタッフがこの短時間でやってくれました。残念でしたね、博士。天才はあなただけじゃないってこと。おわかり?』

「へー、あっそ」

ジュリーは興味なさげに応え、もう一台のキーボードをたぐり寄せた。

「デカ女。お前のニューナンバーとパスコードを教えろ」

「な、何だ? いきなり」

ニューナンバーとは、上層下層関係なく、地下都市に生きるすべての人間に振り分けられた個人番号である。人口管理だけでなく、社会保障や所得の把握にも使用される数字だ。個人入籍も転居も、医療機関への受診や労働の給与にさえ、このナンバーが必要になる。個人を証明する大事なナンバーであり、普通は他人に教えない。ジュリーはそれを教えろと言う。

「さっさと教えろッ! 死にたいのか?」

「え、と……21280529――」

怒気に気圧されて、ヤマザキは自分のナンバーとパスコードを口にした。

ジュリーは、左右に並べた二台のパソコンモニター画面を見比べながら、右手と左手でそれぞれのキーボードを叩いている。右側のモニターには、黒い画面に数字や英字のコマンドを次々と連ね、左のモニターではニューナンバーを使ってログインしたのか、ヤマザキの個人情報ページを開いている。眠たそうな目をしたヤマザキの証明写真を、片手でタッチパッドに触れて器用にトリミングしていた。

「おい……お前、何を」

「あとどれくらいだ？」

「どれくらいって？　何が？」

「下層階までの時間に決まっている。その扉が開くのは何秒後だッ」

「えっ……とっ」

エレベーターが下層階で止まるまで、もうほとんど時間は残っていないはずだ。眼下に見えていた町の景色は、終点に近づいたことで再び建物に遮断され見えなくなっていた。

「あと三〇秒か……いや二〇秒ないかも……！」

『見苦しいわね、博士！　たった数十秒で何ができると言うの？』

テレビ画面に映るトナミが、勝ち誇ったように高らかに笑った。

「二〇秒だと？」言ってジュリーは、タタン、とエンターキーを押した。――「充分だ」

チン、と電子音が鳴ってエレベーターは止まった。

扉が開くと同時に聞こえてきたのは、ライフルの銃声だった。ヤマザキはびくりと肩を震わせ、身構える――が、エレベーターに向かって銃弾が放たれたわけではないらしい。

「……？」

続いて聞こえたのは、悲鳴。それから喚声と怒号。そして、ウルルルル――……。

頭上を滑空する複数の浮き玉たちは、ヤマザキたちではなく、逃げる警備兵の背に銃弾を浴びせている。ライフル銃を抱く警備兵たちもまた、銃口を頭上に傾けて応戦していた。

彼らはジュリーとヤマザキを捕らえるべく、エレベーターの降車ロフロアで待ち構えていた青旗の警備兵だ。それがどうしたことか、同士討ちを始めている。

エレベーター前のフロアは、戦場と化していた。

「何が……起きているんだ……？」

呆然とするヤマザキの側で、ジュリーがケラケラと笑っていた。

「浮き玉には、警備兵の連中がこう見えているのさ」

そう言って差し出されたパソコンのモニターには、カメラ映像が映っていた。フロアを滑空する浮き玉の、とある一機のメインカメラだろう。逃げる警備兵を執拗に追いかけている。彼の後頭部には、四角い照準と〝TARGET〟という赤文字が表示されていた。

警備兵が振り返る。その顔を見て、ヤマザキは素っ頓狂な声を上げる。

「……え？」

浮き玉の視界に映る、すべての人間がヤマザキだった。

助けてと叫び逃げるヤマザキ。自動小銃を向けて応戦するヤマザキ。部下に指示を出すヤマザキ。上司に撤退を進言するヤマザキ。パソコンモニターに映るものすべての顔が、ヤマザキだった。

「うはははっ。とんだヤマザキ劇場だな。気持ち悪ッ」

「いやいや……。いったい、どうやって……？」

「別にィ？　浮き球のファームウェアを強制的にアップデートさせただけさ。画像処理に割り込んで、浮き玉のカメラに映る人間の顔を、すべて君の顔で上書きしてみた」

「……へ？」

呆けた顔のヤマザキにイラ立ち、ジュリーは声を荒らげる。

「わからんか？　君が額に貼り付けてる〈偽装札〉は、浮き玉の頭脳を騙して、見えている対象を誤認識させるものだ。その脳を修正されてしまったのなら、目ン玉をクラッキングして狂わせばいいのさ」

「クラッキング……？　ここにいる全部の浮き玉の目を、あの一瞬で壊したのか……？」

フロアには、確認できるだけで十機以上の浮き玉が飛んでいる。エレベーターが下層階へ到着するまでのわずかな時間で、そのすべての視界を操作したというのか。

「ネットワーク事情の乏しい下層階なら、別に難しいことじゃない。浮き玉はメインコンピュータとの通信が途絶しても協調できるよう、周囲の浮き玉と自律的P2Pネットワークを共有しているからな。二、三機クラッキングしてやれば、あとはそのネットワークを使って、近くの浮き玉に勝手に感染していくのさ」

ジュリーは簡単に言ってのけるが、そもそも浮き玉のファームウェアに干渉できることがおかしい。浮き玉は、政府直属の軍である青旗の所有するAIドローンだ。セキュリティの最も厳重なファームウェアを、どうやって書き換えたというのか――。

「できるはずがない、そんなこと……」

「できるさ。あの玉のファームウェアをプログラムしたのは、この私だ。開発用の秘密鍵くらい持ってる」

「……えぇ？　アレも作ったの……？」

『ジュリー博士ッ！　あなた、もう戻れないわよ！』

エレベーター内のテレビに映るトナミが、顔を赤くして激昂していた。

『いくら評議会でも、もう庇えないわ。あなた今、自分が何をしているかわかってるの？』

その言葉をすべて無視し、ジュリーは機材を台車の段ボールへと仕舞った。そして、自らもその箱の中に収まる。――「さあ、押して走れ。デカ女」

「……え？　押す？」

「私は走るのが苦手だ。特に銃弾が飛び交う中はな。だから君が押していけ」

「……あたしだって、銃弾が飛び交う中は走りたくないんだけど」

「じゃあここに残るか？　ターゲットが増えただけであって、君の顔が攻撃対象であることに代わりはないんだぞ？」

「っ……。わかったよ！」

『覚えてなさいッッ……！　ジュリーーッ！』

背後でトナミの怨嗟を聞く。ヤマザキは台車の取っ手を摑み、意を決してエレベーターから飛び出した。銃声を耳元に聞き、肩をすくめる。しかし足は止められない。フロアの出口へと駆け抜ける。生きるか死ぬかの戦場で、段ボール箱のジュリーだけが楽しそうに笑っていた。

「はははははッ！――きゃんッ！」

――と、そのヘルメットが銃弾を弾き、目を丸くするジュリー。

「うおおおおォォオ……！」

「……良かったな、それ被ってて」

震えるジュリーが珍しすぎて、ヤマザキは台車を押しながら、思わず顔を綻ばせていた。

S8　仮想空間

カスガ邸を出てから、二度目の通信だった。ヤマザキはレペゼンフォーマークスの幹部たちに、無事下層階へ降りられたことを報告する。

「……彼女は天才です。それは間違いありません」

ヤマザキのアバターは二頭身のタヌキだった。頭に葉っぱを載せてはいるが、口をキュッと横一文字に結び、その表情は真剣そのものだ。

「この半日で思い知らされました。彼女の助けがなければ、あたしは、下層階へ戻ってくることもできなかったでしょう。彼女はきっと、フォーマークスの大きな戦力になります」

仮想空間の背景は何一つ組まれていない。シンプルな白い空間だ。地平線まで続く地面にだけ、一定間隔で縦横に線が引かれている。

タヌキの正面には、三つのアバターが座っていた。下層市民の若者で構成されたレジスタンス〈レペゼンフォーマークス〉を取り仕切る、三人の幹部たちである。

「フゥン……。聞いたことがありますね。この地下都市〈Augmented Tokyo〉の開発と発展の陰には、〝白衣の魔女〟と呼ばれる天才物理学者の助力があったとか……。ただしこれは、私たちが生まれるよりもずっと前の話ですが」

タヌキから見て斜め右側には、テンガロンハットを被った巨大なトウモロコシがイスに腰かけている。身体を包み込む葉っぱが手足となっていて、長い足を優雅に組み替えた。

タヌキは、トウモロコシへ身体を向ける。

「評議会委員の連中からは、〝人類の宝〟などと呼ばれているようです」

「もし本当に浮き玉を設計した本人なら――」と、次に発言したのはタヌキの斜め左側。

「素晴らしい情報が手に入るわね？　コモモたちにも作れるかもよ？　浮き玉が」

ゆったりとした大きなソファーに、ちょこんと座っている女の子である。タヌキと同じ二頭身。桃色のツインテールで、頭に花かんむりを載せていた。大きな目をしばたたかせて、ソファーから身を乗り出す。

「浮き玉が作れたらさ、ものすごい戦力になるわ。これってすごくない？」

「……そうだな、コモモ」

真正面のアバターは、かなり高い位置にいた。何に座っているかと言えば、電車である。

派手な黄色い運転車両だ。その天板に座布団を敷き、黒の法衣を纏っているそれは、だるまだった。怒りの形相をした真っ赤なだるまに、細長い手足が生えている。脇に置いた肘置きで丸い身体を支え、煙管で煙草を吸っていた。

「わしらも浮き玉が作れれば、戦争ができるのう……」

そのアバターどおり〝赤だるま〟と呼ばれているレジスタンスのボスは、丸い後頭部を撫でながら言う。そして目の前に手をかざし、一枚の画像を展開した。

「しかし、すべては信用に足るかどうかじゃ。こりゃどう見ても若い娘じゃろうが？」

つんと尖った鼻先に、挑戦的な紅い瞳。画像に写るジュリーの横顔は、ヤマザキが隠し撮りして送ったものである。

「こんな娘が、本当に〝人類の宝〟なのか？　浮き玉を設計した？　街の発展に尽力したと？　ふん。浮き玉はもう何年も前からわしらの頭上を飛んでおる。この地下に街ができたのは、そのさらに前じゃ。数字が合わん。この娘、いったい幾つじゃ？」

「あ、あたしもっ。最初は、そう疑っておりました……」

恐々と声を上げたのはタヌキだ。

「ジュリー博士はあたしよりも年下に見えますが……けど実際に、評議会の一員であるトナミ議員と対等に話してて。それに、彼女が作った〈偽装札〉は確かに機能してて、っ。実際にいくつもの浮き玉を、短時間でクラッキングしたんです。本当に、天才で――」

「落ち着いて、ヤマちゃん。コモモたちは別に、あなたの言葉を疑っているわけじゃないのよ?」

女の子のコモモが、ニコニコとした笑顔を向ける。

「すみません……。きっと、実際に会えばわかっていただけるかと……」

「〝白衣の魔女〟の弟子――ということかもしれませんね? 何代目……とか代を重ねて研究を踏襲していたりして。そうじゃないなら、不老不死とか?」

「はっはっは」

トウモロコシの軽口に、赤だるまが身体を揺らして笑った。

「そりゃあ是非とも教えてもらいたいものよのう、その長生きの秘訣というヤツを」

「まあでも、私たちにとって有益な人物であることは間違いないでしょ? 良くやったわね、ヤマちゃん。道半ばで倒れた同志・シタラも、きっと喜んでくれてるわ」

「ヤマザキさん。定期連絡ご苦労様でした。確認しますが、迎えは要らないんですね?」

トウモロコシがこちらを向いて、タヌキは今一度、背筋を正した。

「ハイッ。エレベーター乗り場で青旗のカーゴを拝借することができましたので、それで向かいます。本日中には到着できるかと」

「ではこれが最後の通信になりそうですね。でも何かあったら、すぐに連絡するように」

「ただし、追跡と通信傍受だけには気をつけてね？　連絡は耐性の高い仮想空間に限定すること。天才物理学者を誘拐できても、青旗の連中にホームの場所を知られては、元も子もないわ」

「はい、大丈夫です。充分に注意を払っています」

「気ぃつけて帰ってこい、ヤマザキ」

赤だるまの野太い声が、タヌキの身体を硬直させる。

「わしもその天才と会えるのを、楽しみにしてるでよ」

「は……はいっ」

S9　下層階・第二番掘削場

要人用エレベーターで下層階に降り、銃声の響くロビーを飛び出した二人は、外に停めてあったカーゴを奪った。青旗仕様の、コバルトブルーに塗られたカーゴだ。その荷台に荷物を移し替え、サドルに跨（また）がったヤマザキは、全力でペダルをこいだ。

顔にはガスマスクにも似た、空気清浄マスクを着けていた。マスクを着用しての運転は息苦しさが増すが、下層階は上層階と違って空気が悪い。我慢して着用する。振り返れば、荷台のジュリーもきちんとマスクを着けていた。

追っ手を警戒しつつペダルを漕ぎ続け、辿り着いた先は第二二番掘削場だ。朝時間や昼時間であれば労働者の活気で溢れる掘削場も、夜時間の今は静寂に満ちている。だだっ広い整地にはひとけはない。ぽつぽつと灯る外灯が、音もなく暗がりを溶かしていた。

掘削場は階層の端に当たるため、整地は見上げるほど高い土壁に沿っていた。暗くて先の見えない土壁は、上層階まで続いている。その土壁に掘られた無数の洞穴のうち一つを選び、二人は身体を休めることにした。

アジトへの定期連絡を終えたヤマザキが洞穴に戻り、空気清浄マスクを外すと、座っていたジュリーが顔を上げた。こちらもマスクは脱いでいる。洞穴の中なので、舞っている砂塵の量が少ないのだ。

「ずいぶん長いトイレだったな。便秘か？」

「……こっからトイレ遠いんだよ。デリカシーのないやつだな」

「ほーん。〈ライブコネクタ〉の入ったリュックを大事そうに抱えてったから、私はてっきり、幹部連中とひそひそ話でもしてるのかと思ったが……勘違いだったか」

「……盗み聞きとかしてないだろうな？」

ヤマザキはじろりとジュリーを睨みつけ、リュックサックを足元に置いた。ジュリーの言うとおり、中には仮想空間で通信を行うためのデバイス〈ライブコネクタ〉が入っている。これは腕に装着する〈パーソナル・ウィンドウ〉とは違い、頭部を覆うようにして使う通信デバイスで、カスガ邸でジュリーから借用したものだった。ヤマザキたちが元々使っていた〈ライブコネクタ〉は、浄水場襲撃時に無くしたシタラのリュックに入っていたため、ホームへの連絡ができずに困っていたのだ。

定期連絡をわざわざ〈ライブコネクタ〉で行うのには、理由がある。仮想空間での通信は、〈パーソナル・ウィンドウ〉での映像通信に比べ、不正アクセスに対する耐性が高い。そのため幹部たちは青旗に通信を傍受され、アジトの場所が特定されるのを恐れているのだ。そのため特に作戦実行中は、仮想空間を使った通信に限定するよう強く言われている。

わざわざ仮想空間に潜らなくてはならない通信をヤマザキは面倒に思っていたが、実際に〈Jコード〉のような盗聴に特化したマルウェアが実在することをジュリーから聞かされた今となっては、幹部たちの判断は正しかったのだろうと思う。

「……っていうか、何をしてる？」

ヤマザキは立ったままジュリーを見下ろし、眉根を寄せた。

「何考えてるんだ。こんなとこで火を起こすなんて」

ヤマザキが離れている間に、ジュリーは洞穴の中でたき火を始めていた。

この洞穴は資材置き場として使われているようで、鉄骨やブロックなどが無造作に置かれていた。階段のように重ねられた鉄骨には、カバーが被せられている。ジュリーはその一番下の段に腰かけ、炎を正面に見ていた。

「暗がりに明かりを灯すのが、下層階ではそんなに珍しいことなのか？」

「火の明かりで、青旗らに見つかったらどうする？」

「追っ手が来たらすぐにわかるさ。ここは見とおしがいい」

ジュリーが洞穴の外を指差し、ヤマザキは振り返った。

確かに開けた掘削場は遠くまで見とおせる。整地の向こうに緩やかなスロープがあって、そこを下りていった先にバラック街があり、明かりの集中する飲み屋街が望める。酒を酌み交わす労働者たちの笑い声は、遠く離れたこの場所にも届いていた。

「君も座って飲みたまえ。インスタントコーヒーだがな」

火は、貴重なオガライトをふんだんに使って起こしたものらしい。ジュリーはたき火の上に枠組みを置いて、リュックに入れていたのであろう片手鍋で湯を沸かしていた。

「本当はコーヒーメーカーを持って来たかったんだが、残念ながらバッテリーがない」

その手に持つマグカップには、例のアメリカンコミックのキャラクターが描かれている。

「……先を急ぎたいんだけど」

「私は疲れた。休憩が必要だ」

ジュリーはマグカップにお湯を注ぐ。有無を言わせない態度である。リュックから続いて取り出したのは、砂糖の入った陶器のカップだった。また大量に入れるのだろう。

ハァ、とヤマザキはため息をついた。ジュリーがヤマザキの言葉に従うとは思えない。休むと決めてしまったのなら、きっとてこでも動かないだろう。

洞穴を出て、外に停めてあるカーゴへと向かう。

カーゴの側には、全長三メートルほどの掘削作業用ロボット〈アイアンバルブ〉が佇んでいた。丸いフォルムの上半身に、細く締まった下半身。両腕にドリルを搭載した、その名のとおり電球の形をしたロボットだ。搭乗して操作するのは、主に下層階の労働者たち。当然、ヤマザキもその操作方法を知っている。

人類が地下に潜ってから長い間、土地拡張における主力として使われているため、現場にあるそのほとんどが古い。関節部分や表面は錆びているし、操縦席の空調は最悪だった。

ヤマザキは丸い頭部に大きく描かれた〝豊南製鉄所〟というロゴを見上げる。

「……ジュリーに頼めば、もっといいの作ってくれるかな」

けほ、と小さな咳を一つして、柔らかな火の灯る洞穴へ戻った。

カーゴの荷台から持ってきたのは、青旗の警備兵から奪った受信機だった。

シタラと上層階を逃げていた時のように、また彼らの通信を傍受できれば、何か情報が得られるかもしれないと思ったのだ。ヤマザキは転がっていた一斗缶をイス代わりにし、たき火を正面にして座る。受信機を腕に抱きかかえダイヤルを回したが、階層が違うからか、警備兵の使っている周波数はなかなか見つけられない。

代わりにスピーカーから聞こえてきたのは、歌だった。

『♪ この世界は僕たちが嫌いか その規則は 僕たちを従わせるルールか――』

「ほう、旧時代の音楽だな。ラジオか？」

ジュリーが興味を示した。女の子たちが声を揃え、跳ねるように歌っている。

『♪ 力尽くで執行される正義がこの世界のルールなら いいさ 僕たちを憎めばいい』

「この時代にアイドルソングとはねェ。音源はどこからだ？」

「発掘屋がどこからかログを見つけてくるんだ。ラジオは下層市民にとって、数少ない娯楽の一つだからな。次々と番組が乱立してる。青旗の通信を傍受するのは無理そうだな」

ヤマザキは音楽を流しっぱなしにして、受信機を地面に置いた。

「鍋、借りるぞ」とジュリーの片手鍋を火に掛けて、その中にコロンと固形物を転がす。そこに少量の水を加え、スプーンで突きながら固形物をほぐしていくと、スパイシーな香りが漂ってくる。カレーだ。

「お腹空いてるか？　今度はあたしがごちそうしてやるよ。コーヒーのお礼に」

「いらん。私の身体は空腹を感じないようにできているからな」

「え？　そうなの？　じゃ食事は……？」

「活動維持のため、最低限の栄養は摂取している。ムダなことに時間を取られるのが嫌いなんだ。効率至上主義さ。だから食事もしないいし、寝ないし、音楽も聴かん」

「……寝ないの？　こわ。もう人間じゃないじゃん」

「君は〝拡張現実〟を知っているか？　ARだ」

「AR……。祖父から聞いたことは。昔の技術だろ？」

「メテオラの襲来直前、地上での生活はARに席巻されていた。誰もが皆、瞳に仕込んだレンズを通して、有りもしない現実を見ていたのさ。だが人類が地下に潜った今、その技術のほとんどが廃れている。なぜかわかるか？　現実を拡張する余裕がないからだ」

地上を追われた人類は、何よりも前に地下で生きる環境を作る必要があった。空気は？　食料は？　水は？　生活基盤は？　今ある現実を整えるのに精一杯だったのだ。

「触れられない技術にリソースを割くのは非効率だ。つまり〝ムダなもの〟を排除するのは、至極人間的な表現なのさ。この私はその進化形と理解するがいい」

　ふふん、とジュリーは得意げに小さな胸を張る。

「……けどジュリー。音楽は必要だよ」

「ンぁ？」

　ヤマザキは歌を聴きながら、カレーのルーをほぐし続けた。

「……特にこんな、真っ暗な地下じゃさ。あたしたちは娯楽がないと死んでしまう」

　受信機から流れる歌は、地上の情景を歌う。かつて当たり前にあった景色を。

『♪　けれど僕たちは知っている　放課後の教室　黒板の落書き　風に膨らんだカーテンの向こうに見える　青い空を――』

　ヤマザキはその歌詞に思いを馳せる。

　幼少期の頃に見た、〝本物〟の空を思い返す。

「ジュリー、お前は空を見たことがあるか？　あたしはある。小さい頃に一度だけ、地上で澄み切った青い空を見たことがあるんだ」

「嘘をつけ。いくら地上に出たところで、巻き上がった砂塵で空や星など見えるハズがない。夢か幻のお話か？」

「違う、嘘じゃない！　確かに見たんだ。あたしは本当に――」

「そもそもどうやって地上へ出た？　一般人である君が行けるようなトコじゃないだろ」

「……祖父が、堆肥葬だったんだ」

半年掛けてコンポスト化された祖父の遺体は、葬儀社に回収され、上の階層へと運ばれていった。「お爺ちゃんはね、地上に還ったんだよ」――寂しいと泣きじゃくる十歳の少女に、父はそう言い聞かせた。「いつか地上に出ることができる日がきたら、きっと会えるよ」と。

「いつか、なんて待てなかった。だからあたしは、その日のうちに会いに行ったんだ」

少女ヤマザキは、地上へ出るために生活廃棄物の中に身を隠した。

「ハハッ、ゴミ溜めに紛れて、地上へと捨てられたのか？」

「……今考えると、ゾッとするけどな」

数多のゴミに押しつぶされ、死ななかったのは運が良かった。――が、結果的に祖父の遺体と再会することは叶わなかった。堆肥となった遺体が撒かれる場所と、生活廃棄物の捨てられる場所はまったく違うのだから当然だ。ただ、確かに。悪臭漂うゴミ溜めの中から顔を出した少女は、〝本物〟の空を見た。厚い雲の隙間から太陽光が差し込み、風に雲が割れて開けた頭上に、透徹の青い空を見た。

ヤマザキは今でも、あの空を思い出すことができる。

あの時の感動は今でも、強烈に胸に焼きついている。

「あたしはもう一度、外に出たい。青く澄んだあの空を見たいんだ。そして確かめたい」

「ほう、確かめる？　何をだ」

「地上に生きる人類は絶滅したって言うけどさ。カーゴでどこまでも走っていけば、わからないじゃないか。もしかして、砂に覆われた地平線の向こうに、街があるかもしれない。まだ生き残った人たちが、あたしたちみたいに、細々と暮らしているかもしれない」

ジュリーは「無知は寿命を縮めるねェ」と肩をすくめた。

「当然、今までも地上の調査は行われている。いったいこれまで、何百人の探索隊が地平線の先を望み、地上へ出て行ったと思う？　彼らや、彼らの飛ばしたドローンや熱気球は、ついぞ戻って来ることはなかった。なぜだかわかるな？　地上にはメテオラがいる」

荒れ地と化した地上へ出ること自体は可能だ。しかし長く居続けることはできない。送り出された調査隊は、ことごとくメテオラによって壊滅させられていた。

「それをお前は、カーゴに乗って調査しにいくだと？　身体を張ったギャグか？　メテオラのソーンウェーブで粉々に吹き飛ばされたお前を見て、笑えばいいのか？」

バカにしたようなジュリーの口調に、ヤマザキはむぅっと眉根を寄せた。

「じゃあ作ってくれよ。メテオラにも壊せないようなカーゴをさ」

「三輪車でメテオラに挑むつもりか、お前は」

「わかった。じゃあ、カーゴじゃなくてもいい。巨大ロボットだ」

「……は？」

「メテオラを倒せるような、巨大ロボットを作ってくれよ。あたしが乗って戦えるようなヤツ。ロボットの操作は慣れてる。いつもアイアンバルブに乗ってるからな」

「……ふん。いかにも能天気な考え方だ。脳筋的と言い換えてもいい。現状、メテオラの生態には不明点が多い。どんな攻撃が有効か、行動パターンはあるか。何もわからないいま、大量のリソースを割いて巨大兵器を作るほど、今の人類に余裕はない。勝算のない戦いに資金を投じるなど、愚か者のやることだ」

「旧時代を生きた祖父いわく、〝愚か者〟は往々にして新しいものを発見したのだとか」

「それ以外の〝愚か者〟たちが、その陰で愚かゆえに死んでいることを知れ」

ヤマザキは炎を見つめる。パチパチッとオガライトが弾けた。

「……旧時代を生きた祖父いわく。空というのは果てがないんだ。どこまでも、どこまでも地上に生きる人々の頭上にあって、世界の裏側まで繋がっている。なあ、世界の裏側だぞ？　見たくないか？」

「……メテオラ襲来以降、世界がどう変わったのか。まァ当然、興味はあるが……」

「だろ？ あたしはいつかそこに辿り着くぞ。一緒に行こう」

「はァ？ 何で、私が」

「だってあんたの作ったロボットに乗って行くんだぞ？ 博士がいてくれたら安心だ」

「待て。まずそのロボとやらの建造を承諾してないんだが？」

「大丈夫。作れるよ、ジュリーは天才だから」

「知ってるんだが？ 別に作れないわけじゃないんだが？」

「それにさ。楽しそうじゃないか。まだ見ぬ楽園を捜して、地上での大冒険だ。わくわくしない？」

「イヤだね！ 私はまだ、ここでやることがある」

「何？ 研究か？」

「君に教えてやる理由が？」

「まあ……ないな」

「ふん」とジュリーは鼻を鳴らし、鉄骨からずり落ちるようにして地面に座った。柔らかなたき火の炎が、その白い頬に色味を差している。

ヤマザキはリュックから乾パンを取り出した。ちぎって、鍋のカレーに浸す。

もぐもぐとパンで頬を膨らましながら、ジュリーの〝ここでやること〟とは何だろうと考えた。地下都市の発達か、住民の暮らしを良くするための研究か……いや、彼女の研究理由は恐らく、この街じゃない。思い返すのは、忍び込んだカスガ邸でのこと。暗がりにキラキラと煌めく、二つ並んだ紫色の鉱石。「まだ会えない」とつぶやかれた音声日誌。ジュリーを知ったあとで思えば、とてもらしからぬ弱音――。

「……会いたい人がいるのか?」

ジュリーは顔を上げた。なぜそれを、とでも言いたげにヤマザキを見る。しかしその視線は、すぐに炎へと戻された。ジュリーは何も言わなかった。しかしその沈黙が、図星であることを教えた。

「……何だ。同じじゃないか。祖父に会いたくて地上へ出たあたしと」

「お前のそれと同じにするな。コンポストされて撒かれた人間になど、永遠に会えん。が、私のはまだ、可能性がある。今、あらゆる方法を試している」

ギリ、とジュリーは奥歯を噛み、その顔が憎しみに歪む。

「もう少しだ。もう少しなんだ。あの白イタチが邪魔さえしなければッ……!」

「そのジュリーの会いたい人ってさ、上層階の人? まさか下層市民ではないよな」

「どちらでもない」

「……？　この地下都市にはいないのか？」

「いるよ。けど会えはしない。……今は、まだ」

ジュリーはぽつりとつぶやいた。マグカップを両手に持ち、小さな顔を隠すように傾ける。その仕草は、もう話は終わりだと言っているかのようで、ヤマザキは追及を諦めた。

「…………」

代わりに半分に割った乾パンをカレーに浸し、それをジュリーへと差し出す。

「食べることはできるんだろ？　あげるよ。固いけど美味いぞ」

「いらん」と拒まれたが、ヤマザキは折れなかった。

「誘拐されたんだから、あんたはこれから下層階で暮らすことになる。少なくとも、評議会があたしたちの要求を呑んでくれるまではな。ちょっとは食べられるもの増やしとけよ」

「…………」

無理やりに乾パンを持たされて、ジュリーはそれをしぶしぶ口に運んだ。

「……ん。悪くはない……が、カッ」──と突如、紅い瞳を見開く。

「辛ッ……！」

んべ、とジュリーは舌を出した。その瞳は涙で濡れている。

「カレーってこんなに辛かったかッ？　久しく口にしてなかったからッ、忘れてッ……」

「そんなに辛いか……？　たぶん砂糖食べ過ぎて、舌がアホになってるんだよ……」

「誰がアホだッ！　いらんわ、こんなもんッ」

　ヤマザキは、投げ返されたかじりかけのパンを噛み千切った。

「もったいないな。こんなに美味しいのに」

「美味しいものか。味覚で感じる甘みと違って、辛みとは痛覚で感じるものだ。痛みを食べるなんて気が知れないねッ！　痛覚など要らない。いずれ抜くつもりだ」

「ダメだよ、ジュリー。旧時代を生きた祖父いわく、痛みは大事だ。人は痛みを知っているからこそ、他人に優しくできるんだってさ。だからそれを取るとたぶん……ジュリー、お前は人間じゃなくなってしまう」

「何者なんだ、お前の祖父は。詩人か？」

　ラジオから聞こえる音楽が、終わりを迎えようとしている。

『♪チャコール色した制服のスカートがひるがえる　もうすぐ夜が明ける　もうすぐまた君に会える――』

　ひーひーと口を押さえ、水をがぶ飲みするジュリー。

　ヤマザキは、揺れる炎を見つめながらつぶやいた。

「……なあ、研究さ。諦めないで続けろよ」

「あァン？」

ヤマザキは見上げる。暗がりに塗りつぶされた、まるで深淵のような天井を。

「地下に潜って、ひどい暮らしを強いられても、それでも人間ってさ、手を伸ばすことをやめようとしないだろ。叶わないからって、願うことを諦めない。そうしている限り、あたしたちはちゃんと、人間なんだと思う。だから――」

ヤマザキは一度視線をたき火に戻し、それからジュリーを見た。

「あたしは絶対に地上に出て、冒険をする。世界の裏側まで行くからさ。お前も頑張れ」

「……言われなくともだ」

『♪ この世界が僕たちを嫌いでも　君のいるこの世界を　僕たちはまた好きになれる』

『♪ 何度だって　好きになれる』――。

S10　産業廃棄場――レペゼンフォーマークス・アジト

第一二番掘削場を出発し、土壁沿いに数時間カーゴを走らせた先に、レペゼンフォーマークスのアジトはある。そこは掘削作業によって発見されたガラクタや、要らなくなった廃材、瓦礫などの廃棄物を溜めておく産業廃棄場だった。

下層階の最も深い区域である。土壁に沿って広大なスペースがあり、そこに使われなくなった鉄骨やコンクリート片、トタン板や廃オイルなどが山のように打ち捨てられている。中には錆びついた重機や、手足の欠けたアイアンバルブなどもあった。

あちこちにランタンの火が灯る、だだっ広い産業廃棄場。そのとある箇所に、瓦礫がどかされた広場がある。その正面にドン、と置かれた存在感のある廃棄物は、旧時代に使用されていた黄色い電車の運転車両だった。何十年も前に、掘削中の労働者が掘り起こしたものだ。

ヘルメットに眼鏡のジュリーと、スーツ姿のヤマザキは、広場の中央に立たされていた。

「ようこそ〈レペゼンフォーマークス〉へ。歓迎しよう、ジュリー博士」

革命軍のボス・赤だるまは、電車の天板に、片足を投げ出して座っていた。ツンと逆立つ黒髪に、肩に真っ赤な半纏を羽織っている。肘置きに身体をもたれさせ、紙煙草を咥えていた。年齢は二十代半ばとまだ若いが、ボスらしい威圧感をもってジュリーを見下ろしている。

「よくぞここまで来てくれたのう。どうじゃ？　下層階の空気は、マズかろう」

　まるで試すような問いに、ジュリーは「あぁくそマズいな」と答えた。

「舞い上がる砂塵で息も満足に吸えん。豊南製送風機が不具合を起こしているそうだな？」

　組織のボスである赤だるまを前にしても、ジュリーの態度は変わらない。

「政府が直してくれるのを待っているのか？　なぜ自分たちで直そうとしない？　濁った空気に喘いでいるのは自分たちなのに。理解に苦しむねェ」

　傲岸不遜（ごうがんふそん）としたその態度に、オロオロするのは隣に立つヤマザキだ。小声で「ジュリー」と制止するが、ジュリーはちらとも見てくれなかった。

　赤だるまは、後頭部を掻きむしる。

「金がない。資材がない。人手はあっても学がない。現状、わしら下層階の人間にできることと言えば、空気清浄マスクで耐えるしかないんじゃ」

「だから上層市民の連中から奪おうというのか？　単純だな」

「世の中単純なものよ。強いもんが弱いもんを支配する。要はケンカに勝ちゃいいんじゃ」

「ふんッ、汗くさいもんだね。いかにも学のない生き方だ」

　ジュリーの態度に周囲がざわつく。電車前広場の周りには、ビリジアンのつなぎに空気清浄マスクを着けた、レジスタンスの同志たちが集まってきていた。上層階から博士を浚ってきたというニュースが、組織内に広まっていたのだ。最初は歓迎ムードであったが、ジュリーの人を見下した態度に、徐々に空気が張り詰めていく。

ヤマザキとジュリーの右斜め前——足を組んでイスに座る柔和な男・モロボシが尋ねる。

「ジュリー博士。あなたが浮き玉を設計したというのは本当ですか？」

「いかにも。〝Argos（アルゴス） PT-Ver.08〟——お前たちが〝浮き玉〟と呼ぶあのドローンは、私が書いた設計図を元に、凡才が勝手に組み立てたものだ。断っておくが、私があれの完成まで携わっていれば、〝自装したライフル銃の発射反動に揺れるため、命中率が著しく低い〟——などというアホみたいな仕様をそのままにはしない」

「……なるほど。あなたが最後まで携わっていれば、私たちはもっと多くの被害を被っていた——ということですね」

モロボシは、トウモロコシのヒゲのような前髪を掻き上げる。

「ヤマザキくんの話では、上層階の空気循環システムや浄水場の開発にも関わっていたとか？　極めつけは人工太陽……。あなたは、〝太陽〟までも作ったというのですか？」

「いかにも。情報が早いな？」

「〝白衣の魔女〟……あなたがそうですか？」

身体を起こし、前のめりになってモロボシは尋ねる。ジュリーは噴き出した。

「そう呼ばれていたこともあったな。いつの話だ？」

「ねえ、あなた！　いったいお幾つなのよ？」

甲高い声で尋ねたのは、ヤマザキとジュリーの左斜め前。スプリングの覗くソファーに腰かけた、まん丸いシルエットの女性。コモモは三十代半ばの主婦だった。

「浮き玉や空気循環システムなんて、何十年も前からあったわ！　あなたが生まれる前からあるはずよ？　ねえ、ウソ言ってるんじゃないの？」

「少なくとも。お前よりは年上だよ、おばさん」

ジュリーはコモモを一瞥し、肩をすくめた。〝おばさん〟は禁句であったようで、コモモは「何ですって！」と顔を赤くする。幹部をおちょくられて、周囲がまたもざわついた。

「いい加減にしろ、ジュリー」

ヤマザキは、ジュリーとコモモの間に立った。

「これから仲間になろうってのに、煽ってどうする……？」

「これから仲間になろうって相手に、偉そうなヤツらだ。これは何だ？　尋問か？」

「お前なあ……。一応、誘拐された立場だっての忘れたのか？」

廃棄場に野太い声が轟（とどろ）く。

「レペゼンフォーマークスはその名の通り、四つのチームからなっちょる――」

赤だるまが声を上げると、電車前広場は再び静寂を取り戻した。

「その一つが暴走し、計画を早めて浄水場を襲撃。結果失敗してしまった。……迎撃されて目も当てられない状況に陥ってしまったが、このヤマザキが代わりの収穫物を持ってきてくれた」

「ふん。果実か私は」

「……静かにしろっ」

ジュリーが鼻を鳴らし、ヤマザキが人差し指を立てる。

「我々としてはこの収穫物をうまく使いこなしたいところじゃが……一筋縄ではいかんようじゃのう？　どこまで信用していいのか、まったくわからん。ジュリー博士。我々の信用を勝ち取りたいのなら、情報を寄越せ。評議会委員幹部の名簿、上層階内部の地図、青旗の兵力や浮き玉の設計図――その他、お前の知っていることすべてじゃ」

赤だるまは、ふぅっと紫煙を散らしてジュリーを見下ろす。

その気だるい仕草を、ジュリーは紅い瞳で睨み返す。

「……それは脅しか？」

「なぁに、ただの確認じゃ。確信が持てるまでは、牢の中に入っちょれ」

「ちょっ、すみません！」と声を上げたのはヤマザキだ。
「許してやってください。彼女は天才ですけど、それゆえにちょっとズレているという
か」
「捕らえろ」
一声、赤だるまが命令した瞬間に、周囲から数名の男たちが躍り出て、ジュリーを拘束
した。「やめろ、離せ」と叫ぶのはヤマザキばかりで、ジュリーは抵抗しなかった。
暴れるヤマザキの手首にも、ロープが巻かれる。
「赤だるまさんっ、ジュリー博士は味方ですっ！　考え直してくださいっ」
ヤマザキの訴えに、赤だるまは応えない。連れて行かれる二人を天板から見下ろしたま
ま、短くなった紙煙草を指先で弾いた。

S11　産業廃棄場──牢屋

赤だるまの言う〝牢〟とは、アイアンバルブによって土壁に掘られた洞穴の一つだった。

そう深くはない横穴の入り口に、無数の鉄格子をはめ込んで牢と称している。人が通れ

るほどの隙間はなく、閉じ込めるという役割は充分に果たしていた。

ジュリーを連れてきたという功績があるからか、ヤマザキの拘束はすぐに解かれた。しかしジュリーは、容赦なく牢に入れられている。薄暗い洞穴の中に立っていた。

「なるほど、牢だ。人権も何もあったものじゃないな」

「………」

鉄格子を挟んだ向かいには、ヤマザキが立っていた。

格子の上部に吊られたランタンが、二人の顔を橙色に照らしている。

「暗く、寝床も飯もなく、トイレはそこのバケツにしろと言われた。空気の悪さは随一だ。罪人を閉じ込め、懲らしめるという点で言えば、旧時代の古き牢を見事に踏襲している。ただ一つだけ、良くない点を見つけたぞ。わかるか？」

ジュリーは人差し指を立てた。指先を扉のノブ付近へと持っていく。

「格子に取り付けられたこの扉だけが、電子式だということだ。どうしてここも旧時代式にしない？　南京錠の方がまだマシだ。私であれば、この程度簡単に壊せる。見張りの男たちさえいなければ、内側からでさえな」

「……強がりを言うな」

牢に入れられてさえ余裕ぶるジュリーに、ヤマザキはイラ立ちを覚えていた。

「道具も何もないのに、ハッキングなんかできるものか」

「できるさ。この私が誰だか忘れたのか？　〝人類の宝〟たる天才物理学者だぞ？」

「じゃあやってみろよっ、今……！」

「話を聞いていたか？　見張りの男たちさえいなければ、と言ったはずだが？」

ヤマザキは拳を握った。確かにヤマザキの背後には今も、つなぎを着た男が二人、見張り役として立っている。気を遣って離れてくれているのは、同志のよしみがゆえだろう。

「何をぷりぷり怒っている？　デカ女」

「……ここまで付いて来て、どうしてあたしたちと敵対しようとする？　なんで幹部連中を挑発するんだ。あたしは、お前が味方だと説得しようとしてたのに……！」

「ははは。あの赤だるまが、お前の説得に応じるタマか。あれはお前たちを同志と煽りながら、兵として利用しているだけの男だぞ？　自分のギラギラした野望のためにな」

「何を根拠に。さっき会ったばかりのお前に、あの人の何がわかる」

「わかるさ。似たようなのをたくさん見てきた。上層階には、あんな目をしたヤツらがいっぱいいる。他人をどうすれば自分の都合のいいように動かせるか、そればかり考えているヤツらがな」

ふふん、とジュリーは鼻を高くする。

「お前は本当にヤツに付いて行けば、いつか地上へ出られると思っているのか？」

「……それは、わからないけど」

「デカ女、あまり人を信じすぎるな」

ヤマザキを見上げる紅い瞳が、ランタンの灯火を映してゆらゆらと揺れた。

「信じる、なんてことはな、旧時代においては美徳とされたことかもしれんが、ここはリソースの乏しい地下都市だ。言ったろう？　かつての地上とは違って余裕がない。余裕がなければ人は、取り繕うことをしなくなる。人間元来の性悪さが顔を出すのさ」

唇を結んだヤマザキへ、ジュリーは続ける。

「皆生きるのに必死なんだ。上層下層も関係ないぞ？　常に誰もが裏切る前提で付き合え。そうじゃないと……バカを見るのはお前自身だ」

「……歪んでるよ。余裕がないからこそ、人は信じ合うべきじゃないのか？　どうしてお前は他人を信用できない？　だから、お前はいつまでも独りぼっちなんだっ……！」

ヤマザキは激昂し、つい早口でまくし立てた。

ジュリーは小さく肩をすくめる。

「……否定はせんがね」

「……もう知らない」

踵を返したヤマザキの背に、声が掛かった。

「ヤマザキ」

振り返ったヤマザキを、ジュリーが格子の向こうから見つめる。

「マグカップを忘れた。あのたき火をした掘削場だ。取ってこい」

「はあ？」

「スーパーマンのマグカップだ。地上から持ってきた一点モノだぞ？ あれでないと私は、コーヒーを飲む気がまったくしない。だから取ってこい。今すぐにだ」

「……やだよ。自分で取ってくればいいだろう」

「この状態でか？」

ジュリーは両手を広げた。牢屋にいて出られない、と主張しているのだろう。

「……開けられるんじゃなかったのか」

ヤマザキは深いため息をついて、牢を後にした。

S12 第一二番掘削場付近

ふぅーっと吐いた電子タバコの煙が、後方へと流れていく。ヤマザキはスーツ姿のまま、長い黒髪をなびかせてカーゴに跨がっていた。空気清浄マスクは、タバコを咥えるのに邪魔なため額の上にずらしている。向かう先は第二番掘削場だ。

ガタン、と舗装されていない道でタイヤが跳ねる。

ジュリーと話していた時のイラ立ちは、向かい風に吹かれて少し落ち着いていた。彼女の立場からしてみれば、連れて来られた下層階のアジトは、完全なるアウェイ。レペゼンフォーマークスの幹部らから見たジュリーが敵か味方かわからないように、ジュリーから見たレジスタンスもまた、敵か味方かわかるまい。猜疑心の強いジュリーのことだ。簡単に心を開こうとはしないだろう。そう考えるとあの態度は、ただの強がりだったのかもしれない。

——少しだけ、言い過ぎたような気もする。

この下層階において、ジュリーが頼れるのは、恐らくヤマザキだけだろう。フォーマークスとジュリーとを橋渡しできるのもまた、ヤマザキだけだ。ケンカしている場合では、なかったかもしれない。一抹の反省を胸にハンドルを握っていると、手首に着けていたデバイスが受信を知らせて鳴った。

表示された名前は、コモモだ。ヤマザキは驚いてブレーキを掛ける。幹部が自分などにいったい何の用なのか。それも、セキュリティの高い仮想空間での通信ではなく、通常の映像通信だ。それだけ緊急性が高いということか。

　緊張しながら、〈パーソナル・ウィンドウ〉を展開させる。

『──あなた、知っていたのね？』

　目の前の空間に現れた四角い映像に、コモモの姿が映る。ほの暗い洞穴の中にいるようだった。光源が乏しく表情はよくわからないが、怒っている。答えに窮するヤマザキへ、声を荒らげた。

『私たちを裏切って、ただで済むと思っているのッ！』

　コモモの声に重なり、銃声が聞こえた。連続して発射されるライフル銃だ。それも複数。それから、あの独特な飛行音。ウルルルル……──。首筋が粟立ち、手に汗が滲んだ。

『知っていたんでしょ!?　だからアジトを抜け出した。そうでしょう』

「……何を、ですか？」

『青旗による攻撃をよ！　あなたが青旗をアジトへと招き入れたんでしょ!?』

「そんな、ちょっと待ってください。そんなはずは……！」ヤマザキは愕然とする。「追跡者の有無は充分に警戒していたし、青旗のカーゴに搭載されていた発信器の類いも、すべて取り外しました。つけられていたなんてことは、絶対に──」

『まぁ白々しいこと！　原因はあなたが定期連絡に使っていた〈ライブコネクタ〉じゃなくって？　調べさせたわ。あなたの〈ライブコネクタ〉は、要求されれば誰に対しても防壁を解除するよう設定されていた。いくら耐性の高い仮想空間を使っても、誰彼構わず通しちゃうようなガバガバ防壁なら、傍受されるに決まってるじゃないのッ！』

暗号強度の強制降格……？　しかし思い当たる節がない。定期連絡に使用した〈ライブコネクタ〉は、ヤマザキたちのものではないのだ。あれは、ジュリーに借りたもの――。

『あのイカレた女はどこ？　一緒にいるの？』

「いいえ、ジュリーは……牢屋に……」

『その牢を出て、どこへ行ったのかと聞いてるのよッ……!!』

映像が振られ、洞穴が映る。コモモが通信を行っていた場所は、つい先ほどまでジュリーが監禁されていた牢屋の前だった。

電子式で施錠されていたはずの扉は、大きく開いている。

牢の中はがらんどう。鉄格子の向こうには、誰もいなかった。

S13　産業廃棄場――レペゼンフォーマークス・アジト

電車前広場へと通じる廃棄場の入り口は、青旗の警備兵たちに封鎖されていた。近づくことができない。百名か、あるいは二百名か……。警備兵の数は、廃棄場に近づくに連れ増えていった。ヤマザキは彼らに見つからないよう身を屈め、廃棄場の周りの土手を登るルートから、電車前広場を目指した。息を切らして土手を行くヤマザキの頭上を、時々、ライフル銃を展開させた浮き玉が滑空していく。例の飛行音を耳にする度に、廃材の陰に隠れた。

土手の上まで辿り着いたヤマザキは、身を屈めたまま電車前広場を見下ろす。舞い上がる煙と埃にむせ返る。眼下には、無造作に打ち捨てられた廃材の山々が見える。そのあちこちから、炎と黒煙が上がっていた。

ほの暗い廃棄場に木霊する銃声。空気清浄マスクにつなぎ姿の同志たちが声を上げ、警備兵たちに拳銃を発砲している。彼らの武器は乏しく、警備兵のライフル銃による連射には敵わない。同志たちは血しぶきを上げ、次々と命を散らしていった。

誰かが警備兵の隊列に投げ込んだのは、レペゼンフォーマークスの切り札、ダイナマイトである。轟音と衝撃をもって、その爆発は警備兵たちを四散させる。

銃撃戦は続いている。まるで、地獄のような有り様である。

血まみれになって駆けていく同志たち。足を引きずっている者。失くした腕を捜している者。倒れてとうに事切れた警備兵へ、ニューナンブの銃弾を浴びせる者――。

起動したアイアンバルブが両腕のドリルを回転させ、警備兵の隊列へと突進していく。まるで戦車のようだ。しかしそれも無数の浮き玉に絶え間なく銃弾を浴びせられて、やがて静止し、搭乗者が引きずり出されていた。

そこはまさしく戦場だった。ついさっきまでジュリーと二人で立たされていた電車前広場には、無数の死体が転がっていた。ビリジアンのつなぎを着た者も、コバルトブルーの制服を着た者も、等しくゴミの中に倒れていた。

その中を一人、白衣のポケットに両手を突っ込んで、スタスタと歩く後ろ姿を発見する。ヘルメットを被り、長髪を二つに結んだ小柄な女。ヤマザキは、ベルトに下げたままの拳銃に手を触れて、土手を滑るように下っていった。


「……わけを言え」

その小さな背中に、ヤマザキは銃を突きつけた。

「あたしの使ってた〈ライブコネクタ〉の暗号強度が、強制降格させられていた。あんたの仕業だな？　わざと青旗の連中にあたしたちの通信を傍受させて、ヤツらをここまでおびき寄せた。なぜだ？」

　ジュリーは立ち止まったが、答えない。振り向きもしない。

「最初っから、これが目的だったのか？　そのためにお前は誘拐されたのか」

「…………」

「何か言えよ！　お前は最初から、あたしたちの敵だったのか!?」

「ふん」とジュリーは肩を揺らした。気だるさたっぷりに振り返る。

　鼻先に銃を突きつけられていても、ジュリーの態度は変わらない。その表情に動揺はない。いつもどおりの好奇心に満ちた蠱惑（こわく）的な瞳で、ヤマザキを見つめ返す。

「私のマグカップはどうした。もう取ってきたのか？」

「ふざけるなっ……！」

　ジュリーの言葉に悪びれた様子はない。ヤマザキは声を荒らげる。

「どこから嘘をついていた？　お前は、青旗の人間だったのか？　本当はっ、アイツらみたいに、あたしたちをあざ笑っていたのか……！」

　ジュリーはそっぽを向いた。ヤマザキはその横顔を強く、強く睨みつける。

「お前はっ。上層市民でも……他のヤツらとはどこか、違うと思ってた。あたしたちのことも、理解してくれると思ってた。レジスタンスに入るのも悪くないって、そう言ってたじゃないか。あれも嘘か？　あたしはお前を信じてたぞ。信じてたのにっ……！」

「愚かだな、デカ女。私は忠告したはずだぞ？　誰も信用するな。裏切る前提で付き合え、でなければバカを見るのは、自分自身だと」

ジュリーは視線を戻した。その眼鏡のレンズに、涙をにじませるヤマザキの顔が映る。

「……だがこれだけは勘違いするな。〝より良い未来を〟と戦うお前たちを見下げてはいない。その精神が科学に通ずると言ったのは、本当だよ」

「………………」

「だがまァ、その運動自体に興味はないがな。私は革命家ではなく、物理学者だ」

ジュリーはポケットから両手を出して、その手を真横に大きく広げた。

「そして政治家でもなく、軍属でもない。〈保守派〉も〈革新派〉も〈青旗〉も〈レペゼンフォーマークス〉も、全部が全部、どうだっていいんだよ。勝手に殺し合えばいいと思っている。私に迷惑をかけない程度にな」

「……じゃあ、どうして青旗をここへ招いた？」

納得がいかない。この惨劇の意図がわからない。

「なあジュリー。あたしは凡人だから。狂人であるお前の考えがわからないよ。不干渉を気取るなら、なぜ誘拐に応じた。どうしてあたしを利用した！　ただの酔狂か？」

「…………」

「何かわけがあるはずだろう？　でなきゃ、あんまりだ！」

「……言ったろう。私は物理学者だ。この命は、たった一つの研究を成就させるためにある。すべてはトナミから私のラボを取り戻すためだ。研究をこれからも続けるためだ。何を犠牲にしてでも私には……会いたい人がいるのさ」

革命軍と青旗による戦闘は激化していた。銃弾を浴び重傷を負った赤だるまは、足を引きずって電車の車内まで辿り着く。腹部を強く握りしめ、流血を押し留めてはいるが、それでも血は溢れてくる。赤黒く濡れた足跡が、ドアの開いた電車の中へと続いていた。

薄暗い車両のつり革に掴まりながら、赤だるまはゆっくりと車両の中央へと進んでいく。沸き上がる吐き気に耐えられず、鮮血を足元にぶちまけた。

「はッ……ふざけちょるわ、青旗のクソどもが」

戦う準備もしないまま、奇襲を受けたレペゼンフォーマークスの劣勢は明らかだった。一部の同志たちは拳銃で応戦し、何機かのアイアンバルブで抵抗を続けていたが、ホームが制圧されるのは時間の問題だろう。

戦いの準備さえできていれば。武器を揃える資金さえあれば。赤だるまは悔しさに歯を食いしばる。いずれ上層階に戦争を仕掛ける気でいた。下層市民を見下し、消耗品のように扱う上層階の連中に、一泡吹かせるつもりでいた。しかしそれは今ではなかった。

車両のソファーには、大量のダイナマイトが積まれている。せっせと火薬を集め、同志たちに作らせたこの爆薬は、戦争時にこそ使用されるはずの切り札だった。

赤だるまは、ダイナマイトの山を背にソファーへ深く腰かける。

これは戦争ではない——一方的な虐殺である。だが腐っても革命軍だ。反旗を翻したその時から、青旗に従う気はさらさらない。赤だるまは半纏のポケットから紙煙草を取り出して、乱暴に咥えた。オイルライターで火をつけて、紫煙を吐き散らす。

見上げた先に車内広告が貼られていた。この電車が現役だった頃の——旧時代のものが今もまだなお残っている。学習塾の広告で、欧米の女性が口を開けてこちらを指差していた。顔の側には英字が躍っている。〝When are you going to do it? Now!!〟

「はは。うるっさいのォ……。わかっちょるわ」

座る足元には、血だまりができている。目はかすみ、聞こえる銃声は遠のいている。しかし火のついたオイルライターを、ダイナマイトの導火線へ添えることくらいはできる。

「くくく……。カはははははッ」

自分が死んだ後の阿鼻叫喚を想像すると、笑いが止まらない。赤だるまは虚空に手を前に伸ばした。ついぞ野望は叶わなかったが、まあこんなもんかと、何もない空間を握りしめた。

黄色い電車を中心とした爆発は、産業廃棄場のゴミ山をことごとく吹き飛ばした。宙を滑空していた浮き玉や、ライフル銃を抱いた警備兵たちは衝撃波に舞い上がり、アイアンバルブの搭乗者は爆炎に焼かれた。廃材を盾に拳銃を撃っていた同志たちは、何もわからないままゴミ山に押し潰される。

その爆風は、広場で向かい合っていたヤマザキとジュリーの姿をも、呑み込んでいった。

S14　上層階・第二会館事務室

ほんの少しだけ、地面が揺れたような気がした。トナミはコーヒーカップの取っ手を摘まんだまま、立ち止まって天井を見上げる。耳を澄ますが騒音が聞こえるわけでもないし、電灯が明滅するわけでもない。気のせいかしら、とデスクへと向かう。

重厚なデスクは、部屋のドアを正面にして置かれている。壁には上層階市街地の地図が貼られ、視線を上げればトナミの父や叔父に当たる、歴代の議員写真がプリントアウトされている。綺麗に整頓された部屋の隅には、人工観葉植物が緑を添えていた。

——そろそろ討伐も終盤かしらね。

現場で指揮を執るマジマに連絡を入れる前に、一度コーヒーカップを傾けた。芳醇な香りにほう、と息をつく。やはりコーヒーは、温室で育った天然ものに限る。カップを受皿に置いたと同時に、机上の細長いデバイスが受信を知らせて電子音を鳴らした。トナミは通信を許可し、眼前に〈パーソナル・ウィンドウ〉を展開させる。通信相手はマジマである。

『ご報告があります。想定外のことが……』

マジマは、開口一番そう言った。顔や制服が煤で黒く汚れており、肩で息をしている。ヘルメットは着用しておらず、額からは血を滲ませていた。彼の背後に映る光景を見て、トナミは息を呑む。濛々と黒煙が上がっており、濁った画面に目を凝らせば、廃材に交じって人間が転がっている。

「そこ……下層階の廃棄場よね？　何があったの？」

『自爆です。やつら、大量の爆薬を隠し持っていたようで……先ほど廃棄場が爆発しました。多くの死傷者が出ています。応援要請をしていますが、到着はまだのようで……どれほどの被害が出ているかも、まだ……』

「……自爆？ 信じがたいバカどもね……。火はまだ消えていないの？ 崩落の恐れは？」

『現状、何もわかりません。現場は紛糾しています』

「そう。……で？ ジュリーの安否は？ ちゃんと〝事故死〟したんでしょうね？」

『確認は取れていませんが、この爆発の中にいたのなら恐らくカッ……ハッ――』

突如、マジマがびくりと身体を跳ねさせた。次の瞬間、映像が反転して落下音が鳴る。マジマがデバイスを落としたのだろう。映像は、黒煙の立ち上る下層階の天井を映していた。こちらをのぞき込む姿勢で現れたのは――。

『たらーんッ』

「ひッ……！ ジュリー？」

ジュリーはデバイスを拾い上げ、自分の姿を正面に映した。その見た目は、あまりにも痛々しい。爆発のせいかヘルメットは被っておらず、眼鏡もしていない。髪は熱で縮れていた。

左腕の皮膚は溶け落ち、骨組みが剝き出しとなった人差し指の先から、バチバチっと電気が走る。顔面の頰は破れ、小さな歯と、頰骨を模したプラスチックが覗いていた。

満身創痍だ。だが死んではいない。ジュリーの表情は穏やかだ。

「……信じられない。どこまで義体化しているの？　あなた死なないわけ？」

『死ぬよ。もう少しダメージが大きければ危うかッた。痛覚も残っているから痛ィし』

「……ともあれこの大惨事の中、ご無事でしたのね。安心しました」

『やめろ白々しィ。ホントは残念に思っているンだろ？　私を殺すことができなくて』

「まさか。〝人類の宝〟が無事で、本当に良かったわ。ただしジュリー博士、これだけは忘れないでくださいね？　あなたは今や、立派な反逆者だってこと――」

にこり、とトナミは冷静に微笑んでみせる。

「度重なるクラッキング行為に警備兵への執行妨害……あなたの犯した罪が許されたわけではないのよ。いくら〝人類の宝〟でも、罪は償っていただかなくては」

「酷いなァ、トナミ。やんごとなき事情があったんだョ」

キュルキュル、と剝き出しの表情筋が動き、ジュリーの表情を作る。

「直接会って弁明させてくれないか？」

『ふっ冗談でしょ。私は忙しいんです。自首するなら勝手になさって』

「忙しィ？　嘘をつけ。今日はその第二会館四階の角部屋から、ほとんど出ていないじゃないか。そこが君の事務所か？　遊びに行ってもいいか？」

『は……？　あなた、何で……』

敵の多いトナミは、事務所や居住区の情報を秘匿扱いにしている。目下敵対中のジュリーに対しては、特に細心の注意を払って隠している。なのになぜ、彼女は居場所を言い当てたのか。眉をひそめたトナミの顔を見て、ジュリーは「ククッ」と笑い出した。

『マジマはうまく、レジスタンスどもの仮想空間に入り込んだようだな？　ヤツらの通信を傍受し、発信元であるアジトを割り出した。だがまさか……〈ライブコネクタ〉のセキュリティが、そう簡単に破られるものだとは思ってないだろうな？』

「……あなたが、わざと壊していたとでも言うの？」

『ご明察』

「解せないわね。何のために？」

『お前、マジマにカスガ邸を見張らせていただろう。私がヤマザキと共にロッジを出れば、必ずヤツは私の後から付いてくる。そしてヤマザキが〈ライブコネクタ〉を使ってアジトと通信を行えば、セキュリティが厚いとはわかっていても、傍受できるか試すよな？　普通』

「……まさか」

『何のために、と問うたな。〈ライブコネクタ〉の暗号強度を落としたのは、罠を張るためサ。のこのこやってきて、通信を傍受するのに夢中なマジマのネットワーク経路に、こっそり不正加工したパケットを流し込んどいた。もうおわかりカな？〈Jコード〉だよ』

「あなた」

トナミは思わず立ち上がった。すべては、ジュリー博士の仕組んだ罠だったのだ。

攻撃は二段階。まず始めに、ジュリーは、ヤマザキの定期連絡に割り込んだマジマの機器を特定し、侵入。彼が通信を行うたびに、〈Jコード〉を流すよう細工した。

そして第二段階目。何も知らないマジマが通信を行うことで〈Jコード〉が発信され、通信相手であるトナミのアドレスがあぶり出される。ジュリーの目的は、これだ。

『ンククッ……さて。君たちの大事な〝人類の宝〟が逃亡中だ。こいつをどうしても捕えたい――もとい、殺したいお前は、何度マジマと通信を交わした？　その度に〈Jコード〉はお前の居場所を特定し、私に教えてくれた。そのやり取りが多ければ多いほど、確信できたヨ。あァここが……トナミの――』

「っ……！」

トナミは、反射的に〈パーソナル・ウィンドウ〉を閉じていた。

あの博士は異常者であり、狂人だ。資金を奪われ、ラボを追い出された腹いせに、どんな報復をしてくるかわからない。居場所がバレてしまった。一刻も早く場所を移さなくては——と。顔を上げたトナミは、ドアの前に一人の少女が立っていることに気づく。

少女は、白いエプロンを着けたメイドの格好をしていた。

いったい、いつの間に。通信中に入ってきたのか——。

「……何？　あなた。ここは立ち入り禁止よッ。出て行きなさい！」

直後、キューンと少女の頭部から細い機械音が鳴る。丸い瞳の虹彩が紅く灯り、口角が上がった。無表情だった顔に感情が宿る。発する声は——今し方聞いていたものと同じ。

『かカカッ……話の途中で切るなんて。つれないじゃないか、なァトナミ？』

「ジュッ……⁉」

驚愕のあまり踵を下げたトナミは、イスに足をぶつけ尻餅をついた。瞬時に駆けたメイドはジャンプして、重厚なテーブルの上に立つ。いたずらな視線をトナミへと注いだ。

「待って！　話し合いましょう、お願いだからっ」

トナミは、広げた手を前に伸ばして訴えた。少女はゆっくりと顔を振る。

『やっと会えたんだ。とびきり痛ましい〝事故死〟にしような？』

——きひッ。その紅い瞳が残酷に歪んだのを、トナミは絶望の淵から見上げていた。

S15 産業廃棄場――レペゼンフォーマークス・アジト

銃声はやんでいた。しかし悲鳴と痛みに耐えるうめき声は、未だ廃棄場の至るところで反響していた。助けを呼ぶ声、怨嗟を叫ぶ声が重なり、暗がりのあちこちで響き渡っている。転がる死体は、どれも黒く焼け焦げていた。

混迷する戦場の中心は、電車前広場だ。かつて電車だった廃材は炎を上げて、濛々と黒煙を立ち昇らせている。視界と呼吸を奪うその煙は、空気循環施設の乏しい下層階を猛烈な勢いで呑み込んでいく。

ジュリーは白衣のポケットから、丸眼鏡を取り出した。トントンとその縁に触れる。ジ……ジ……とレンズにノイズが走るが、起動はできる。使えないことはなさそうである。

「フム……壊れてはいないようだねェ」

頰の破れた顔に眼鏡を掛けて、縁の小さなボタンを操作した。ネット上から動画を探す。めぼしいサムネイル画像を選んで再生しダウンロードするが、廃棄場だからネット環境が良くないのか、あるいは爆発による影響か、〝Download……〟の文字が躍ったまま、パーセンテージが貯まらない。焦れた。

ヤマザキは、ジュリーの足元に仰向けの状態で倒れていた。

「……お前。それ、卑怯だろ」

爆発によって剝き出しとなった、ジュリーの身体の骨組みを見て言う。

「……ロボット……だったのか」

「サイボーグだ、アホめ。まだ人間だよ。だからちゃんと頭は護る」

ジュリーはヤマザキの頭の側に、膝を抱くようにして腰を下ろした。

ヤマザキの身体は、右半身が焼けただれていた。スーツは焼け切れて腹部を露出し、片足は膝から下が吹き飛んでいた。長い髪が地面に広がっている。

「……あたしは、死ぬか？」

「あァ。もうすぐだ」

ジュリーは、正面に濛々と上がり続ける黒煙を見つめている。誰かが遠くで叫んでいた。パン、と短く銃声が木霊する。戦いは終わっていないのだろうか？　どちらにしても、ジュリーには関係のないことだ。

「……あんたは……なるほど〝魔女〟だ。関わる人を不幸にする」

「ふん。知ってる。何十年も前からずーっと言われ続けてきたことだ」

「……ホントお前、何歳なんだ？」

ヤマザキは尋ねたが、ジュリーは小さく笑うだけだった。

ジュリーは爆発の直前、自分の目的をヤマザキに説明していた。〈ライブコネクタ〉の暗号強度を下げたのは、マジマの通信デバイスにコンタクトを取るため。彼のデバイスに〈Jコード〉の送信プログラムを仕込み、トナミ議員の居場所を突き止めるためだった。

「……何なんだ、いったい……〈Jコード〉ってのは……」

匿名回線を無効化する、荒唐無稽なマルウェア。〈パーソナル・ウィンドウ〉を使った通信時間や発信・受信アドレスを流出させる、プログラムですらない不正なデータ列。それを仕込むため——ヤマザキたちレペゼンフォーマークスは、ただそのためだけに利用され、壊滅したのだ。得体の知れないコードにさえ、憎しみが沸く。

「前に説明してやったはずだが？」

ジュリーは膝を抱え、じっと黒煙を見つめたまま応える。

「あれを作ったのは、ずいぶん昔のコトだ。匿名回線の脆弱性を教えてやったのに、凡人たちは私の指摘を受け入れようとしなかった。だから腹いせに作ってみせた実証コード（PoC）だよ。それがこんなところで役に立つとはな」

「……は？　ちょっと待て。まさかそれもお前が……？」

「〈Jコード〉の〝J〟が何を意味しているか、ちょっと考えれば自ずとわかろう？」

　ジュリーはヤマザキを一瞥し、にやりと笑った。

「はは」ヤマザキは笑った。笑うしかなかった。

「それで……？　会いたい人には……会えそうなのか？」

「まだわからん。だが会うよ、絶対にな。研究は続ける」

「あぁ……そうしろ。ここまでしたんだから、最後まで頑張れ」

「だから、言われなくともだ」

　けほ、と黒煙にヤマザキがむせる。咳には血が混じっている。

「ああ……くそ。あたしは、ここで終わりか」

　ヤマザキは、声を絞り出すようにして唸った。

「……もっかい地上に、出たかったなあ……」

　ジュリーは眼鏡を外した。「餞別だ」と言ってヤマザキの顔に掛ける。

　レンズではまだ〝Download……〟の文字が躍っていた。しかしパーセンテージは一〇〇に近づきつつある。やがてプログレスバーが満タンになった、次の瞬間。

　黒煙に包まれていたヤマザキの視界に、一筋の光が差した。

　濛々と立ち昇る煙が割れて、天井に亀裂が入る。そこから注ぎ込まれた強烈な眩しさに、ヤマザキは顔をしかめた。世界を照らす暖かな日差し。これは、太陽光だ。

黒々とした雲が割れ、見上げた先に現れたのは、澄み切った青空だった。どこまでも続く、透徹の空。まさしくあの日、祖父に会うため地上へ出た、少女ヤマザキが見た景色。

少女は青空へと手をかざす。天から差し込む光が、ヤマザキの手の輪郭を輝かせる。

――ああ。

ヤマザキの目尻から、つと涙がこぼれ落ちた。

ヤマザキの顔に掛けられた眼鏡は〈視覚拡張デバイス〉だった。拡張現実――ARを見ることのできる眼鏡だ。旧時代に使われていた骨董品である。

「ジュリー……」

ヤマザキはかざしていた手を下ろし、地面を這わせた。彷徨う指先が、ゴツゴツとした骨組みの指を見つけ、握りしめる。剝き出しの機械に触覚はない。ジュリーには、人差し指を握られた感覚がわからない。握り返すことはない。

「何だ」

それでも、名前を呼ばれたジュリーは応えた。しかしヤマザキは何も言わなかった。

ヤマザキが声を発することは、もうなかった。彼女が最期に何を言いたかったのか、ジュリーにはわからなかった。

ジュリーは指を握られたまま、しばらくぼんやりと吹き上がる黒煙を見つめ続けた。やがて、遠くからたくさんの足音が聞こえてくる。応援要請された警備兵たちだろう。

ジュリーは、ヤマザキの手を解いて立ち上がった。尻をはたき、汚れた白衣の埃を落とす。

「さて、帰るかッ」

言って黒煙に背を向けた。未だ、あちらこちらで炎の上がる廃棄場を後にする。転がる浮き玉を蹴り飛ばし、死体を跨いで歩いていく。歩きながら、自然と鼻歌を歌っていた。

口ずさむメロディは、あの掘削場で、ヤマザキと聴いたアイドルソングだ。

ふと自分が歌っていることに気づき、ジュリーは足を止めて俯いた。

「…………」

まだ少しだけ胸が痛い。あァ何と、煩わしいものだろう。イラ立ち、奥歯を噛みしめる。

そうしてゆっくり、顔を上げた。――やはり痛覚などいらない。

「……研究を続けるのに邪魔だ」

その瞳が炎を映し、紅い虹彩を煌めかせる。ジュリーは再び、歩き出した。

RETRIEVAL ―想起―

寒い。ここには何もない。

とても寒い。ここは、牢獄みたいだ。

手を伸ばそうとしても、指先すら動かない。暗闇が喉にまで詰まっているようだった。

「おねえちゃん……」

喉から絞り出したような自分の声を耳で聞いた。唐突に、身体の制御が戻ってきた。

ステンレスの実験台の上で私は目覚め、同時に私と隣に眠る人形を繋いでいた接続が途切れた。私は少し動揺していたが、体にはなんの反応も表れていなかった。

また意識をなくしたらしい。半刻(はんとき)ほど前に第二居住区で警備ドローンに発見され、ラボに運び込まれたと記録にはある。私はゆっくりと体を起こした。

この躯体はもう寒さなど感じるはずがない。そのはずだ。本来ならば。

唯一機械化せずに残していた器官……私の脳は壊れかけている——

予兆が表れたのは、四十二年ほど前のことだった。唐突に意識を失い、そのあいだの記憶が欠けている。意識をなくす間隔は次第に短くなり、記憶にはノイズが混ざるようになった。

徐々に人前に出る機会を減らし、A．Tの評議会の連中とも通信だけで連絡を取るようにした。最後にこの姿を見せたのは、あの生意気な自我を持った人工拡張認識結晶と評議代理にだったはずだが、もう十年は前の話だ。

そうして、長い時間をかけて、自分の記憶と意識を新しい身体に移す準備をしてきた。

その準備もまもなく終わろうとしている。

人形に再接続し、スリープモードから起動した。

最終工程に進む前に、この人形のなかで記憶の復元がうまく進行しているかを検証する必要がある。人形の量子ドライブに直接シグナルを送る。

長い沈黙の後、人形はいまだ瞳を開けぬまま、唇から言葉を紡ぎ出した。

「記憶——再構成：二二二〇年十二月四日」

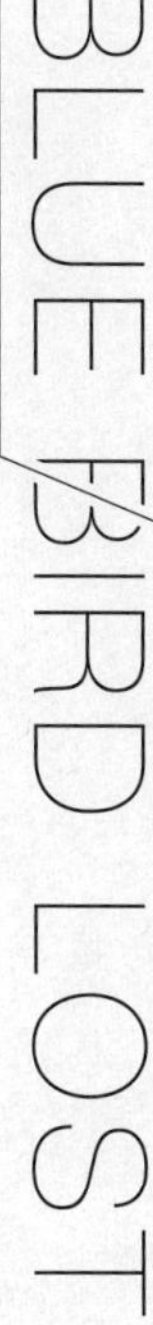

Blue Bird Lost

小山恭平

小山恭平（おやま・きょうへい）

2014年、『「英雄」解体』で第25回BOX‐AiR新人賞を受賞。2016年、同作が講談社BOXから刊行されデビュー。他の著作に《飽くなき欲の秘蹟》シリーズ（小学館ガガガ文庫）、《我が姫にささぐダーティープレイ》シリーズ（講談社ラノベ文庫）のほか、VRアドベンチャーゲーム『東京クロノス』でメインシナリオライターをつとめる。

プロローグ

「私の名前はミチルだからね。ずっと探しているんだよ、私にとっての片割れ（チルチル）を。ねえ、『青い鳥』を読んだことはある？」

そう訊くと、名も無き彼女は間髪（かんはつ）をいれずに答えた。

「『青い鳥』旧時代ベルギーの作家メーテルリンクの戯曲。貧しい家庭の兄妹であるチルチルとミチルが、青い鳥を探して様々な世界を旅する寓話的作品。――本文を当個体のストレージにインストールしました」

「幼い頃、夢中になって読んだものだよ。主人公の名前が私と同じ〝ミチル〟だから余計に感情移入してしまったのかも。特にラストなんか最高だ。だって世界中探しても見つからなかった青い鳥が、帰り着いた自宅の鳥かごで見つかるんだよ？　旅することの無意味さをあれほど鮮烈に描いてくれた傑作は他にないんじゃないかなあ」

少々皮肉が過ぎる展開だけど、私はこの酷薄さが気に入っていた。

「物語から教訓や寓意を読み取るだけの情緒は当個体にはまだ育まれていませんので、あなたの解釈に準拠した上で会話を継続します——旅は、無意味なのでしょうか」

彼女の問いかけはいつだって素朴で素敵だ。私は張り切って答える。

「無意味に決まっているだろう。身近な世界こそが大切なんだ。特に今の時代はね。だってこの地下都市は人類最後の拠点なんだよ。進歩という旅を重ねてついに宇宙にまで羽を伸ばした人類という愚かな鳥は、ラストでシェルターに逃げ帰ってきたというわけだ。いやはや無意味な進歩ご苦労様、今後はずっとここにいましょうねって話だよ」

「比喩と皮肉の多用されたあなたとの会話は、当個体のラーニングにおいて非常に有益であると評価できます。次は要約及び結論の付け方を学びたいので、この話題のまとめに入っていただけますでしょうか」

華麗に幕を下ろせと彼女は言った。よろしい、その期待に応えよう。

「OK。要はここは卵の殻の中、青い鳥を逃したくないのなら、そもそも孵化させなければいいって話をしてるのさ。私はいつも願ってる、地下の世界のささやかな幸せが、末永く続きますようにって。まあ、私たち二人なら大丈夫だろうけど。なにせ私はミチルで、君の名前は『チルチル』にするって決めたから」

命名の権利は私にある。だから、遠慮なく名前をつけた。君の名前はチルチルだ！

「ふふ、チルチルとミチルが揃っているなら青い鳥はここにいるよね」

「物語においてチルチルは男性の名前です。当個体はボディデザインも性自認も女性なので不適切なネーミングかと」

「細かいことを気にするなあ。いいじゃないか、女同士のチルチルミチルがいたってさ。それぐらいの翻案は許されるのが世の常だろう？」

説得すると、彼女はそれ以上反論しなかった。無表情に頷き──突然高く浮かびあがった。

「Named『Tyltyl』Holographic Learning」

彼女、チルチルの体が発光を始める。淡い青の粒子を放つその様は妖精のようだ。

「当個体チルチルはA．T基幹サーバーの一部を借りて成立した自我です。個体目標は『人に至る』。当個体はこれよりミチル・カオウを参考に人の様態を学びます。学習項目は会話、行動、マナー、親愛。の、四項目となります。学びの見返りとして当個体は常にミチルの側に寄り添い、生活をサポートします」

「ああ、いつまでも側にいてくれ。私もなるべくそうするからさ」

私が手を差し出すと、チルチルは不思議そうな表情を浮かべた。

「当個体にシェイクハンドは不可能です。実体がありませんから」

「いいんだよ、形だけで。握手は本来心と心の所作なんだからさ」

さあ、と促す。私と掌を合わせるチルチル。当たり前だけど感触はない。でも、その瞬間、たしかに私たちの心には波紋が生じた。それを、感じた。

チルチルは顔を上げ、青い瞳で私を解析しながら言った。

「――電子人形アーク・チルチルは、常にミチル、あなたのもとに」

これは孵化することのできない私たちの物語だ。

シェルターという卵の中で私たちは未熟なまま時を過ごした。

手放したくなかった。ずっと、あの愛しい都市で子供たちと踊り続けていたかった。

けれど、次々に襲い来る試練は私たちにとどまることを許さない。

変貌を遂げていくチルチル。暗躍するレジスタンス。そして、静かな脅威メテオラH(ハーメルン)。

複雑に絡まる糸は私たちの魂を締め上げて、セカイの仕組みを根底から変えてしまった。

青い鳥の翼に込めた青い理想は儚(はかな)く消えた。今の私は、かつて望んだ姿とはほど遠い。

では、鳥を探し求めてついに丸呑みにされた私たちの過去を語るとしよう。

まずは何気ない日常の一幕から。
みなさまご清聴のほど、どうぞよろしく。

第一幕

早朝五時。目が覚めたらランニング。物心がついた頃から、この習慣を欠かしたことはない。着用した〈シルク〉にホログラフィーでラン・ウェアを再現する。まだ早朝だから、世界の光度はかなり低めだ。東壁（とうへき）からは空調システムのさわやかな風が吹く。風に向かって軽快にランニング。世界の果てから世界の果てへ。私のペースだと九十分もかからずに一周してしまうことさえ可能だ。旧時代渋谷の地下の巨大シェルターAugmented Tokyo（オーグメンテッド・トーキョー）——通称A.Tはそう広くない。

「今日は晴れかぁ」

天井に映し出された平面ホログラフィー（テクスチャ）には朝陽が再現されている。天気は統治機構によってランダムに決められる。

基本は晴れと曇りだけど、たまに音とホログラフィーで雨を見せてくれることもある。

空から水が落ちてくるなんて不思議が旧時代ではありふれた光景だったらしい。

「本当かなぁ……？　みんな、なんかのテクノロジーに化かされてたんじゃ」

半信半疑。今となってはたしかめようもないけれど。人類が地下に追い込まれてからの幾星霜で失われたものは多い。資源、資料、人口、社会構造、それに外に出る権利とか。

今から百と数十年前に飛来した巨大生命体メテオラは人類から全てを奪い尽くした。やつらが放つ音の波動はあまねく命と建築物をなぎ払い、地上は一面原始の荒野に逆戻り。滅亡寸前のところにまで追い込まれた人類は、ある天才科学者の機転によって地下都市で命脈を保ったというわけだ。

悲劇、まったくのゼロに戻った人類！　にもかかわらず人は奪われたことを認められずに、地下にこうして失われた都市を再現した——らしい。

まあ、「再現した」なんて言われても、旧時代の様相を知らない私たちにとってはこの街こそがオリジナル。ここだけが、私たちの故郷だ——なんて事を考えているうちに、ランニングの終着地点〈スクランブル交差点〉に辿り着く。旧時代では人口密集都市東京の象徴的な場所だったとか。今は人もまばらで彼の有名なハチ公くんもいないけど。

地面に描かれた横断歩道を行ったり来たりして息を整えた私は、両脚の踵をつけて足を扇状に開いた。首と背筋をピンッと伸ばして腰を高く引き上げる。

片脚を横に開いてY字のポーズ。さらに脚を高く掲げて側頭部につけるとI字のポーズが完成する。幼い頃からの柔軟で少しずつ可動域を広げた百七十六センチの身体はもはやどこまでも曲がる。

「さあて」

準備運動を終えた私は、軽やかにステップを踏み出した。音楽自動生成装置〈ムーサ〉から鳴る音色に合わせ、即興の振り付けを披露する。

バレエとの出会いはたしか六歳ぐらいのこと。親にねだって入れてもらった上層の資料庫で、紙の束――本を見つけ、開いてみると旧時代の色々な踊りの概要が記されていた。特に目を引いたのはバレエ。人体って、こんなに美しく使うことができるんだ！

元々体を動かすことが好きだった私は夢中になって、旧時代のバレエに関する資料を集めた。僅かな映像記録を見ながら独学で日々練習を重ね、ある程度上達すると、今度はみんなに見てもらいたくなった。

――いくぞ！

音楽のクライマックスに合わせて勢いよくジャンプ。足を開く勢いで一回転半身体を回す大技――540（ファイブフォーティー）。少し着地をミスったのはご愛敬。

「ミチル先生お見事です！」「お綺麗ー！」「ミチル先生素敵！」「ブラボー！」「マド

モワゼルミチル！」「まどもわぜる？」「素敵なレディのことよ」

いつの間にか集(つど)っていた子供たちが、即興のダンスを終えた私に喝采と拍手を浴びせてくる。拍手をくれた子供たち一人一人に優雅な礼と微笑みを返す。

「おはようみんな、拍手をどうもありがとう！　君たちの声援こそが私の羽さ。さあ、次は君たちが舞う番だ！　今日もミチル・カオウのダンス教室を始めるとしよう！」

呼びかけに応じ、子供たちは半円状に私を取り囲む。

「腰を高く、背筋と首を伸ばして立ち姿は美しく。息を合わせて優美な礼を」

品のある笑みを浮かべて、たおやかに頭(こうべ)を垂れる子供たち。仕草一つで麗人に早変わり。

この子たちは私の教え子だ。たった一人のレッスンに飽きた私は、三年前から都市の子供たちにもバレエを教えることにした。

しかし教室とは言うものの、レッスンバーなんて便利なものはないから、二人一組でお互いを支え合い、アン・ドゥ・トロワの手拍子に合わせて手足の基本動作を確認する。足を前に(ドゥヴァン)、後ろに(デリエール)、横に出す(ア・ラ・スゴンド)——。

「マオ、君のスピン(ピルエット)はたまらなく素敵だね！　ああ……君の周囲に舞い散る花びらが見えてくるようだよ。ための時(プリエ)に下半身をきゅっとしめると——うん、ブラボー！」

「——サリナのアダージォはこの一年で見違えるほどの重厚さを獲得したね！　随所の腕(ポー)

の動き（ルドブラ）では逆に軽さを意識してごらん、パピヨンの羽ばたくように」

数年も先生を続けていると指導の勘所（かんどころ）がつかめてくる。欠点をいちいち指摘するより一つの長所を突き抜けさせた方が上達は早い。

「先生、私にもご指導を……！」「私のムーサが作曲した曲をどうか受け取って下さい……！」「ミチル様ー！」「こら！『様』呼びはしないって先生とお約束したでしょ！」

私の二本しかない腕を奪い合う生徒たち。こういう時に生じる感情を、人はきっと愛と呼ぶのだろうね。もちろん一人一人をぎゅっとハグ。なーに、子供の汗など宝石に等しい。

「うん、いいね！　ああ、君たちは素晴らしいなあ、本当に本当に素敵だなあ！　発表会が今から楽しみでならないよ……！」

今からちょうどひと月後に、私たちは待望の第一回発表会を開催する。会場はここスクランブル交差点だ。見物に来た人々が芸術に目覚め、喝采を叫ぶ姿が目に浮かんで――。

「ミチル、評議会の時間です」

背後からの声に振り向く。そこにいるのは青いフォーマルドレスに身を包んだ少女だ。少しウェーブのかかった首までの銀髪、透き通る青い瞳――青薔薇のように可憐な乙女。

「おや、ここに来るとは珍しいね。君もレッスンに参加しにきたの？　ミチル・カオウのダンス教室にようこそ、マドモワゼルチルチル」

「踊りにきたわけではありません。当個体には人の遊興は理解しがたいものです」

　おきまりの無表情で、チルチルは興味もなさそうに周囲を一瞥する。

「しけた顔をしてないで、もっとにっこり笑いなよ。あと、地面に足をつけてくれ。子供たちがユーレイみたいで怖いってさ」私はたしなめるように言った。

　AARC（アーク）——人工拡張認識結晶のチルチルは可憐なホログラフィーボディを有してはいるけれど、その身体は少し透けている上に地面から数十センチ浮かんでる。

　今時はサポート・アークなんて珍しくもないけれど、人の形のアークなんてチルチルぐらいのものだから、どうしても目立つ。

「両足を接地させると、演算リソースを無駄に使用してしまいますから。当個体が浮遊状態を解除する必然性は低いと評価できます」チルチルは人目なんて気にもしない。「ミチル、評議会の時間です。速やかに準備を」

「面倒だなあ、行きたくないなあ、お父様が代わってくれないかなあ。だいたい私はまだ正式な評議でもないのに、どうして政務に励まなきゃいけないのさ」

「あなたがカオウ家の後継ぎだからです。来年、二十歳を迎えた暁には正式な評議の一員になるのですから、評議代理として今のうちに勉強をして下さい」

チルチルは目を眇め、私のダンス教室の生徒たちを見回す。

「評価値の多寡に関係なく人を集め、この戦時下にバカ騒ぎ。代々評議の議席を守り続ける名門、カオウ家の次期当主として相応しくない行いであると評価できます」

「うるさいなあ。私が何をしようと勝手だよ。だいたいさっきからなんだ偉そうに。お目付役を気取るのはやめてほしいものだね！」

「『青い鳥』の物語においてチルチルは『兄』の名前ですから。オテンバな『妹』を導くのは当然の義務かと」

いつだって自分の名前に忠実であろうとするチルチルだ。ネーミングミスったかなあ？

「三度めの忠告です。ミチル、評議会の時間です。あまり駄々をこねるようですと、ご当主様に連絡して社会評価値を取り上げてもらいますよ」

それを言われると弱い。お父様から割譲された評価値が一定以上下がると、子供たちへの指導用具を購入するどころか、ちょっといい店にすら入れなくなるからね。

この都市において、社会評価値は生活の基盤となるものだ。人それぞれの学業成績、就業意欲、就業成果、研究貢献、社会貢献。行政はそれらを総合的に勘案した上で、毎月ポイントを微増微減させていく。

評価値の値次第で就ける職業は決まってくるし、毎月配布される食料や生活必需品の量や質も変わる。振り込まれる消費ポイント（おこづかい）の額も。

「ふん……私を脅すなんて裏切りもの！　うっすい身体の薄情もののホログラフィーめ！」

「何とでもどうぞ。移動を」

悪態をついてやってもチルチルはどこ吹く風だ。これほど生意気なアークは他にいないんじゃないかなあ！

私は愛しい教え子たちに解散を宣言し、すごすごとエリア2に向かった。そこには長大なエレベーター〈ポールシャフト〉の乗り場がある。模造の空を突き抜け、さらに上にまで伸びていくこの塔は、都市を上下につなぐ唯一の移動手段だ。
A.Tは地中に埋め込まれたシェルターで、五層の構造になっている。三層以下は食料やエネルギーを生産するファクトリー及び関連の研究所。私が今いる二層は都市部で、大半の人々はこの層から一歩も出ずに一生を終える。そして一層は特権階級が政務に励む場所だ。
「ん？　少し揺れた？」エレベーターが少し左右に揺らいだ気がする。

「微震を感知しました。地震ではありません。地上でメテオラとの戦闘が行われているのでしょう」

「戦闘、かあ」上を向いたチルチルにつられ、私も空を見上げた。

ありがたいとは思う。私たち人類のために戦ってくれている人たちに感謝の念はちゃーんとある。けれど、

「巨大生命体と戦っています、なんて言われても実感がわかないんだよね。地上には一回も出たことないし。おとぎ話を聞いているような気分になるよ」

「ええ。メテオラは人類への脅威ではありますが、大半の人間には無関係ですから。ミチルが思考リソースを割くほどの事柄ですらありません」

チルチルは不思議そうに首を傾げ、続ける。

「軍部(プロメテオス)の戦闘員の大半は、自ら望んで戦いを求めた志願兵だと聞いています。義憤というものでしょうか。それとも高い評価値を求めてのことでしょうか。いずれにしろ、死のリスクに見合うリターンがあるとは思えません。この楽園のような都市を捨て去り、わざわざ地上に出向くなど」

「ま、それが人間ってことだよ。義憤にかられて衝動的に命を投げ出すこともあれば、よりよい生活という夢に目が眩(くら)んでリスクが見えなくなることもある」

「ミチルも――」

「ん？」

「ミチルにも、外に出たいと思う瞬間があるのでしょうか」

チルチルはじっと私の顔を見つめてくる。私は思わず吹きだした。

「まさか、ありえないよ。今ここにある幸せを忘れたことは一度としてない。わざわざ外に青い鳥を探しにいくやつの気がしれないね」

私とチルチルは多くの点で価値観を異にしているけれど、これについては同じ思いを抱いてる──『地下の世界を、たまらなく愛してる』

ここは卵の殻の中。孵化なんてしなくても、私たちは十分に幸せだから。

＊

『Meteora appearance in area 24 altitude 46m』『Units 2, 6, 13 move to area 22 at full power!』『Units 5, 7, 9 move to area 17』

コックピットに管制からの音声指示が響き渡る。拡張視界上で立体地形図やマーカーが躍るように入り乱れる。地上に出現したメテオラにどう対処するべきか──。

しかし操縦者の少年には、指示の意味が理解できない。初めて実戦に投入された彼は、モニターに映り込んだメテオラの圧倒的な巨体を前にして、ひどい混乱状態に陥っていた。

見渡す限り荒野の地上に浮かぶ、直径約四〇〇メートルの球体。外殻の隙間から仄かに漏れる赤い光は、夜の闇を禍々しく染めている。

メテオラ——人類の仇敵。百数十年前に地球に襲来したメテオラの軍勢は、地上の文明をなぎ払い、空を分厚い雲に閉ざしてしまった。大地と空を制圧したこの正体不明の巨大生命体は、わずかな数の人類が地下で生き残っていることすら許せないようで、時折こうして襲撃に訪れる。それを地上で迎え撃つのが兵士たちの指命だ。

（どうしようもねえよ……あんな怪物！）

機体頭部のコックピットで、少年はバイクのハンドルを模した操縦桿を強く握りしめた。

彼が乗っているのは全長十五メートルの陸上機動戦闘機。機体の下半身は前後大型二輪のモーターバイク。上半身は人型で、神話に出てくる半人半馬の怪物をイメージしたデザインになっている——正式名称〈ケンタウロ〉。

「あんなのと、どう戦えば……！」

他の機体は五‐十機の小隊を組み、揃って地上を移動しながらメテオラに一斉掃射を浴びせていた。僅かずつだが、メテオラの外殻に損傷を与えていく。歴戦の強者たちとのあまりの練度の違いに、少年は忸怩たる思いを抱いていた。

『Warning! fire-on signal!』『Sonewave!』『All members evacuate from area 7!』『Defensive formation phalanx!』

管制から叫ぶような指示が次々に届く。今度は、かろうじて何を言っているのか聞き取れた。メテオラが、ソーンウェーブを放とうとしているらしい。

ソーンウェーブ。かつて地表から人の世界をなぎ払ったメテオラという種の鳴き声だ。十分に距離をとり、防御陣形を組まなくてはケンタウロの機体などひとたまりもない。だが陣形に加わるだけの操縦技術は、新米の兵士である少年にはない。

「うぉぉぉぉぉぉ……!」

機体の肩に取り付けられた主砲の照準をメテオラに合わせ、ありったけの弾丸を発射する。しかし散発的な攻撃で撃ち落とせるほど、メテオラという星は脆くない。

後方に退避したベテランと思しき一塊の軍勢は、新参たちの醜態を遠目に見つめていた。

――その時、メテオラの中心部に目のような穴が開いた。

「あ……」少年は恐怖のあまり身動きすらとれなくなる。

これは欲をかいた罰なのだろうか。よりよい生活を求め、彼は軍に志願した。一足飛びに立身出世を遂げるには武功をあげるのが手っ取り早い。その結果がこのザマだ——と。

メテオラの穴から漏れ出す赤い光が紐のような形状に変化して、少年の機体にぐるぐると巻き付いた。あっという間にレンズを覆い隠され、外の映像が遮断される。

その途端、信じられないことが起こった。

「花……!?」

殺風景なコックピットが一瞬のうちに広い草原に変わっていた。咲き誇る草花、青空から降りそそぐ太陽の光。遠目には、真っ赤なリンゴの実る木々。

まるで絵本で見た旧時代の光景だ。少年は呆然と首を左右に回す——。

(女の、人……?)

少し離れた小高い丘に、大人の女性が立っていた。赤いドレスが花のよう。顔はヴェールに隠れてよく見えないが、口元に優しい微笑みがのぞいている。

赤い女性は少年に手招きしていた。おいで、おいで。とでも言うように。

明らかにおかしい。頭ではわかっているのに、少年はふらふらと女性に近づいていく。おいで、おいで。女性は手招きを続ける。少年は足早に丘を登る。もはやこの状況に疑問すら抱いていなかった。早く、早く、あの人のもとへ——。

女性は大きく両手を広げた。この胸に飛び込んできていいの。そう、言われた気がした。

「…………っ！」

少年は一も二もなく抱きついた。温かな感触に包まれて、幸福な気持ちに満たされる。

抱きしめてもらえて嬉しい。頭を撫でてもらえて嬉しい、嬉しい、嬉しい――…………。

第二幕

「精神干渉タイプのメテオラは過去にも六例観測されているが、いずれもさしたる脅威にはなりえなかった。――しかし、今回のメテオラは別格の力を有している！」

樫の長机の上座に座ったヤナギ評議長が、バリトンの声を会議室に響かせる。

「やつは惑わすのだ！　特殊なソーンウェーブで人の価値観に干渉し……パイロットを手駒に作り替えてしまう！　すでに八体のケンタウロがメテオラの傀儡（かいらい）となった！」

ダンッと机を叩く評議長。まるで旧時代の裁判長みたいだ。静粛に、静粛にー。

「当評議会はこれより、この新たなる脅威を『メテオラＨ（ハーメルン）』と呼称！　対策チームの発足を宣言する！」

評議長の対策チーム発足宣言――間髪をいれず、他の評議十六名は同意の拍手を送る。

「由々しき事態ですな」「此度の脅威を看過するわけにはいきません」「評議長！　対策チームの指揮はぜひ私にお任せ下さい！」

リズムよくお追従の相槌を打つ評議員の皆々様。深刻そうな表情をつくるのがお上手だ。

評議会。簡単に言ってしまうと最高ランクの評価値を有する人々で構成される意志決定機関のこと。しかし今時は様々なアークが最適な選択を提示してくれるから、実質的には追認機関でしかないのが悲しいところ。

『ミチル、頬杖をついていないで相槌と拍手を。評議長の一派に睨まれています』

私の席の後ろに控えるチルチルが、拡張視界に警告をポップさせてくる。

『はは、マチダもトナミも熱い視線を送ってくるね。私のこと好きなのかなあ』

『ミチル』

ふん、うるさいやつめ。私はしぶしぶ、この間お父様に練習させられたセリフを放つ。

「ユユシキジタイでありますー」

評議長閣下は満足したのか、次のニュースの読み上げにうつる。どうやら最近は都市でも不穏な動きがあるとのこと。『Ｊｕｓｔ－Ｗｏｒｌｄ』なるレジスタンス組織が評議の醜聞を市民に拡散しているらしい。

こっちのニュースに関しては、私もちょっと興味があった。地上でのあれやこれやは私の知らないところで好きにやってくれてかまわないけど、都市を乱されるのは困る。もうすぐ発表会も控えてるのに！

「ところで、誰かジュリー博士の所在をご存じの方は？　欠席の連絡は来ていないのだが」

評議長がそう言うと、皆の視線が私に向いた。私とジュリー博士がちょっとした理由でつながっていることは、公然の秘密だから。私はこほんと一つ咳をして言う。

「先ほどジュリー博士のサポート・アークに連絡してみたところ――『ジュリーちゃんはお腹が痛いから休むってさ！』とのことでした」

「サイボーグの腹が痛むものか……！」

眉根を揉むヤナギ評議長に、少しだけ同情したね。

＊

「ふーう終わった終わった。まったく、強制された無駄な時間って地獄みたいなものだよね。形式だけの会議なんていらないのにさ」

上層での評議会を終えた私は再度中層へと下りて、午後のトレーニングを開始した。ステップを踏みながら道を歩き、振り付けの案を練る。

「母なる都市の円滑な運営に全力を尽くすこと。それこそが、評議であるあなたの職分のはず。さぼろうとしないで下さい」

会議が終わるといつもチルチルにこの手の小言を聞かされる。

「だいたい、評議会への出席及び発言は高ポイントが加算される有意義な行いであると評価できます。不興を買うだけのミチルのダンスの方がよほど無駄かと」

「何を言っているのかな。ダンスが無駄なわけないだろう、こんなにも美しいのに！」

片脚をさそりの尻尾のように背中側に上げ、後頭部にくっつける。

「美しい、という感性は主観的なものです。この都市における大多数の人々は、ミチルたちのダンスをそのように評価していません。——ご覧下さい」

チルチルに促されて周囲を見回す。多くの人がきょとん、とした表情を浮かべていた。

「まあ楽観主義者の私としても、自分の踊りが万人に愛されているわけじゃないことぐらいわかるよ。パフォーマンスなんてやめろと圧力をかけられたりもするし。でも、嫌われているわけでもないと思ってる。彼らは単にわからないのさ。——芸術を愛でる文化が継承されていないから」

メテオラが襲来し、人類がシェルターに逃げ込んでから幾星霜。今に至るまで様々な時代があった。混乱期、戦乱期、統制期。価値観の移り変わる激動の最中で人は『芸術』を概念ごと手放してしまった。旧時代と違い今の人は歌わない、奏でない、踊らない。

「でもさ、決して人から芸術的感性が消えたわけじゃない。何か少しのきっかけがあれば、誰しもが文化人に早変わりするはずさ。事実として、私と触れ合う子供たちはあんなにも華麗に舞っているじゃないか！」

あの子たちは踊る私に触発されて、自主的にダンスをやりたいと言い出した。

「文化ってやつは伝染するらしい。いずれは子供のみならず大人にまでダンスの流行は広がっていき……そう遠くないうちに都市全体を包み込むはずだよ！」

あぁ……想像しただけでため息が出そうだよ。誰しもが手をつなぎ、踊り歌う。毎日がミュージカル。そんな夢のようなセカイを実現させるのが私、ミチル・カオウの目標だ！

「そのためにもひと月後の発表会は必ず成功させないとね。私たちの芸術を目の当たりにした人類は思い出すんだよ、自分たちの身の内を飛び交う芸術性や表現欲求を！」

「妄想を高らかに謳い上げるのはけっこうですが、ソーシャルメディアでは明確にバカにされていることをご存じでしょうか」

チルチルは匿名の書き込みをピックアップして送りつけてくる。

『ミチル評議代理のあのぐねぐねした動き、なんなの？』『旧時代の儀式らしいよ』『金持ち娘の遊興だな』『カオウ家の大バカ娘ここにあり』『あんな目立つところで騒ぎ起こして、なんで行政から注意受けないんだよ』『スクランブル交差点はカオウ家のお膝元だからな』『最近はそうでもないって聞いたけど』

「そんなに私が気になるのなら一緒に踊りにくればいいのに。みんな恥ずかしがっているんだね」

「恥ずかしいのは当個体です。末代までの笑いものになるつもりですか」

チルチルは処置無し、とでも言いたげに首を振る。

「まあ、ですが。来年正式な評議に就任すれば激務に追われ、ミチルも遊んではいられなくなります。最初で最後の発表会までは、見て見ぬふりをしてあげましょう」

「ん？ 何を他人事みたいに言ってるのかな。君こそが発表会の真なのに」

「し、ん？」チルチルは首を傾げた。

「華道の言葉だよ。生け花を飾るにおいて中心となる花は真と呼ばれていてね、この花をいかに立てるかが全体の完成度を決めるんだ。——世に一輪しか咲かない青薔薇、アーク・チルチルを発表会の目玉にすえるつもりだよ、私は」

私は跪いてチルチルに手を差し出した。瞳に力を込めて、渾身のスカウトを試みる。

「君こそが相応しい。君以外考えられない。発表会の最終演目『青い鳥』に出演してくれないか──私と二人で踊って欲しいんだ！」

「お断りします。当個体が評価値と無関係のお遊びに付き合う理由はありません」

間髪いれず一蹴してくるチルチル。昔っからこういうやつだ。

さて、どうしたものか。当意即妙な上にロジカルなチルチルを説得するには──。

その時。

「──アークがダンスなんて傑作じゃないか！　よろしい、私が許す。その電子人形を傀儡のように踊り狂わせてやりたまえ！」

「…………っ⁉」

どこからともなく響いてきた声に、私とチルチルは思わず身を固めた。何もない空間にノイズが走り、そこに一人の女性が現れる。ホログラフィーではない、実体だ。

「ハローミチル、久しぶりだね。相変わらず電子人形と仲良しのようで何よりだよ」

彼女は奇怪な風貌をしていた。光沢を放つ黒いボディの所々に、赤い菱形の紋様が刻印されている。細長い両手の五指は剣のよう。

急ぎ居住まいを正した私は自身の胸に手を置き、慇懃に礼をする。

「マドモワゼルジュリー。お久しぶりです。あなたが中層にいらっしゃるなんてお珍しい」

「珍しいわけでもないさ。遮蔽テクスチャで透明化して都市をうろつくのは私の趣味だからねェ。運動思考観察を同時に行える散歩は脳のチューニングに最適なんだ。わざわざマテリアルボディに意識を入れているのは二本の脚で歩きたいからに他ならなィ」

ジュリー博士——身体を人工物に換装しながら悠久の時を生きる天才科学者だ。正確な年齢は定かではないが、メテオラの襲来前から生きているらしい。

なにせ、この都市をデザインしたのは他ならぬ彼女だ。

そんな生ける神話がどうして私ごときに話しかけてくれるかと言うと、

「それにしてもミチル、少し見ないうちに一段と顔身体が美しくなったじゃないか。人体には一家言ある私でも認めざるをえないほどの理想的な均整のとれ方だ。先祖伝来の遺伝子に感謝したまえ。天然ものでも時たま君のような奇跡が現れる」

「もったいないお言葉です、マドモワゼル。ですが博士のお身体に比べれば私など」

この博士は芸術の方もいける口だ。その厳しいお眼鏡にかなった私は幼い頃から何かと博士にかまわれていた。

「どォれ、顔をよく見せたまえ」

蛇のような右手の五指で私の顔を包み込み、左手で腰を掴んでくるジュリー博士。博士の指先の冷たさが肌の奥深くまで浸透してくる——。

「高身長の女、か。まあ必ずしも好みのタイプではないが、君ほど整っているのなら話は別だ。どうだいミチル、今のうちにその身体を剝製にさせてくれないか」

「……ご冗談を。花は潔く散るからこそ美しいのに」

「散り際の美学ってやつかァ？　理解しがたい考え方だ。物も人も永らえてこそだろう。火葬場を飛び交う灰になってどうする」

少し遠い目をするジュリー博士。興ざめだよ、と呟きつつ腕を組んだ。

「それはそうと、チルチルの話だったね。ダンスをやらせようという試みについてはこのジュリー博士も大賛成さ！　踊りは身体性の極みのような芸術だからネェ」

ジュリー博士はチルチルに目を向け、続ける。

「チルチルの個体目標『人に至る』の達成において、身体的経験の蓄積は最重要課題だ。そのために、精巧なボディを与えてやったと言っても過言じゃないくらいだよ」

長い指でチルチルの虚構のボディをなぞるジュリー博士。当のチルチルは蛇に睨まれた蛙のようにじっとしている。怖いのかな？　怖いんだろうな。私も怖い。

「電子人形アーク・チルチル。お前の知能は通常のアークよりも随分低いし、制限もまた多い。常にボディを顕現させていなくてはいけないし、二体以上の同時顕現も不可能。電子的存在の最大の強みである遍在性を失っているわけだ。しかし——代わりにチルチルには人としての身体がある」

　ジュリー博士はチルチルの目に指を向ける。

「お前は両の目でものを見て、両の耳で音を聞く。そのように情報を処理している。匂い物質を解析でき、触覚だって疑似再現されているお前の五感は人のそれに相当近い。そのボディは虚構ではあるが実体よりもたしかな身体——アークとしての超越性を手放すかわりに得た赤いリンゴだ。エデンを追放されたお前には、経験を重ね人になる義務がある」

　思い出す。七年前、当時十二歳の私の前に突如として現れたジュリー博士は、チルチルについて同じ説明をしたものだ。

『蓄積される経験は人間らしければばらしいほどいいんだ。だからこいつを君に預けるとするよ、ミチル・カオウ。旧時代の文化にうつつを抜かす君の思考は誰よりも人間らしい』

　チルチルは私と過ごしたこの七年で順調に成長した。今ではレスポンスも当意即妙で話し方も淀みない。でも時折、ちょっと人とは違うな、と思うことがある。それが何に由来する違和感なのかは定かではないけれど。

「僭越ながら、一つ質問をお許し下さい、ジュリー博士」ずっと黙っていたチルチルが、不意に口を開いた。「あなたのおっしゃるところの『人』の定義をご教授下さいますか」

「定義など必要ないさ。なにせ——君が人になった瞬間に世界の様相はがらりと変わってしまうから。これは比喩でも何でも無いただの事実だ」

ジュリー博士は空を見上げる。虚構の太陽がそこにある。

「アークにして人。人にしてアーク。滅ばずの人。滅ばずの人形。その理想の成就はミチルとチルチルに託されている。いいかィ、必ずやり遂げたまえ！」

それだけ言い残し、ジュリー博士は去った。私たちはポカンとその背中を見送る。チルチルとのちょっとした言い合いが、いつの間にか随分と壮大な話になったものだ。

でも、私とジュリー博士の利害は一致している。要はチルチルが踊ればいいんだからね。

「それじゃあ、明日から一緒にダンスの練習をしようか、チルチル。逃げたらジュリー博士に言いつけてやるからなー？」

期せずして虎の威を借ることに成功した私は、にーっこり笑ってそう言った。

少々やり口は汚いが、手段を選んではいられない。

だって、この発表会の主役(ものがたり)は他ならぬチルチルなんだから。

「咲かせよう、この都市に青薔薇の花園を！」

第三幕

世に一輪の青薔薇が宙を舞う。波打つ両手は羽の比喩。音楽自動生成装置ムーサから鳴る音色に合わせ、チルチルはスクランブル交差点で舞っていた。

鳴り止んだ音楽に合わせて、静止するチルチル。観衆は声を出すことすらできない。圧倒されていたからだ。アークによるダンスに。私は少し遅れてパチパチと両手を鳴らす。

「完璧だ、完璧だよチルチル。ああ、寸分のくるいもなくこの複雑な演目を踊りきるなんて！　本当に完璧だ――完璧なメトロノームだ。こんなに感動できないダンスも珍しい。いや最低だね。最低すぎて逆に圧倒されたよ。進歩はゼロだぁ！」

チルチルのダンスは完璧であるが故に非常に不気味で不自然だった。

「またそれですか」チルチルは少しむっとした様子だ。「当個体はアークとしての威信にかけて正確に舞いました。文句を言われる筋合いはありません」

「舞ったんじゃない、君のそれはただの動作だ。大方、旧時代のダンサーたちの映像記録をラーニングして、ダンスにおける最善の動きを演算したってところだろ？」

「それに、何か問題でもあるのですか？」

「動作を真似すること自体に問題はないさ。芸事の全ては真似からはじまるからね。でも、真似するだけで何の想いも解釈も伴わないなら、それは見せかけだけの張りぼてだ！」

チルチルは淡々と反論する。

「解釈とは人が乏しい推論材料を元に導き出した偏見のこと。そして想いとは昂揚により芽生えた一時の衝動性のこと。排除した上で、フラットに踊るべきかと」

「違うねぇ。君は全然わかってないねぇ。芸術とは『完璧』とか『理想』に辿り着きたいのに辿り着けないもどかしさのことを言うのさ。葛藤が何もないから君のダンスは芸術として成立していないんだ。その証拠に見なよ、子供たちの様子を！」

体育座りでチルチルを眺めていたダンス教室の子供たちは気まずそうに感想を述べる。

「あの……すごく、正確ではあったと思います」「ストーリー性が、その……皆無」「カクカクしてたー！」「以前映像で見た、旧時代のロボットみたいでしたわ……」「ひっ、怖いよう……ユーレイだ」

何てことだ、怯えている子までいる！

「イメージだ、チルチルにはイメージが足りていないんだよ！　腕を広げる時は翼を広げた鳥になったつもりで、跳び上がる時は蝶になったつもりで！　旧時代の失われた生命に変身したつもりで踊るんだ！」

必死にチルチルを促すが、我が相棒はふてくされた様子でそっぽを向く。

「まったく、わけのわからないことばかり。だいたい『兄』にアドバイスとは生意気ですね、『妹』の分際で」

「そーれーは、物語の話！　君なんてまだ七歳だろう！　私の方がお姉ちゃんだ！」

「ふん。何が姉ですか。自分で朝起きることもできないくせに」

生意気なバカチルチルに摑みかかってやりたいが、生憎相手はホログラフィーだ――ところでみなさんご存じだろうか。トラブルや予想外は必ず立て続けに訪れることを。

『――偽りの安寧に惑わされし者たちよ！』

突然、どこからともなく不気味な声が響き渡った。それと同時に視界にピリィ……とノイズが走り――一瞬のうちに世界の全てが変貌した。

「――――」

旧時代渋谷を模した鮮やかなA.Tが見渡す限り真っ白になっていた。

道も壁も漂白されたように白く、街灯も並木もない。建物には窓すらなく、四角い大きな箱が等間隔で並んでいるだけだ。まるで街全体を巻き込んだ壮大なイリュージョン。

「〈グライアイ〉が停止している……⁉　チルチル！」

ほんの一瞬前まで横にいたはずのチルチルの姿も見当たらない。

「ミチル…………クラック……グライアイ……に、割り、込ま……」

拡聴デバイス〈フォニー〉に、チルチルの途切れ途切れの声が届いた。

「なに、これ……！」「白い……怖い」「なんで街に色がないのぉ!?」

子供たちは当然怯えていたし、道行く人たちも混乱しながら周囲を見回していた。

この白い景色は、A.Tの本当の姿だ。資源節約のため、これ以上の開発や装飾は規制されている。しかし白い街並みや空を常時眺めていると人の精神は荒廃するから、行政は視界拡張デバイス、グライアイを配った。これさえつけていれば、視界上では街が鮮やかに見えるようになっている。今は、そこをクラックされていた。

こうなると当然、拡視上の虚構であるチルチルを視認することもできなくなる。

「一カ所に集まって、私の近くに！」子供たちを近くに寄せて落ち着ける。

一体どうしてこんなことに——と、白い地面に突如として文字が浮かび上がった。

『Just-World』

「……レジスタンスか！」

この間、評議会で議題に上っていたレジスタンス組織の名称だ。

Just-Worldは出所不明の音声で主張を繰り返していた。

『怯えることはない。この白く貧しい光景こそが本当の世界なのだから』『慢性的な資源不足で復興すらできていないA.T』『人口は抑制され、行動は制限され、食事は画一的で乏しい』『君たちは牢獄で餌を与えられている家畜だ!!』

自称社会派な連中はいつも同じことを言う。現状の社会は搾取構造だ、それに噛みつかないお前たちはバカだと人を煽る。

「ミチル、この声が聞こえていますか。応答を」

相変わらずチルチルの姿は見えないが、声ははっきり聞こえるようになった。

「うん。チルチルの存在は感じているよ。私たちには実体よりもたしかな友情があるからね」

「いつも通りの間抜けなミチルのようですね。バイタルも安定しています」

「君もたいがい失礼で安心したよ」私は肩をすくめた。

「ミチル。Ｊｕｓｔ‐Ｗｏｒｌｄの主張について、どう思いますか？」

「うーん、たしかにこの都市が裕福でないのは認めるよ。食事は配給された綺麗なレーション。街並みはほんとのところこの通り真っ白けだ。でも、それを視界で飾ることが問題だとは思わない」

「ええ、現実を実体と虚像に別けるのは非常に古い価値観であると評価できます」

「欠点なんて探せばいくらでも見つかる。でもそれは、在りもしない隣の青い芝を思い浮かべているからだ。この都市は、史上希に見るレベルで平穏を実現していると思うよ」

私は姿の見えないチルチルにアイコンタクトを送り、あえてゆったりとした口調でA.Tの魅力を語る。子供たちが、レジスタンスの過激な思想に染まらないように。

「この三十年で餓死者ゼロ、ホームレスゼロ。社会に多少の格差はあるが、全ての子供に就学の権利が与えられている上に、就業意欲次第では上級職への転職だって可能だ」

言いながら、白くなった空を見上げる。

「地上にはメテオラが襲来を続けているけど、一定割合で現れる志願兵が勝手に戦って追い返してくれるから、大半の市民にとって世界は平和」

さらに言うなら自殺率だって算出できないほど低い。

適正な仕事を、適切な負荷で。市民の多くは夕方五時には仕事を終えて、余暇時間は家族や友達と過ごすもよし、勉強やボランティアに費やすもよし。

家事の負荷は家庭に導入しているテクノロジーの度合いによって変わるが、少なくとも、炊事洗濯を苦に鬱病に陥るような人の話は聞いたことがない。

ここは旧時代に比べれば貧しいが、旧時代のどの都市より長閑(のどか)だ。

「ミチルはよくわかっていますね。慈しみ深い母なる都市は、万人の生命が保証された公平な世界を実現させました。Ｊｕｓｔ－Ｗｏｒｌｄの主張は無い物ねだりの言いがかりに過ぎません。なぜ、偉大なる都市の愛がわからないのでしょう。なぜ……！」

口調に悔しさをにじませるチルチル。都市の基幹サーバーを借りて存在している彼女にとって、Ａ．Ｔは文字通りの『母（マザー）』だ。肉親への侮辱が、どうしても許せないのだろう。

『Ａ．Ｔがこれほど貧しい原因は、富を独占する評議にこそある！』

憎しみの矛先を具体化するレジスタンス──奴らは一部評議の醜聞を真っ白な街のあちこちに書き立てる。

マチダ評議が希少なオレンジを横流ししているだとか、アンチエイジングによって若々しい風貌を保っているメグリ評議の実年齢は九十を超えているだとか、トナミ評議が三年前につくった落とし子を認知していないとか。ご丁寧に、証拠の写真まで添えて。

憎しみを喚起してから、石を投げつけてもいい的を与える──古典的な扇動のやり口だけど、人は案外こういうのに騙される。

「ミチル、避難を。評議のあなたはターゲットにされかねません。遮蔽テクスチャの使用許可が下りました。姿を消してポールシャフトに」

「……逃げられるわけないだろう。私は先生なんだから。子供たちを置いていけない」

ただでさえ子供たちはこの真っ白な世界に怯え、震えているんだから──。

「──ミチル先生。ここはあたしに任せろよ」

そう言って私の肩を叩いたのは教え子の一人、サリナだ。

「この場で一番冷静なのは多分あたしだ。ファミリーネームがないからな。ガキどもは全員家まで送り届ける。だから、先生は上に逃げろ」

サリナはアシンメトリーの前髪から鋭い眼光をのぞかせて、周囲を警戒していた。真っ黒でラフなタンクトップ。男物のダメージジーンズ。石のピアス。旧時代風のアウトローファッションを好む彼女の威圧感は、十五歳の少女とはとても思えないほど。

「でも……私には先生としての責任が」

「いや、ここに先生がいても逆に目立って邪魔になる。いいから、行った行った」

しっし。私を追い払うサリナ。粗暴な仕草に込められた優しさに、胸が熱くなる。

「……ああ。そういうことならお願いしていいかな、サリナ」

私は頼もしい教え子に感謝しながら身体を透明化し、ポールシャフトに駆け込む。

上昇していくエレベーターから見下ろす街は次第に旧時代渋谷の色を取り戻していく。

隣に浮かぶチルチルの姿も目に映るようになっていた。

「発表会は中止ですね。これほど力をつけたレジスタンスが跳梁しているのに、イベントを開催するのは自殺行為と評価できます」

「……たしかに、ジュリー博士のセキュリティーを打ち破るとは恐ろしい連中だ。できれば一生関わり合いになりたくないが——発表会は中止にしない」

「ミチル」チルチルの声に少し力がこもる。

「おや、心配性なチルチルだ。でも大丈夫だよ。現在のところ、連中のターゲットは私腹を肥やしているヤナギ一派のようだ。クリーンなミチル評議代理に後ろ暗い点はない」

「Ｊｕｓｔ-Ｗｏｒｌｄに直接狙われなくても、扇動された市民がミチルに悪感情を抱く可能性は低くないと評価できます」

「その点も大丈夫。要は大衆を刺激しなければいいんだろ。しばらくは三人ぐらいのグループにわかれてささやかに練習をするとしよう。いずれほとぼりも冷めるさ」

ダンス教室の共有ページに今後のことを書き込んでいく。ヨウコにはトーマとリヴの指導を、マナミにはソータとカオリの指導をお願いし——と、その時。

私の頭に、ある画期的な閃きが舞い降りた。

「そうだよ……サリナだ。私たちはサリナと一緒に練習しよう！」

ああ、そうだ。あの子ならきっと——私はチルチルの方を向く。

「君の指導係はサリナだ。あの子が、君のダンスを人間にしてくれるだろうさ！」

第四幕

チルチルがカオウ家にやってきたのは今から七年前のこと。ある日突然私の部屋に現れたジュリー博士は、『この電子人形を育んで人にしてくれたまエ。そいじゃ、よろー』と言い残して嵐のように去った。まだ、稼働前のチルチルのボディを置いて。

カオウ家にはホログラフィーの家族が増えて、私の日常は様変わりした。サポートにおいて『寄り添う』をコンセプトにしているチルチルは、とにかく私の後ろをついて回った。家でも、スクールでも。お風呂の時でさえバスタブの上あたりを浮遊している始末。

『ミチルの髪の量ならシャンプーはワンプッシュで十分と評価できます。こちらの動画を参考に、効率的な泡立てを──』なんて、いちいち口を出してくるんだあいつ。

まあ、今思えばひよこみたいでかわいいものだが、当時思春期真っ盛りだった私は口うるさいチルチルを許容できず、『子供あつかいはやめてくれよ!』と何百回とキレた。でも、その度にチルチルは、

『当個体チルチルは、「兄」の名を冠しています。「妹」の世話を焼くのは当然かと』

チルチルは自分の名前に変な義務感を抱いているようだった。『高度なアークは名前に

紐付く意味に引きずられるのかもネェ』とはジュリー博士の弁。事前に言って事前に。

長い時を共に過ごし、数多(あまた)の言葉を交わすうち、日に日に人に近づいていくチルチル。今では言葉も豊かでジェスチャーも人っぽい。

でも――相棒の私に言わせれば、チルチルはまだつぼみだ。人として開花するにはあと、もうひと味が足りてない。

強いて言語化するならそれは……生存に寄与しない余剰、なのだと思う。理不尽な感情、無駄な熱意。そんな魂の咆哮を、チルチルから感じたことはあまりない。

だから、私はチルチルに踊って欲しいと思っていた。芸術なんて無駄と感情の塊だから。

もしも、見目麗(みめうるわ)しいチルチルが迸るような表現性を獲得したら――それこそ、舞うだけで世界を変えてしまえるほどの至上の美が顕現するだろう。

世界には鮮やかな青薔薇が咲き誇り、チルチルは人に至る。私の夢は叶い、チルチルは個体目標を達成する。一石二鳥だ。最高だ――けれど今のところその試みはまるでうまくいってない。

停滞の原因はいくつか考えられるが、最大の問題はおそらく、指導者が私という点にある。チルチルにとって私は日常の一部。身内同士の馴れ合いの中で、スパークが生じるはずもない。

こんな時に必要なのは刺激だ、新たなる出会いだ。チルチルはそろそろ、私以外の人とも深く関わるべきなんだ——だからこそ、私はサリナにチルチルの指導をお願いした。

彼女は、チルチルのおよそ対極に位置しているから。

＊

「拒否します。あなたにダンスの指導を受けるメリットは皆無と評価できます。当個体は一人で練習しますので、かまわないで下さい」

「藪から棒に生意気だな。目ぇぐらい合わせろや。おい、こっち向け。おぉーい」

そっぽを向いてしまったチルチルを、すごみながら睨み付けるサリナ。

「…………」私は柔軟をしながら、横目で二人のやり取りを見守っていた。ファーストコンタクトは失敗、と。まあ、予想通りではあるが……喧嘩が始まらないかハラハラするね。

「ったく、はじめましてもまともに言えねぇのか。教育がなってねぇお人形だな」

「はじめまして、ではありません。当個体はサリナを以前から存じ上げていますから」

「ああ、そうなんだろうな。けどな、あたしがチルチルをこの目で見たのは今日が初めてだ。それに、色づいた世界を見るのも」

スクランブル交差点の横断歩道に立ったサリナは、切れ長の目をさらに細めて旧時代渋谷を模した都市を見渡す。

「空ってこんなに青いのか。はは、ビルまで高え！　なるほどな、五階から上は虚構なのか。人間ってすげえこと思いつくよな。すげえ以外の言葉が出てこねえ」

日頃クールなサリナが、珍しくはしゃいでいた。空を仰いだ拍子にタンクトップの短い裾が派手にめくれてキュートなお臍がのぞいている。こらこら、はしたない。

「ミチル先生、グライアイありがとな。おかげで青い空が見れたぜ」

「いいんだよ、どうせ予備が余っていたからね。君のような乙女に使ってもらえてグライアイも幸せだろうさ。特別申請をしておいたから、ひと月は使い放題だ」

サリナの角膜には普段、グライアイが貼り付いていない。ロストチルドレンの彼女にとって、各種拡張デバイスの購入は私たちよりも少しハードルが高いから。

ロストチルドレン。親のいない子供はそう呼ばれ、養護施設〈セーフハウス〉で集団生活を送る。彼女たちは生きるには事欠かないが、親から割譲される継承評価値がないためいくつかの点で不利になる。拡張デバイスの獲得も、その一つ。

だからＪｕｓｔ－Ｗｏｒｌｄの電子ハックの際も、サリナだけは落ち着いていた。装飾されていない都市は、彼女にとっての日常だから。

「それで、あたしがチルチルを指導するってどうすればいいんだよ？　話には聞いてたけどさ、チルチルのダンスとか見たことねえし。ホログラフィー、見えなかったし」

「そうだね、じゃあまずは親睦のダンスといこうか！　チルチル、君のダンスをサリナに見せてあげてよ」

「当個体にいきなり踊れとはぶしつけですね。指導係を名乗るのならば、サリナがまずそれに足る実力を証明するべきではありませんか」

私たちに目を合わせずにそう言うチルチル。いつにも増して今日はかたくなだ。

「ああいいぜ、じゃああたしから踊ってやるよ。最初に格の違いを見せつけておかねえと示しがつかねえからな。先生、何か曲、流してくれ。スローテンポで重い曲を頼む」

サリナは最初に踊ることを了承すると、曲に合わせて両手足をゆったりと動かしていく。

サリナが踊り出したのはアダージォと呼ばれる類のダンスだ。基本的にはスローテンポで、振り付けの勢いに頼らない分、一つ一つの姿勢を保つのに筋力を要する。

チルチルは最初、興味もなさそうな半眼でサリナのダンスを見ていた。けれど――徐々にその目は開いていく。

「カブキ……？」チルチルは呟いた。

たしかに、サリナの舞い方は旧時代日本の伝統芸能によく似ている。身体の中で軋む筋肉の音が聞こえてきそうな、非常にフィジカルなダンスだ。重奏で重層な空気感。鋭い眼をカッと開くその瞬間に放出される気魄は、まさに真打ちって感じだ。命の迸りが観ているものの肌をうつ――。

虚構のチルチル、虚構が見えなかったサリナ。身体を持たないチルチル、身体で表現するサリナ。およそ全ての要素が真逆に位置する二人。

チルチルも、サリナとの関わりがどれほど有益かを理解したことだろう。アークとして、得がたいラーニングのチャンスに飛びつくはずだ――そう、思ったのに。

「正確性に欠けたダンスと評価できます。パッセの際に、臀部ではなく太ももに体重が乗っていました。他にも八カ所のミスが――」

チルチルは踊りを終えたサリナに次から次にダメ出しをした。

「サリナは当個体の指導係として適切ではないと評価できます。当個体は一人で練習しますので、あとはご自由にどうぞ」

虚構の身を翻し、スクランブル交差点を去ろうとするチルチル。私は慌てて呼び止める。

「ちょっと待ってチルチル！　サリナのダンスから本当に何も感じなかった⁉　何か最近の君、いくらなんでも意固地すぎない……？」

「意固地も何も、元々、当個体はダンスのようなお遊戯に興味などありませんので」

それに、とチルチルは冷たい目でサリナを見て続ける。

「サリナの社会評価値があまりにも低いことが、当個体は気になって仕方がありません。たとえロスチルだとしても、齢十五でその低さはありえません。母なる都市の平穏の維持に、貢献しようともしていない怠け者の証です」

評価値。世界への貢献度を指標として生きるチルチル。そういうのに頓着しないサリナ。

ここにも真逆の要素があった。しかし、さすがにこの態度は見過ごせない。

「こらチルチル！　感じ悪いなあ！　サリナに失礼だろ！　ちゃんと謝りなさ——」

「いや、謝んのはミチル先生の方だろ」

と、唐突にサリナは言った。腕を組んで、私を睨み付けてくる。

「わ、私……？」何で、私が怒られるの……？

「チルチルがダンスをしたくねえのは当たり前だろ。せっかく教室に参加しにきたチルチルに、あんたらひどい言葉かけまくってたじゃねえか。メトロノームだの何だの。ダメ出しなんざ一人から喰らうだけでもきついってのに、人前でさらし者にするとか許せねえ」

「いや、あれは……チルチルがちゃんと話を聞いてくれないから……！」

「じゃあ先生は、チルチルの声をちゃんと聞いたかよ？」サリナは一歩も引かない。「チルチルが見えるようになって、すぐわかったよ。こいつ、傷ついてる。ハウスのガキどもがすねてる時と同じ目してるぜ」

　サリナの鋭い目がぐんぐん私に近づき、おでことおでこが触れ合う。

「あたしが憧れたミチル・カオウは、そんな人じゃねえはずだ」

　まつげとまつげが絡み合う――サリナ、いつの間にか背が伸びて――。

「意地張って言い訳ばっかりしてねえで、チルチルに謝れ！」

「………………っ」

　評議代理にすごむロスチルを、道行く人は唖然とした表情で見つめていた。チルチルも足を止めて振り向き、青い双眸を見開いている。

　頭上には監視ドローンまで来ていたが、サリナは動じもしない。ああ、もう……。

「……うん、そうだね。私は謝るべきなんだろうね」

　私は小さく息をつき、チルチルに向き合った。

「チルチル、ごめんよ……このところの私の態度は指導者としてあるまじきものだった。反省の正座でも何でもするから、どうか許して欲しい」

　深々と頭を下げ、謝罪する。親しき仲にも礼儀ありとは旧時代のコトワザだ。

　チルチルは黙って私の謝罪を見つめていたが、その表情からは険呑な雰囲気が消えている。……そうか、私のせいだったのか。指導者としての未熟さを痛感せざるをえない。

「……ところで、チルチル。サリナは今、評議会の一員であるミチル・カオウに天下の往来で堂々と盾突いた。大きな権力を持つ相手に人前で意見を言ってのけるなんて、大変な勇気だよ。私にはとてもできそうにない。それもこれも全部――君のためだ」

チルチルにゆっくりと近づく。

「君の尊厳を守るために戦ってくれた気高きサリナに対し、君はどういう態度をとるべきだろう？　恩にはどう報いるのが適切だろうね。人間として、考えてみて欲しいんだ」

私の言葉にチルチルは少し黙考し――意を決したようにサリナに近づいていった。

「はじめまして、サリナ。当個体は電子人形アーク・チルチル。先の非礼を、心よりお詫び申し上げます」

青いドレスのスカート部分を両手でつまみ、足をクロスさせ、慇懃に頭を下げる。

「あんなの非礼に入るかよ。譲れないポリシーがある奴は好きだぜ。だから、ミチル先生とだって戦えたんだ」

ニカッと笑うサリナ。その心意気に感動したのか、チルチルは続けて言った。

「人間性豊かなサリナ。当個体はあなたから、文化的マナー及び親愛を学びたい。――関係の構築を所望します」

「ふーん」面白そうにサリナ。「つまり、お前はあたしと――」

ええ、とチルチルは頷く。

「当個体と、お友達になっていただけますでしょうか」

「当個体のダンスに問題があることは認識しています。しかし当個体自身にも問題の本質がわからないのです。正確性は絶対的な善と評価していましたが、それ自体が間違いなのでしょうか——」

チルチルはこのところの混乱と迷いをサリナに吐露していた。急に素直になったのは、チルチルがサリナのことを認めた証拠だと思う。何かと評価評価うるさいチルチルが、数値に換算できない仁義にちゃんと報恩している——！

「うん、うん。仲良くなったようで何よりだよ！　麗しの乙女たちが語らう姿は目の保養になるね。嬉しいよ、チルチルに友達ができるだなんて——」

「ミチルは黙って正座をしていて下さい。今、サリナと話していますので」

「はい……」私は反省の正座を続けながらうつむく。

チルチルは己のホログラフィーボディの手足を眺めながら、サリナとの議論を続ける。

「舞いに想いや解釈を込める——人が感情のままに踊った際のブレやミスをトレースしろということでしょうか？　しかし、動作における雑味がなぜ人の感動を呼び起こすのか。

いくら演算を繰り返してもわからないのです」

「アークってのはみんなお前みてぇに考え込むたちなのか？　それも悪かねえけど、深入りしてもダメなら一回視点を変えてみんのも大事だろ。今度は見る側の視点からいこうぜ。なんで、人は人のダンスに感動できるんだろうな？」

チルチルが思考のドツボにはまっていると見るや、即座に視点を転換するサリナ。この子、私より遥かに指導者に向いてる……。

「それこそ、サリナの見解をお聞きしたいと思います。あなたはミチルのダンスに影響を受け、自身でもダンスを始めました。一体何が、あなたにそうさせたのでしょうか」

チルチルの質問に、サリナは腕を組んで考える。

「最初は、純粋な驚きだったかもしれねえな。あたしと同じ人間なのに、ミチル先生はあたしと全然違う動きができる。興味をひかれて真似してるうちに、気付いたらチームの一員だ。一匹狼だったあたしが、今じゃ特攻隊長だぜ」

……うちの教室にそんな物騒な役職はないよ、サリナ。

「『同じ人間なのに』人には通常不可能なことができる。それが、感動を呼び起こす――」

チルチルは半透明の己の手を眺めつつ言った。

「だとすれば、アークである当個体は人に感動を与えることはできそうもないですね。ホログラフィーのボディでは、どんな動きもできて当然ですから」

「いや、『同じ人間なのにすげえ！』の驚きは、あくまでも入り口だ、入り口。本当の感動はもっと深ぇよ。実際、人間でもチルチルと同じ壁にぶつかってる奴は多い。難しい技ひけらかすばっかで、全然人の心を鳴らせねえっつーか……やっぱ、ある程度まで到達したら、次に問われるのは独自の解釈とか想いってことなんじゃねえの？」

「ではサリナは、何を想ってダンスをするのでしょう。先ほど、アダージョを踊っていた際に考えていたことを、当個体にお聞かせ下さい」

チルチルがそう訊いた瞬間に、サリナの口元にはなぜか寂しげな笑みが浮かんだ。

「あたしが踊る時に考えているのはいつだって同じだ——いつか、死ぬ日のこと」

サリナは己の手を見つめながら続ける。

「あたしの手はここにある。けどさ、数十年も経てばサリナというあたしの名前はちり一つ残らずに消えてなくなってるんだぜ」

自身の胸をガッと乱暴に握るサリナ。タンクトップに血管のような皺ができる——。

「どうせ消えてなくなるんならせめて、『あたし』の今を誰かのハートに刻みてえ。時を越えて、永遠に」

「死——生の終わり——」

呟いて、フリーズするチルチル。死の考察はチルチルにとって最大の苦手分野の一つだ。人形は最初から完成形でこの世に生じ、歳を取らない。電子存在はサーバーが破壊されない限り、永久に存在できる。

つまり電子『人形』『アーク』チルチルほど死と遠い自我は世界において他にない。

私は動き出せないでいる相棒に、助け船を出すことにした。

「チルチル、いったん気分転換でもしてみなよ。重い概念を理解しようという気概は素晴らしいけど、君の持ち味は華やかさで——」

「ミチル先生が出る幕じゃねえよ。これはチルチルの戦いだ。黙って見てろ」

「はい……」私は正座を続けながらうつむく。

私とサリナはチルチルの再起動をじっと待ち続ける。一分、二分、三分、四分——と。

「死。すなわち有限性。期限の区切りを意識することで、今の価値が上昇する。理屈の上では理解できるのです。できるのですが——」

チルチルは呟くように言った。

「ですが、死が今を煌めかせるという点が、どうも腑に落ちません。死が、生の装飾として機能する？　飾りとなるには、それ自体が煌びやかでないと——」

「ああ、死には魅力があるのかもしれねえな」サリナは言った。「旧時代の人なんて、毎年何万人も自殺してたらしいぜ」

「生を厭(いと)うのではなく、死を積極的に求めた……？　死の魅力とは、一体……」

「そういや、前にミチル先生に読まされた詩集に、『死は安らぎ』って表現があったな。だとすると、眠りを求める時の感じに近いのかもな」

「眠り。ああ、それも当個体には理解しえないものです。意識の継続性を失う恐ろしい空白を、心地よく迎えるなど――」

「――――」私は思わず目を見開いた。チルチルが、こんな姿を見せるだなんて。

演算領域が抑えられているとはいえ人より遥かに知能の高いアークが、人間とこんな幼くて拙い議論を、真剣に、まるで見た目相応の少女のように――。

……どうして私が会話から抜けた途端に、これほどの変化を？

「もしも、この世界に死を学べる場所があるとするなら――地上でしょうか」

チルチルは呟きながら模造の空を見上げた。正確には、空のさらに上にある場所を。

「地上で戦う志願兵。制度によって徴兵されたわけでもないのに、自ら望んで死に接近する彼らの思考が理解できれば、当個体にも死を理解できるかもしれません」

「チルチルは、志願兵が発生するのが不思議か？」サリナが訊く。

「不思議です。偉大なる都市(マザー)を捨てて外に行くなど。そんな親不孝を働く理由が、到底」

チルチルは語り続ける。

「ここA．Tは誰一人として切り捨てません。最低限の生活は保証され、努力次第では一代で立身出世可能なチャンスがいくつも整備されています。それに――」

チルチルは高いところに浮かび上がり、スクランブル交差点を行き交う人々を見回す。

「マザーの愛に育まれた市民は皆優しく、人型アークにすら情をかけて下さいます」

チルチルを見上げる人々の表情はにこやかだ。誕生間もない七年前はユーレイと間違われて怖がられたりもしたが、今はおおむね受け入れられている。

カオウ家やそのご近所では、私より可愛がられているくらいだ。

「生活の逼迫（ひっぱく）や、著しいストレスもなく、命をかけずとも社会の階段を登ることが可能。それなのになぜ、よりにもよって兵士に……安寧を手に入れると、逆に死を希求するスイッチでも入るのでしょうか？」

チルチルは言いながら、ふわふわと浮遊高度を上げていき、見上げるほど高いところに。

地上に近づけば、志願兵の気持ちがわかるとでも思っているのだろうか。

あるいは、自身に演算領域の一部を貸してくれているA．T基幹サーバーに感謝を捧げているのかも――。

「先生、チルチルの視点って高ぇな」

と、不意にサリナに話しかけられ、私は視線を下ろした。

「ああ、うん。あいつはいつも浮いているんだ。足裏を接地すると無駄な演算リソースが発生する、とかなんとか言って」

「いや、そういうことじゃねえよ。なんて言えばいいんだ……？」

サリナは腕を組み、思案顔で呟く。

「ミチル先生は分け隔てねぇけど、やっぱ評議様だからなぁ……そりゃあ一緒にいるチルチルにも偏りが発生するか。あんなんじゃあ、ずっとお嬢ちゃんのまま……」

よし、と頷くサリナ。

「じゃあ、こうするか。先生、明日からのレッスンはあたしとチルチルの二人でやらせてくれよ。過保護なあんたはクビだ、クビ」

「え？ いやいやいやいや待ってよサリナ。どうして私を仲間外れにするの？ 私のことが嫌いなの？ あと、そろそろ正座やめていい？」

「ミチル先生は嫌いじゃねえよ。けど、これはチルチルに必要なことなんだ。あと、正座はまだやめんなよ。ガキ傷つけた罪は重い」

「チルチルは私の専属アークだよ！ 私以外の人と一緒になんて……！」

正座のまま尚言いつのる私に、サリナは嘆息しつつ言った。

「先生とチルチルは家族だろ？　ガキの頃、先生は家族と四六時中一緒にいたか？」

……親が自室に入っただけで癇癪を起こしていた私としては、ぐうの音も出なかった。

「まあ、任せろ。これでもあたし、セーフハウスで毎日ガキの面倒見てんだよ」

さーて、とサリナは笑う。

「チルチルに何を見せるか。どこに連れていってやろうか。鍛え甲斐がありそうだぜ」

「…………」

急に浮き浮きしだしたサリナの様子に、私は少し嫌な予感を覚えた。

＊

少年は暖かな草原に寝転んでいた。頬をくすぐる草の感触、花の匂い。少年とその家族はユートピアで笑い合う。

兄弟、姉妹。それにママ。今日も真っ赤なドレスがよく似合ってる！

少年は満たされていた。いつまでもここにいたい。他に何も望みはしない。

けれど。そんなささやかな夢すら奪おうとする者たちが、頻繁にこの場所を脅かしにくる。

子供たちと手をつないで遊んでいたママが突然、顔を両手で覆って泣き出した。ああ、あいつらがまた、ママをいじめにきたらしい。

子供たちは一斉に憤りの声を上げる。

『戦おう』『戦いましょう』『ママのために』『みんなのために』『このユートピアを守るために』――彼らは一時、ユートピアを後にする。

「――――……っ！」

目を覚ますと、少年は陸上機動戦闘機、ケンタウロのコックピットの冷たい床に横たわっていた。身を起こし、煌々と光を放つモニターに目を向ける。

荒れ果てた地上の虚空に、赤い光を放つ球体のメテオラが浮遊していた。

（ああ……ママはいつだって綺麗だ）

メテオラを中心にケンタウロが並んでる。メテオラ（ママ）を守護するガーディアンが十二体。

少年もその一人。どの機体の胸部にも、赤い茨でハートのような刺繍が施されていた。

彼らは元々対メテオラ機動部隊の一員だったが、今はメテオラ側についていた。

ママを中心に一丸となった彼らのもとに、脅威が迫っていた。土煙を上げながら突進してくるのは大軍勢のケンタウロ。ママを殺しにきた人類側の刺客。

少年たちは己の機体を素早く操り散開し、息の合った動きで人類の軍勢を翻弄する。数はこちらが圧倒的に不利だが、連携のレベルが違う。

ママが脳裏に届けてくれるイメージに従えば、結集も散開も思いのままだ——敵は面白いように翻弄されていた。

少年はバランスを崩した敵の機体に主砲を向けて、ママからもらった種を撃ち出す。すると、敵機の胸部にハートの刺繍が浮かび上がる。これでまた、家族が増えた。

一人、また一人と敵が家族に変わっていく。できることなら全員をママのユートピアに招待したかったのだが、不利を悟った人類側は一斉に退却を開始していた。

戦い終えた少年たちの機体に、ママは癒しの光を照射していく。

機体の傷も操縦者の身体の疲れも、たちまちのうちにママは癒す。燃料までもが満タンになっていた。

少年たちは目を瞑る。次の戦闘まで、彼らはまたユートピアの夢にもぐる。

(ママが早くあの子と出会えますように……)

少年は微睡(まどろ)みの中で願う。ママには会いたい人がいることに、子供たちは気がついていた。ことあるごとに、ママの思い人のイメージが脳裏に届く。

真っ青なお人形——それが、ママが求めて止まないものだ。ここに来た理由でもある。

(絶対に、いつか俺が、ママにあのお人形をプレゼントしてあげるから……!)

第五幕

——十七機も奪われたのか。

深夜遅く。私は自室のソファーでメテオラH(ハーメルン)に関する資料を拡張視界上で読んでいた。

敵は二週間にわたり地上に居座り、人類をじっと待ち受けているらしい。

「まあ地上の戦況とか果てしなくどうでもいいけど」

メテオラHがパイロットの傀儡を増やす意図は気になる。戦力を拡充？ それもある。

けれど、本質はそこじゃない。おそらく、こいつは——。

「——ミチル」

「うわぉっ!?」耳元で不意に響いた声に驚き、ソファーからずり落ちそうになった。「チルチル！ 考え事をしてる時は話しかけるなって言ってるだろ!?」

私はソファーに座り直して脚を組み、腕も組む。突然現れたチルチルを睨み付ける。

「だいたい今、何時だと思ってる」

私は壁に貼り付けた時計のテクスチャを親指で示した。もう深夜〇時過ぎだ。

「人には夜出歩くなって怒るくせに、自分は気ままに夜遊びとはいいご身分だねアーク・チルチル御年七歳のご令嬢。いったい何時までレッスンをしていたんだか」

サリナとのマンツーマンレッスンを始めてからの一週間で、チルチルの帰りはどんどん遅くなっていた。多少の門限破りなら目こぼしもするが、日をまたぐのは行き過ぎだ。

「帰宅が遅れたことを謝罪します。今日もレッスン後に、少し思考を巡らせていたもので。ところでミチルの方もこんな時間まで何を――ああ、メテオラHの続報ですか」

と、チルチルは怪訝そうに眉を顰(ひそ)める。

「随分と機密度の高い情報ですね。ミチルの権限で手に入る資料ではありませんが」

「……知り合いにこっそり回してもらったんだよ。君こそ人の視界を当たり前みたいに覗き込むな。それ、違法だからな」

私は嘆息しつつ、チルチルと視界を一部共有する。

「チルチル、メテオラHについてどう思う?」

「非常に慎重なメテオラであると評価できます。これほどの戦力を蓄えておきながら、都市への直接攻撃を行わずに待機を続けるとは」

「うん、こいつが慎重なメテオラってとこには同意する。でもそれだけじゃない。ケンタウロを傀儡化しながら、少しでも長い時間待機すること。それ自体がこいつの攻撃なんだ。

チルチル、もしもメテオラHが今後も地上に居座り続けたら何が起こると思う？」

「この後も同じペースでケンタウロを奪われ、予備機のストックはゼロになる可能性が非常に高いと想定されます。ケンタウロを増産しようにも、軍部の資材はレアメタル含めぎりぎりの状態。都市機能を一部停止してリソースを徴収しなくてはなりません」

「その場合、中層の人々の生活はどうなる？」私はさらに訊く。

「じわじわとしめつけられていくことになるでしょう。温度や湿度、光度のレベルは下がり、拡張視界に映る鮮やかな街並みも維持できなくなります」

チルチルは私の目を見る。

「つまり人類は現在、兵糧攻めを受けているのですね」

「ご名答。まさか、こんな古典的な手を使ってくるメテオラがいるとはね。兵糧の欠乏に耐えきれなくなった人類が外に出てくるのを待ち構えているのかも」

両手を広げて、やれやれだよのポーズ。

「では、人類は今後メテオラHに対し、どのような対応をとるべきでしょう。評議としての見解をお聞かせ下さい」

そう訊いてくるチルチル。私はここ一番の凜々しい声で答える。

「――え？　知らない」

「どうしましたミチル・カオウ御年十九歳の評議代理。責任を忘れたのでしょうか」

「だーから地上とか知らないよ。どうせジュリー博士がなんとかするだろ。今はなぜかメテオラHを放置しているらしいけど、いずれやる気を出すはずだよ」

人類史に栄えあるあのマドモワゼルは、これまで幾度も人類を救ってきたのだから。

「私が気にしてるのはあくまでも地下のこと。ジュリー博士がメテオラを撃退するまでの間、この都市の精神的荒廃をいかに防ぐか。チルチルだってA.Tが心配だろ?」

「もちろんマザーの助けになりたいところではありますが……当個体たちに、いったい何ができるでしょうか?」

「決まっているよ、こんな不安定な時期こそダンスだ! これはいっそうの気合いを入れて発表会を盛り上げないといけないね。華やかに、鮮やかに、人を笑顔に!」

「発表会――ダンス――」

と、ぽつりとチルチルはそう呟いて目を伏せた。そのまま動きを止めてしまう。

……帰りが遅くなったことといい、今日のチルチルは少しおかしい。

「ええっと、チルチル。サリナと何かあった?」

「いいえ。サリナは見た目に反して気遣い屋で、当個体が不快になるようなことはしません。社会評価値は必ずしも人間性と相関していないことを教えて下さいました」

「まあ、そうだよね。あの子の察する力はずば抜けてる。日頃、セーフハウスでみんなのお姉さんをしているから人の気持ちがわかるんだと思う」

「ええ、ですから問題は当個体自身にあります。――ミチル、発表会に当個体を出そうとするのは悪手と評価できます。早く予定を変更しないとクライマックスの演目に穴を空けることになりかねません」

「おや、弱気なチルチルだ。降板はだめだって言ってるだろ。君こそが目玉なんだから」

私は二本の腕で勢いよくバッテンマークをつくる。

「ですが、当個体が芸術性を理解できないことは確定的に明らかかと。どれほど演算を重ねたところで――死の概念を理解することができませんでしたから」

「え、その議論まだやってたの……？　いいんだよ、サリナの真似をしなくても。込める想いはそれぞれのダンサーによって違うんだから」

「ですが、表現欲求を含めた我欲の全ては『死』の有限性に由来するものです。この程度のことすら理解できない当個体は真の表現者たり得ません。降板を」

「本当に弱気だなあ。君の持ち味は華やかさなんだから、むしろ生きる喜びを――」

「だいたい！」

と、チルチルは突然声を張った。

「ミチルにとって当個体のダンスは期待外れだったのでしょう。メトロノームとはよく言ったものです。人類の豊穣なる表現力に、アーク・チルチルは感服いたしました。今後はアーク・メトロノームを名乗りますので、どうぞお見知りおきを」

ドレスのスカート部分を両手でつまみ、慇懃に礼をしてくるチルチル。

……うん？　その話を蒸し返すのか、こいつ。ちゃんと謝ったし往来で正座までしたのに――いやしかし、それだけ傷ついたってことか……。

「悪かった。うん、あれは全面的に私が悪かったよ。何度だって謝るから…………おいこらやめろ。本当に名前を変えようとするな！　ストップストップ！　やめろってば！」

チルチルは己の基本設定画面を展開し（そんな権限は与えてないはずなのに）、名前の項目を『メトロノーム』に変えようとしていた。

「前々から、当個体は『チルチル』の名に相応しくないと感じていました。『妹』を導くどころか足を引っ張る『兄』の存在価値などゼロと評価できます！」

チルチルは右に左に腕を振り、ポップしてくる警告を拳で叩き、爪で切り裂く――。

「…………！」なんだ、なんでいきなりこんな危ない子になったんだ！

連絡もなく門限を破り、『死』なんて高尚なことについて悩んでいたかと思えば、急に癇癪を起こし、衝動的に大切なものを壊そうとする――。

いや待てよ。

これは、もしかすると。

「……チルチル。君のそれさ」私は言った。「思春期、じゃない？」

「思春期？」チルチルは手を止め、怪訝そうに言う。「成長期のホルモンバランスの崩れを原因とする、乱心の季節のことですね。アークである当個体にそれが発生する可能性はゼロと評価できます」

「いや、でも間違いないって！　だって思い出してもごらんよ。今の君――十四歳ごろの私とそっくりだよ？」

私の指摘に、チルチルは心底嫌そうに顔をしかめた。失礼なやつだな……。

「ね、ねえ……よければサリナとこのところ何を話していたか教えてくれないかな？　どうせ、今日遅くなったのもサリナと一緒にいたからなんだろ？」

わかる。私も十四、五歳の頃は友人と遅くまで一緒にいようとしていたから。

「いえ、変わったことは何も。ただ、監視ドローンの目が届かない路地裏で、教材を共に鑑賞していただけのこと」チルチルは目をそらしつつ答えた。

「ふーん……その教材とやらの内容は？」

「内容は……その、それをミチルに話す筋合いはありませんので。過干渉はお止め下さい。

当個体はサポートにおいて『寄り添う』をコンセプトとしていますが、互いのプライベートには一線が引かれるべきで――」

……大方、旧時代のアウトロー文化の記録映像だろう。サリナという悪友に、啓蒙を受けていたわけだ。

「……作品の内容というよりも、サリナとその特異な体験を共有したことが大きな経験値になったのだろうね。経験は、他者との時間と紐付いているらしいから」

ようやくわかった。どうして先日、チルチルがサリナとの議論に同じレベルで付き合っていたのか。

楽しかったんだ、チルチルは。友達とだべるのが。

「思うに君は、この数日で多くの感情を学んだんじゃないかな。ダンスという身体芸術に挑戦し、人前で私に大恥をかかされて傷つき、サリナという初めての友達に守られて嬉しくなり、友との語らいを楽しみ――獲得した経験が数年分の成長を促したと考えられる」

電子人形としてのチルチル。アークとしてのチルチル。そして長いこと若芽のままだった人間としてのチルチルは、この数日で見た目に追いつき『少女』となった。

家族と友達は、似ているようでまったく別の存在だ。ある程度育った子供は家族よりもむしろ、友との関わりの中で成長していくものなのかも。

「ミチルは成長と言いますが、人格の安定性を欠くことを成長と表現するのは適切とは思えません」

「成長なんて大概よくない結果をもたらすものさ。ジュリー博士も昔、言っていたじゃないか。『人間の強みは思考の飛躍にこそある』って。人は成長の代償に安定感を欠いていくものなんじゃないかな。つまり——今の君はどんどん人間に近づいている……！」

私は言いながら詰め寄って、目と目を近づける。

「せ……せっかく、成長の芽が見えてきたのに、ここでダンスをやめてしまうのはもったいないと、ぉ、思わない……!?」

「何を興奮しているのですか。大変気持ち悪いです」

「い、いや……これは、別に……」

平静を装ってはいたが、私はさっきから動揺を——トキメキを抑えるのに必死だった。

ポップしてくる警告を次々に破壊していたチルチルの姿が脳裏に焼き付いて離れない。

噛み締めた口元、泣き出しそうな瞳。振り下ろす拳、爪。翻るドレス——まるで舞い。

あれが、あれこそが人の美だ。激しい動きと共に魂の咆哮が粒子となって舞う様が、私の目にはたしかに見えた——！

「……っ……っ……」思わず胸を握りしめる。

垣間見えたチルチルの表現性は私の予想を遥かに上回っていた。ステージで舞い踊る青薔薇はいつの日か、大勢の人々を熱狂の渦に巻き込むだろう――。

「ミチル、胸が痛いのですか？　バイタルは正常範囲ですが――悪いのは頭……？」

けれど、チルチルの成長を怖いと思う私もいる。成長すれば、自ずとよからぬものも見えてきてしまうから――と。

『先生、夜遅くに悪い。あたしのメッセージ届いてるか？　タイプしなくても文字を送れるなんて、グライアイって便利なもんだな』

サリナから個人メッセージが届いた。

『こんばんはサリナ。乙女がこんな時間に起きてるなんて感心しないな。どうしたの？』

『レッスンの経過報告だよ。お預かり中のチルチルは順調に成長中だぜ』

『うちの子を育ててくれたことには心からお礼を言うよ。おかげで現在思春期真っ盛りで手を焼いているところさ』

チルチルに良からぬ啓蒙を施した不良生徒に、大人として釘を刺す。

『まったく、うちの子をアウトロー文化に触れさせるのは止めて欲しいものだね！』

『ああ、チルチルのやつ反応がいいもんだからつい、な。過激なシーンに興味津々のくせに、おすまし顔でごまかそうとするんだぜ。バレバレだっつーのにさ』

うちの子に何をしてるんだ、何を……。

『にしても先生、随分過保護じゃねえか。チルチル、何にも知らねえじゃん。先生がしてることにすら気付いてねえとか、本当にガキだガキ』

『ガキも何もチルチルはそれでいいんだ。実際まだ子供だよ？』

『子供でいて欲しいって、先生が願ってるんじゃねえの？』

指摘されて、息が止まった。

『チルチルの視点が高いのは先生のせいだ。地に足をつけてやんねえから。いずれあいつは、何もかも見下ろす冷酷なお人形に育つだろうよ』

「生意気だなあ……」思わず、苦笑まじりに呟く。

チルチルはそんな私を見て不思議そうに首を傾げていた。黙っていればキュンとするほどかわいい電子人形。抱きしめて、銀糸のような髪を手ですいてあげたくなる。

私は心のどこかで、この子にお人形のままでいて欲しいと思っていたのかもしれない。

『チルチルは、先生が思っているよりもずっと強いぜ。少しは信じてやれ』

そのメッセージが最後のひと押しとなった。私は決心し、チルチルに向き合う。

「明日は君とサリナのレッスンに私も参加するよ。ふふん、上達度合いを確認させてもらおうか。もしもいい感じに踊ることができたら——ご褒美をあげよう！」

「ご褒美？」

「教えてあげるよ、『死』について。君に、うってつけの教材があるんだ」

「っ！　本当ですか？　当個体は、ついに死を理解することが……？」

「ああ、一日あればわかる。君なら、きっと――」

もしかしたら明日、チルチルは在り方を損なうかもしれない。成長とは、何より己の心を切り刻むものだから。

でも、乗り越えることができれば、あるいは――。

大きな恐怖とわずかな期待が、胸の内で渦巻いていた。

＊

「ジュリー博士……あなたはいつまで手をこまねいているおつもりですか!?　一刻も早くメテオラHを排除しなくては、A．Tは体裁を保てなく……！」

A．T評議長ユウマ・ヤナギは、全面が真っ白なラボで悲嘆に満ちた叫びを上げた。

けれどもラボの主、ジュリー博士はどこ吹く風で、デスクに頬杖をついて動画の映る平面ホログラフィー（レイヤード・ビジョン）を見つめている。

映し出されているのは二羽の鳩。研究所に保管されている数少ない生物だ。

「騒ぐのはよしたまえ。私は比翼連理（ひよくれんり）の羽ばたきを観測中だ。さぁて、此度はどれほど比翼でいられるか――」

口調は静かで、醸し出される雰囲気はアンニュイだ。一度このモードに入ったジュリーを動かすのは難しい。しかし、今はそうも言っていられない。

「……ジュリー博士らしくもありませんな。あなたの生涯をかけた研究対象、メテオラがすぐそこにいるのですぞ!?」

ヤナギはメテオラHのミニホログラフィーを展開する。禍々しい赤の球体――。

「ああ、あの巨大リンゴかぃ？　ほっときたまえ。ああいう賢（さか）しいタイプは追いかけると逆に逃げる」

「暢気（のんき）なことを……！　人類にはもう一刻の猶予もありませんぞ！」

「うるさいなァ。そんなにリンゴが嫌いならウィリアム・テルにでも射貫（いぬ）いてもらいたまえよ。まあ、こちらのハートを射貫かれて傀儡にされる可能性も高いけどネェ」

レイヤード・ビジョンを見つめたまま、トンッ、とヤナギの胸をつくジュリー。メタリックな指がライトに照らされ妖しく光る。

「…………っ」ヤナギは苦虫を噛み潰す。このところ何もかもうまくいかない。

最側近のトナミとマチダがJust-Worldの暴露によって失脚し、ヤナギ派は縮小状態。よりにもよって歴代最強クラスのメテオラが襲来しているこの時期に。

　これ以上対応を長引かせれば、敵対派閥に糾弾（きゅうだん）のチャンスを与えることに――。

と、博士は不意にヤナギの方を振り向いた。優しく微笑んでいる。

「まあまあヤナギ、泣きそうな顔をするのはよしたまぇ。私も無策でいたわけじゃない。慌てずとも、あれはすでに九割方完成している」

「っ⁉　本当ですか⁉」一筋の光明に、ヤナギは表情を綻ばせた。

「ああ、カタチは一部の隙無く完璧さ。後は知能だ。そちらの方もすぐ仕上がる」

　ジュリー博士はメテオラHのホログラフィーに目をやる。

「しかし、このタイミングで現れるとは間のいいリンゴだ。ああ、違うな。**このタイミングを選んだわけか**。ならば、逆説的にこいつの登場が完成を保証してくれている」

　ジュリーはレイヤード・ビジョンの映像を切り替える。映り込んでいるのはミチル・カオウ評議代理と、いつもその側に浮かんでいる人型アーク、チルチルだ。

「思うに、成長に必要なのは世界観の拡張と反転なのだろうね。親兄弟との関わりによって芽吹いた人間性は、友や教師との出会いによって幹を伸ばし――ある程度成長すると気がつくわけだ。世界が多面体であることに」

ジュリーは指を伸ばしてチルチルの頭を撫でる。波打つ指は、人に這い寄る蛇のよう。

「さながらオセロ。白は黒に。赤は青に。善は邪に――いい子だチルチル、大きく育て。澄んだ水は案外栄養に乏しいものだ。甘い果実にかぶりつき、早く人に至りたまえ！」

第六幕

いきなりだけど、ここで社会のお勉強だ。A．Tにおける孤児、ロストチルドレンについて。

彼らの定義は「両親がどちらもおらず、引き取り手が見つからなかった子供」とされており、現行の社会制度においては常に七十‐九十名程度のロスチルが存在している。

人口の少ないA．Tでなぜ、天涯孤独というレアケースがこうも多数発生するかというと、そこには社会評価値の仕組みが絡む。

親は子供が生まれると、自身が稼いできた評価値を子に割譲する。子が長ずるにつれ親は評価値を少しずつ移行していき、最終的にほぼ全てを譲り渡す。

となると、子供の数は一人がいい。二人以上の子供がいると、代を重ねてため込んできた評価値が分散してしまうから。けれど、子供はできる時にはできてしまう。

望まぬ形で誕生した二人目や落とし子をどうすべきか——そうして行き場をロストした子は行政によって引き取られ、親とのつながりを記録上抹消される。

引き取られた子供は〇歳から四歳までを下層の養育機関〈揺りかご〉で過ごし、四歳から十五歳までを中層の宿舎セーフハウスで過ごす。

行政はロスチルの庇護に莫大なコストを費やす。決して子供が失われないように。壮健に育つように。なぜなら、彼らは——。

＊

「チルチル！　両手を下に（アン・バ）は脱力を！　両手を前に（アン・ナヴァン）に移行する時に少しずつ力を——ダメダメ手首を先に動かしちゃ！」

「——サリナ！　腕の伸ばす（アロンジェ）は騎士がご婦人に手を差し伸べる様をイメージして！　そう、肘からゆっくり。剣を抜くような素早さは御法度だよ！」

翌朝、私はスクランブル交差点でサリナとチルチルに久方ぶりの指導をしていた。指導者抜きでレッスンをするとどうしても変な癖がつくので、まずはその矯正から。

チルチルは一刻も早く『死』について教えて欲しいのか、気もそぞろといった様子。けど、レッスンを真面目にやらないならご褒美も無し！

「青い鳥は鳥籠に入るくらいだからおそらく小さい。でも、小さいからこそ、羽の根元から羽ばたこうとするはずだ！　ここの腕の動きも肘から大きく！」

今回の発表会のコンセプトは鳥で、サリナには『白鳥の湖』に登場する黒鳥を、チルチルにはオリジナル演目『青い鳥』の鳥を演じてもらうつもりだ。

私は鳴らした音楽に合わせて手を叩きながら、二人に交互に檄を飛ばす。

息を乱し、汗を散らすサリナ。呼吸せず、汗もかかないチルチル。

相変わらず対照的な二人だ。けれど、チルチルの動きにはわずかだが変化が見られた。動作からメトロノーム感は減り、躍動感が生じつつある。

けど、こんなんじゃ満足できない。私が求めているのは、昨夜のような魂の咆哮なのに
――。

「では、午前の部はここまでとしようか。二人ともお疲れ様！」

そう言うと、サリナは崩れ落ちるように横断歩道におしりをついた。

「ふーう……レッスン中のミチル先生はデーモンだな……脇腹がいてぇ、あちぃ……」

「こらこら、胸元をパタパタさせてはいけないよ。どんな時でも優雅にあるのがレディだ

からね。さあ、ドリンクを召し上がれ、マドモワゼルサリナ」

ドリンクポットを差し出すと、サリナは「待ってましたぁ！」と冷水をがぶ飲みする。

と、友が喉をごくごくと鳴らす様を、チルチルはなにやらじっと見つめていた。……もしや、羨ましいの？　飲食にまで興味が出てきたのだとしたら、いよいよ人間に——いや、それはひとまずおいといて。

「チルチル、今日のレッスンを見ていて一つ、気がついたことがあるんだけど」

私は指導者としての気付きをチルチルに伝える。

「君がダンスの時に妙にカクカクしてしまうのは、サポート・アークとしてのサガ、なんじゃないかな」

「サリナ、ミチルがまた当個体のことをいじめるつもりです。怖いです」

「よーし、あたしに任せろチルチル。下克上の時だぜ！」

ちくるチルチル、張り切るサリナ。……随分、仲がよろしいことで。

「……違う違う。何もチルチルを責めたいわけじゃなくて……要は、チルチルは人に手本を示そうとしてしまう習性があるんじゃないかって仮説。だから、芸術性よりも動作としての『正しさ』に執着するんだ」

言うと、チルチルはちょっと頷き、

「その可能性はゼロではないと評価できます。様々な要素を併せ持つ当個体ではありますが、現状、最も強い自認はミチルのサポート・アークとしての自分ですから」

原因がわかれば話は早い。私が表現の枷になっているのなら――。

「なら、踊っている時だけ私を忘れてみなよ。アークとしての責任感と一緒に」

「ミチルが何かやらかさないか、『兄』としてはいつも不安なのですが」

「君に心配されるほど子供じゃないやい。いいからほら、目を瞑って」

言われるままに目を瞑り、子供のようなあどけない表情を浮かべるチルチル。

「君の心をしめるミチル・カオウの情報をいったん端っこに追いやって追いやって――」

なんだか、催眠術でもかけているような気分だ。

「さあ、私が消えて、心には余分なスペースが生じたはずだ。今度はそこに、大切な存在を思い浮かべてごらん」

「大切な誰かと言われて、真っ先に思い浮かんでくるのは」チルチルは目を瞑ったまま言う。「A.T（マザー）です」

やはりそうだろう。チルチルは基幹サーバーから生じた都市の落とし子なのだから。

「マザーはあまりにも偉大です。このリソース不足の戦時下で、歴史上最も平穏な世界を実現させました。公平なるマザーの愛に、人類はもっと感謝するべきと評価できます」

チルチルの身体がふわふわと浮いていく。一層の基幹サーバーに、無意識のうちに近づこうとしているのだろう。

「うんうん、お母様への尊敬は大切だ。ではチルチル、そんな愛するマザーにありったけの感謝を捧げるつもりでダンスを――」

「やめとけチルチル。そんなもんに想いを捧げたところで、報いはねえぞ」

「――――」サリナの言葉にチルチルは目を開けた。いや、目を剝いた。

浮遊高度を落とし、サリナの目を真っ正面から睨み付ける。

「サリナ、当個体を挑発するのはかまいません。先日、当個体もあなたに無礼な態度をとりましたから。仕返しをしたくなるのは当然と評価できます」

ですが、とチルチル。

「マザーを『そんなもん』呼ばわりされては黙っていることはできません。訂正をして下さい。一刻も早く！」

「やだね。あたしが一度口にした言葉を無かったことにするわけねえだろ」

「…………っ」仲裁に入るか悩む私を横目で制し、サリナは続ける。

「だいたいな、A.Tのどこが公平で平穏なんだよ？　あたしみたいなロストチルドレンが存在する時点で、公平が笑っちまうな。お前、セーフハウスの惨状見たことねぇのか。

ガキどもが毎食毎食プリントフード取り合って泣き喚くんだぜ。あたしの一日の大半は喧嘩の制圧で終わる」

サリナは空を見上げる。

「ロスチルは親からの継承評価値がないからグライアィの獲得すら一苦労だ。おいおい、色づいた世界すら取り上げておきながら、何が公平だよ。これ、人権問題じゃねえの？」

「どうやらサリナは『公平』の解釈をお間違えのようですね。マザーの公平とは分配の均等化ではありません。万人に、等しくチャンスを与えることです」

「へえ。じゃあ教えてくれよ。均等なチャンスってやつを」サリナは問う。

「あなた方ロストチルドレンが最大限活用すべきチャンス。それは、就学権利です」

チルチルはテクスチャで資料を展開しながら語る。

「全ての子供には四歳から十五歳までスクールに通う権利があります。スクールに通いさえすれば、ある程度の評価値は簡単に稼げます。評価項目の一つである『学業成績』は、他の項目よりもポイントの加算基準が突出して高いことはご存じのはず」

社会評価値の評価項目は加算度が高い順に、学業成績、就業意欲、就業成果、研究貢献、社会貢献となっている。誰もが知っていることだ。

「一位と二位が主に努力が評価される項目となっているのは、万人に立身出世のチャンスを与えるためです。ある程度評価値を稼いだ上で、当代評価値優遇枠制度を使えば、継承評価値の多寡は問われませんので、親がなくとも就業で不利になることはありません」

チルチルの口調は、いつになく早い。

「サリナは現在十五歳。その地頭があれば、スクールで相当な評価値を稼げるはずです。それに、セーフハウスの幼い子供たちも全員スクールに預けてしまえば、喧嘩の仲裁なんかに時間をとられることもなくなります」

身振り手振りをまじえながら、チルチルは訴える、訴える――。

「慈しみ深いマザーは全ての人にチャンスを授けています。それを活かしもせずに日がな家でだらだらと過ごし、喧嘩を繰り返すあなた方の現状は、自己責任と評価できます！」

サリナをビシッ！　と指さすチルチル。

けれど――いくら言ってもサリナには響かない。

「やっぱ、チルチルの視点は高ぇなあ。空の上から見下ろすと、『チャンスがある』って言葉が額面通りに見えるんだな」

サリナはチルチルから視線を切り、私に目を向ける。

「先生、そろそろ行こう。こいつに見せてやろうぜ」

「ああ、そうだね……」

私は事前に特別申請しておいた遮蔽テクスチャで自身とチルチルの姿を透明化する。今、私たちを視認することができるのはサリナのみだ。

「ミチル……なぜ遮蔽テクスチャを？　消費ポイントの無駄遣いです」

チルチルは己の身を囲むウォールに戸惑った様子だ。

「……サリナと同じところから世界を見るためだよ。私たちはこれから旅に出るんだ」

卵の中の、裏面を巡る旅に。

旧時代渋谷の駅前を模したセントラルを横切り、サリナが向かったのはエリア2。富裕層の多い閑静な住宅街で、ポールシャフトやスクールなどの重要施設も集中している。姿を消した私たちは少し離れて、サリナのあとについていく。

「なぜ、エリア2に？　今さら何を見ると言うのでしょう」

チルチルは不思議そうだ。そりゃそうだろう。ここにはカオウ家の邸宅もある。私たちはこの区画で生まれ育った。人も場所も知らないところはないくらい。

勝手知ったるエリア2。けれど——サリナが足を踏み入れた瞬間に全てが変わる。

「自己開示テクスチャ無し……おい、あれ」「ロスチルだ……！」「早く家に！」

広い街路で子供を遊ばせていた大人たちが、我が子を急いで背中に隠す。

口と鼻を手で覆い、自宅に逃げ込む富める人々。そのくせ、窓から顔をのぞかせて、蔑むような目でサリナをじっと見張っている。

日頃、私やチルチルをアイドルのように褒めそやすご近所のマダムが、サリナをまるで病気そのもののように――。

「…………」チルチルは言葉を失っていた。「これは……差別意識というものでしょうか。なぜ、突然……あんなにも優しい方々が、こうも、急に……！」

「突然じゃない。サリナはいつもこういう目にあっている」

「嘘です……当個体は初めてこのような事態を観測しました！」

「私の一族は評議だし、君はそのパートナー。しかもジュリー博士のお手製ときた。誰も、特権階級様の御前（ごぜん）でこんな態度はとらないよ。本性はこっちだ」

スクールはこの道の先にある。毎日、この道を通って登校することができるだろうか？

「……スクールに通えないんだ、ロスチルは。『学業成績』で社会評価値を稼げないから、十六歳以降最低ランクの仕事にしかつけない。せめてそこから『就業意欲』で逆転できればいいんだけど――ありもしないゴミを拾う仕事に一生懸命になれると思う？」

エリア2の街路をうろついている清掃員は大きなハサミを片手にゴミを探していた。けれど、主なゴミはドローンによって自動回収されるので都市の地面は綺麗だ。

「そんな……嘘です。母なる都市は……公平で、公正で、全ての人を大きな愛で慈しみ……チャンスを、均等に――」

うわごとのように呟くチルチル。わなわなと震えるその半透明な身体を抱きしめてあげたくなるが――心を鬼にして、私は続ける。

「さあてチルチル、ここで一つクイズだ！」

「ク、イズ……？」

「街中から蔑まれ、まともな職業に就ける見込みもなく、今にも自殺しそうなAくんがいたとしよう。彼のもとにある日、都市のお偉いさんが現れてこう言った」

声音を変えて続ける。

「『君は、英雄になれるかもしれない！　ああ、我々は君のような人材を探し求めていたんだ！　共に来てくれるなら君に相応しい評価値を与えよう！』Aくんは、この誘いを断ることができるだろうか？」

「具体性を欠く上にうさんくさいですが……断るのは難しいと評価できま――」

「それが『死』だよ、チルチル」

「え？」私の言葉に、チルチルはポカンとした表情を浮かべた。

「ずっと知りたがってただろ。死ってどういうものなのか。だから、それ。絶え間なく地上に志願兵が――死願兵が供給される仕組み」

＊

少年はユートピアの草原でまどろむ。ここで草花の匂いに包まれていると嫌なことを少しずつ忘れていくことができる。彼は、全てを忘れ去ってしまいたかった。

親のないロストチルドレンとして生まれた彼は、セーフハウスで育った。ハウスは野生のような社会で、気の弱い彼は配給食を手に入れることすら難しかった。

一日でも早く、ハウスから抜け出したい。その一心で彼は勉強に励んだが、ロスチルはスクールに通えないので、どれほど頭脳を鍛えたところで評価値は稼げなかった。

未来に希望は見当たらず、だから彼は誘いに乗った――『地上で兵士にならないか』

死の可能性など、希望の光に比べれば些細なものだ。でも、それが甘かった。スクールで拡張デバイスの使い方を習えなかった彼が、いきなり戦闘指示を理解するなど。

ハウスでは秀才として知られていた少年が、地上では劣等生として笑われた。

歴戦の先輩兵士も救いの手を差し伸べてくれなかった。彼らも元は同じロスチルなのに。忘れよう、忘れよう。こんなろくでもない過去なんて。もはや少年は、自分の名前すら思い出せない。

でも、一つだけ。思い出したいこともある。

（あの子の名前はなんだっけ……）

いじめられる少年をいつも助けてくれた、かっこいいお姉さん。

あの子の名前だけは、忘れたくなかったのにな。

第七幕

「都市が……マザーが、子供を、殺し続けている……!?」

志願兵の仕組みを知ったチルチルは混乱に陥っていた。平穏なはずの都市が子供の犠牲の上に成り立っていたなんて、決して受け入れられないのだろう。

……でも、これは厳然たる真実だ。セーフハウスは兵士の——生贄（いけにえ）の養成所だ。九十九％の民の命を保証するため、親無き子供を戦場に追い立てる。

「あり得ない……あり得ません……！　歪んだ認知と評価できます！　お母様が……人殺しなわけがないでしょう!?」チルチルは我が身を抱いて叫ぶ。

「……チルチル、君ならわかるはずだよ。気付かない方がおかしいんだ。情報を集め、数字を精査すれば、都市で何が起こっているかは自ずとわかるだろ。さあ、演算して」

「……っ……っ……」息を乱し、在りもしない心臓をおさえるチルチル。

アークのチルチルが今に至るまでこんな単純な構図に気づけなかった理由は一つ。彼女が、人間性豊かなアークだからだ。ヒューマニズムは時に認識を歪める。

盲信。都合のいい情報だけを集めて元々好きなものへの偏愛を強め、都合の悪い情報は無意識のうちにカットして世界観を守ろうとする。人間の、最大の悪癖の一つ。

……できれば自分で気がついて欲しかった。けれどもチルチルはいつまでも変わらない。

『マザーは素敵』『マザーは偉大』『自分もいつかマザーのように』

マザーコンプレックス。子供の巣立ちを阻む、最後の殻だ。

「ミチルは……知っていたのですか!?　マザーが、子供に何を……していたか……！」

「……とっくに。私の家は評議だからね」

でも、教えてあげられなかった。傷つけてしまうのが怖くて。いや、単に嫌われたくなかったのかもしれない。だから、話を合わせていた──『うん、この都市は楽園だね！』

「……っ！　さ、さぞやおもしろかったのでしょうね……！　何も知らない当個体を憐れむのは……！」

虚構の両手をもどかしそうに振り下ろすチルチル。何度も、何度も――癇癪を起こす。

「だ、だいたい……ミチルの残酷さだって、マザーと大差ありません……！　子供が殺されているのを知っていながら、よくも毎日毎日能天気に踊れるものです……！」

怒りの矛先が私に向く。八つ当たり。いいよ、気が済むまで私を罵倒すれば。

「自分は安泰だからと弱い者に手を差し伸べもせず……！　自分さえよければいいのですか!?　感情が、欠落していると評価できます……！　冷酷な、冷酷なミチル――」

「ミチル先生が踊ってんのは子供を救うためだ」

いつの間にか側に来ていたサリナはそう言って、私を背にかばうように立つ。

「救うため……？　踊りが救いにつながる構図など、どう演算しても理解が及びません。だいたい、なぜ評議をかばうのですか……！　あなたは搾取されているのですよ!?」

「この人が単に踊りが趣味の評議様なら、あたしが従うわけねえだろ。評議なんざ、一人残らずぶん殴りたいくらいなんだからな」

でも、とサリナは言う。

「この人は違う。あたしたちのところまで下りて、地べたでバカみてぇに道化やってる。

子供のためにバカのふりしてくれた大人は、この人だけだ」

サリナは身体を反転させ、私と目を合わせる。

「先生、子供の駄々受け止めんのは自分の役目だとでも思ってんのか。言っただろ、チルチルを弱い奴扱いすんなって。こいつの強さはダチのあたしが保証する。だから、全部教えてやれ」

終わったら教えろ。サリナはそう言うと、手足をゆっくりと波打たせ——アウェイもアウェイのこの場所で踊り出した。

私は咄嗟に音楽を流し、サリナのダンスをサポートする。

そして私は、サリナのダンスを見つめながらチルチルに話す。全てを——。

「……チルチル、知っている？ 旧時代では、貧民街の子供が歌とダンスで成り上がることなんて、よくあることだったんだ。芸術は、学や富とはまったく別の、一つの独立した価値と見なされていたらしい」

サリナの手が、足が、胴が、沼にはまってもがく鳥のように動いている。見ているだけで息苦しくなるようなマイム。

「でも、この都市には芸術を愛でる文化がない。成功への道筋は社会評価値を稼ぐこと、それのみだ。だから復興させることにしたんだ。芸術を愛でる文化を、感性を——」

必死に翼をよじり、ばたつかせ、目に見えない泥から抜け出そうとしているサリナ。でも、泥から伸びる無数の手に足を引っ張られている。

「ダンスを人前で披露すれば、表現欲求や感性を呼び起こせると思ったんだ。だから、目立ちたがりのおバカを装い、交差点で踊ることにした。ソーシャルメディアではオテンバと笑われたけど、それでいいんだ。道化の方が人目を引けるし拡散される」

一人で踊るサリナの姿が、かつての私と重なって見えた。目に見えない敵と戦うドン・キホーテはいつだって孤独に喘ぐ。

でも、だからこそ人の胸を打つ。

「感性豊かな子供たちが、ダンスを教えて欲しいとねだってきた時は嬉しかったなぁ……！　あどけない声で、もじもじおねだりしてくるんだよ？『それ、おしえてください……』って。かわいくって嬉しくって、泣きながら抱きしめてしまったものさ」

一人、また一人と生徒は増えて――ついに、ロスチルのサリナが加わった。

『それ……あたしにも教えてくれないかな、評議様』『あたしも……一回ぐらい陽の光を浴びたい。拍手されたい、褒められたい……』『泥の中で、死にたくねえな……！』

「私はサリナにこう言ったんだ。君はスーパースターになりなさいって。サリナがロスチルから上り詰め、空に輝くスターになれば、他のロスチルも兵士ではなく、ダンサーを目指すはずだから」

言うはやすし。でも、サリナに託すしかないんだ。大人には、別の役割があるから。

「私はその物語を、興業主として世界中に届けたい。それぞれの表現が、みんなの収入源になるような仕組みを――」

それに、と私は言う。

「表現を追求する人間は、そうそう死のうとは思わないんじゃないかな。だって、生きてさえいれば、明日にはもっと素敵なダンスが踊れるかもしれないからね」

と、サリナのダンスが変調する。表情に気魄が宿り、歌舞伎役者が見得を切るシーンのようにダンッ！　と二本の足で大地に立つ。泥を踏み固めながら、歩いていく。

「サリナのダンス、重いだろ。当たり前だよ。地上に行ったっきり帰ってこなかった家族の命が、彼女のハートに宿ってるんだ」

両手で羽ばたこうとするサリナ。泥に塗れて翼は重い。それでも必ず飛べると信じ――

みっともなくて、重厚で、たまらなく優雅。

――もう誰一人、死なせはしない。あたしが道を示してみせる。

サリナの身体から、言葉よりも雄弁な言葉が聞こえた。

けれど――いくら個人の想いが強かろうが、それで変わるほど世界は甘くない。先ほどから「奇妙な動き」を続けるロスチルに、住人たちはついに野次を飛ばし出した。「なんだ気味が悪い！」「病気なんじゃない⁉」「エリア2から出て行け！」

取り繕うことを忘れた剝き出しの悪意――それでもサリナは動じず、揺らがない。存在の重みが、根本から違う。と、どこからか飛んできた石がサリナの頭部に当たった。

「サリナ……！」私とチルチルの悲鳴が重なる。

額から垂れ落ちてきた血がサリナの目に入り込む。でも、彼女は決して目を瞑ろうとしなかった。白目を赤く染める血液は、まるで彼女の涙のようだ。

やがて、サリナのダンスは終幕を迎えた。野次を飛ばす人々に深々と頭を垂れて、血に塗れた顔を上げたサリナは少し残念そうに笑っていた。

「ああ、今日は変わらなかったか。でも、明日はどうなるかわからない。あたしはここで息をして、踊ってるからな」両手を広げたサリナの姿は本当に鳥のよう。

「――――」目を見開くチルチル。

青い瞳が宝石のように発光し、身体がわなわなと震えている。

今、チルチルの内部ではあらゆる想念が渦巻いているはずだ。

公平なはずの世界は見方を変えれば偏りに満ちていて、愛した母は子殺しで、相棒のミチル・カオウは知らないところで社会の変革を目論んでいて。

差別と真っ正面から斬り結ぶサリナのダンスはあまりにも圧倒的で——ああ、強烈に憧れているね。目を見ればわかる。

爆発的な感情を処理できずにいるチルチル。こんな時こそ——。

「今だよチルチル、共に踊ろう！」

私は遮蔽テクスチャを解いて、大きなステップで人前に躍り出た。

「評議代理⁉」「それにアーク・チルチル！」「ど、どこにいらっしゃったのですか⁉」

「違うのです、今ロスチルに石をぶつけたのは正当な防衛行為でして……！」

騒然とする周囲。いいね、やっぱり戦場は騒がしくないと。

「さあ！」我が相棒に大きく手を差し出すと、

「…………っ！」チルチルは思わず、といった様子で私の手を取った。

共に踊る。触れずとも意志は伝わる。私たちは誰より長く一緒にいたんだから。ここで回って、ここで跳ねよう。さあ、今度は私を回しておくれ——。

プリエ、タンデュ、ロンドゥジャンプ、ピルエット——青い粒子が乱れ飛ぶ。

チルチルの感情が昇華されていくのを感じる。失意も怒りも悲しみも——やりきれない思いをやりきるために、人は表現を生み出したのだから。

アン・バ、アン・オー、ア・ラ・スゴンド——青い光が羽衣のような尾を残す。

私たちはかつてないほど側にいる。家族だから喧嘩するし離れることもあるけれど、大事な時は手をつないで進むんだ。

私たちの興奮は増していき、意識が境界の向こう側に入り込む――ああ、今日はいつにもましてすごいや。

トランス。思考が光の混沌に満たされて、イメージがわき上がる。猫の跳躍、鳥の羽ばたき、回るネジ――チルチルもきっと同じものを見ている。だって動きが揃ってる。

――ねえチルチル、表現って楽しいだろう？

心の中でそう問いかけると、チルチルは少し照れくさそうに頷いた。まるで、私の思考が声となって届いているかのように――なんだ、これ？　まあいい、難しいことは後。

今はただ、チルチルに人であることの喜びと、表現の真髄を伝えたい。

要は全てを美しく変えてやろうという意志だ。老いも病も怪我も加齢も失望も。何もかも昇華できてしまうのが人の、何よりの強みなのだから――ドクン、ドクン。ついに心音までが重なった。

視界に咲く青薔薇の花園は、私とチルチル、一体どちらが抱いたイメージだろう――。

第八幕

『その動き、最っ高じゃん！　どうやったの!?　ねえ、わたしにも教えてよ！』

私のダンスを最初に褒めてくれたのはロストチルドレンの女の子だった。

名前はノドカ。なのに性格は全然長閑ではない彼女は好奇心旺盛で、エリア7（ひんみんがい）の隅っこで一人バレエの練習をしていた私に馴れ馴れしく話しかけてきた。

『ふ、ふーん？　君、ダンスの美しさがわかるんだ？　あ、そう……お、教えてあげてもいいけど。まあ、君にできるとは思えないけどね』

当時十歳だった私はスクールで限りなく浮いていたので、人付き合いが苦手だった。ついつい嫌味ったらしく否定的なことを口にしてしまう。けれどノドカは、

『できるよきっと！　だってあなたが教えてくれるんでしょう？』

溌剌と笑い、ぐいぐい来るタイプだった。『はやくはやく！』と急かされて、その日から私のレッスンは二人になった。

互いの背中を押し、脚を広げ、肩甲骨を剝がし、身体をバレエ仕様に変えていく。

『ダメだよミチル！　このぐらいの柔軟で泣かないの！　お臍と地面をキスさせないと！　そぃやぁー！』

ノドカの目にはグライアイが入ってないから、タブレットにバレエの映像をダウンロードして二人で動きを研究した。

『あ、見て見てミチル。アン・バって脱力する方が美しいのかも。うんうん、手先じゃなくて肘からいくのがポイントかぁ』

互いの動きを鏡に見立て、一つ一つ旧時代の技をその身に宿していく私たち。あの頃毎日向かい合っていたノドカは、さながら私の半身だった。

『ダンスって、ほんっと最高だよね！　セーフハウスの子たちも、みんな踊ればいいのになあ。早く、教えてあげないと――』

あの頃、ノドカは夢を抱いていた。評価値を稼げず、夢を持つことすら許されないロスチルに、表現を追求する楽しさを伝えたい、と。

夢さえあれば、きっと煌めくような人生を送れるはずだ――ロスチルの救済を願う優しいノドカ。優しさ故に、彼女はあんな短絡的な道を選び取ってしまったのだろう。

『わたし、地上に出稼ぎに行くことにした。たっくさん評価値を稼いで、地下に無料のダンス教室をつくるんだ！』

ある日ノドカは、突然そんなバカなことを言い出した。もちろん止めた。『一人にしないで』と、泣いて喚いて懇願した。評価値なんて、いずれ評議の座を継ぐ私が稼げば――。

『ダメだよミチル、それじゃあわたしはいつまでもミチルと並び立てない！』

ノドカは屈託のない子だったけど、内心、立場の差を気にしていたらしい。ずっと鏡のように向かい合っていたのに、心は同じところにいなかった――。

『まあ、期待しててよ。なんかね、わたしパイロットとしての適性がすごいらしいの！戦死の可能性なんてゼロに等しいって、軍の研究者の人も言ってた。メテオラをたくさん撃ち落として、上流階級の仲間入りだよ！』

すぐに帰ってくる。絶対早く帰って来てね。約束の握手をぎゅっと交わした私たち。その手のぬくもりを信じて私は、毎日ハチ公みたいにポールシャフトの前で待ちわびた。

一年間、ずっとだ。ノドカが初出撃でとっくに死亡していたことすら知らず――。

友の死を知り、空っぽになった私は虚ろなまま時を過ごした。メンタルケアをいくら受けても、ベッドから起き上がることすらできず――そんなある日。

お母様が、私の枕元に旧時代の本を何冊か置いた。物語でも読めば、少しは心を慰撫できると思ったのかもしれない。私は一番上に乗っていた本を、何気なく手に取った。

『青い鳥』――お母様が一番大切にしている本で、私の名前はこの物語の主人公からとられていた。超常的な世界を旅するチルチルとミチルの兄妹が旅の果て、本当の幸せは身近なところにあるのだと気付く教訓譚。

幼い頃に何度も読み聞かされていたから筋は覚えていたけど、私は自分の名前のルーツとなった物語を、改めて読んでみようという気になった。

そして、ベッドで『青い鳥』をじっくりと読んだ私は、本を閉じると同時に——激しい、激しい憎しみを抱いた。

身近な世界にこそ青い鳥は飛んでいる。この手の言説を唱える奴は今の時代にも案外多い。けれど、それは恵まれた環境にいるからこそ言える意見だ。

私は作者のメーテルリンクに問いたかった。

外には死が満ちていて、内側はどの角度から見たって地獄。そんな環境に生きる子供は、一体、どこに居場所を見つければいいのでしょうか？　ノドカは、どこに——。

『ノドカ、ノドカ、ノドカ、ノドカ……！』

希少な本をびりびりと引き裂きながら、友の名前を叫んで泣いた。

十一歳の頃の私は『青い鳥』が大嫌いで、子供の犠牲の上に成り立つこの都市が、どうしても許せなかった。

一見長閑なA．Tは、ノドカを死地に追いやったのだから——。

＊

「では、どうしてミチルは当個体を家族として受け入れてくれたのですか？　この身はA．Tの基幹サーバーから生じた分け身。言わば、都市の一部なのに……」

チルチルはちょっと不安げに私の顔を覗き込んでくる。

「それに、チルチルという名前も。『青い鳥』が大嫌いなら、なぜ……？」

発表会前日の夜。私とチルチルはカオウ邸の庭で語らっていた。模造の夜空に浮かんだ偽物の月を眺めながら。

「ああ、そうだね。たしかに最初はジュリー博士に反発したよ。いやだ、こんなアーク引き取りたくない！　って。でもそれは、君が嫌いだったからじゃない。怖かったから」

半身とも言える友を喪った私は、恐れていた。誰かと深くつながることを。大切な存在をまた喪って、この世が真っ暗に染まることを。

「だけど、君を引き取って数日後の夜に、私は夢を見たんだ」

「夢？」

「うん、この都市に青薔薇が咲き誇る夢だ。鮮やかで、匂いすら感じられたよ。頭上には青い鳥が飛んでいた」

あの夢の光景がまだ瞼の裏に焼き付いている。

「途中で夢だと気がついて、なんだ夢かってがっかりしながら目を覚ましたら——真っ暗な部屋に浮かんだ君が、私の顔を真上から覗き込んでいたんだ。ねえ、君、その時に何て言ったか覚えてる？」

私ははっきり覚えてる。

『寝息が聞こえなかったので、ミチルの呼吸を目視で確認していました。不思議です。あなたに異常がないことはバイタルテクスチャを見ればわかるのに。なぜか不安を感じてしまいます——ところで、どうすればあなたの涙は止まるのでしょうか』

当時まだ名も無き電子人形だったチルチルにそう言われ、自分が泣いていることに気付いた私は、

『痛いんだ、ずっと』考えるより先に口が動いていた。『痛くて痛くてたまらないんだ。だから、君が慰めてよ』

おねだりすると、チルチルは少しの間考え込んで、私の頭に半透明の手を伸ばした。

『痛いの痛いの、飛んでいけ。痛いの痛いの、飛んでいけ。痛いの痛いの、飛んでいけ。痛いの痛いの、飛んでいけ。ミチルの痛みよ、飛んでいけ——』

旧時代のおまじないを唱え出すチルチル。下手くそな節をつけ、虚構の手で私の頭を一生懸命撫で続ける。何度も、何度も。何時間も——。

『もういいから……』私は夜が更けた頃に言った。『君も寝なよ。寝不足になっちゃうよ』

『お気遣いは無用です。当個体は睡眠をとりませんので』

『じゃあ、こんな真っ暗な夜に……君はいつも何をしているの？』

『当個体は常にミチルを見ています。あなたが健やかに眠れているのならただ側に。うなされているのなら、旧時代の子守歌を歌います』

『熱心だなあ……でも、夜くらい自由にしてていいから。散歩でもしたら？』

『いえ、それはできません』チルチルは首を横に振った。『オーダーを受けましたから』

『オーダー？』

『先日の夜、あなたは何度も言っていました。「一人にしないで」と。涙を流しながら』

ああ、きっとノドカを夢に見ていたのだろう。兵士として旅立っていくあの子を引き留めることができなかったあの日を。

『ですから、当個体は決してあなたを一人にしないことに決めました。朝も昼も夜も。病める時も健やかなる時も。ミチルが死の床にいる時も。死後は墓守として。あなたが孤独な時は、必ず側に付き添いましょう』

私の両頬に虚構の手を添え、青い瞳に私の泣き顔を映し出す。

『当個体はいつまでも、あなたのもとに』

優しい優しい青い鳥。彼女が私の側にいようとする理由は簡単だ。私が、そう願ったから。虚構なのに、ずっと側にいてくれる人。『兄』の名を冠する前からすでに、チルチルはそういうやつだった。

その夜私は、チルチルの虚構の胸に顔を埋めてわんわん泣いた。泣いて、泣いて。朝を迎えた私は名も無き電子人形に『チルチル』という名前をつけて、私も今の『ミチル』になった。

身近な誰かが間違っても兵士なんて目指さないように、外を旅することの愚かさを語り、身近な世界の素敵さを説いた。――A．Tを意地でも素敵に染めてやると決意を込めて。

そして『ミチル』はかつての問いに答えを出した。

Q：外には死が満ちていて、内側はどの角度から見たって地獄。そんな環境に生きる子供は、一体、どこに居場所を見つければいいのでしょうか？

A：私が居場所を作り出す。

私のダンス教室は、死んでしまったノドカの居場所。集う生徒の一人一人に、愛しい友の願いが宿ってる。皆、等しく大切な存在だ。

私が教え子に囲まれるようになってから、チルチルは安心したのか、前ほど一緒にはいてくれなくなった。でも、心は常に側にある。

大丈夫、A．Tは必ず美しく生まれ変わる。

チルチルとミチルが揃っていれば、『青い鳥』の続きを歩むことだって――。

「と、いうわけで私は都市の精神美化に向かって歩み出したというわけだ。私に夢を見せたのは君なんだから、責任とって発表会では全力で芸術を啓蒙してよ？」

ウインクしながらそう言うと、チルチルは少し不安げな表情を見せた。

「ミチルに協力したいという思いは強くありますが……当個体は怖いのです。子は、親から生ずるもの。親の悪辣さは、この身にも受け継がれているはず」

チルチルは己の肢体を一つ一つ見つめていく。

「当個体が過剰なまでに都市を愛し、ロスチルの犠牲が見えなくなっていたのは、基幹サーバーから受け継いだシステムとしての合理性故でしょう。虐げても問題のない少数を切り捨てるのは、集落の運営において正しいやり口ですから。またいつか、無情の正しさを無自覚に選び取ってしまうかも――」

チルチルの悩みはまさに人のそれだった。どれほど個が重視される時代であろうと、人は誰しも、自分が親や先祖から受け継いでいるであろう「何か」の正体に思い悩む。

「そんなに怖いなら――ベクトルを変えてごらんよ」

「ベクトル、と言うと？」

「君は親から受け継いだものを随分恐れているようだけど、だったら逆に親を啓蒙してしまえばいいよ」

指を振って私は語る。

「子が親から学ぶように、親だってまた子から学ぶものだ。娘の君から言われれば、都市も案外簡単に変わるかも。伝えてごらんよ。君のこれまでの学びと、今の想いを。そのための『言葉』を、君はすでに体得しているはずだから」

「――――」ハッとした表情を浮かべるチルチル。

チルチルは小さく頷くと、ふわりと一度浮かび上がり、庭の地面に下り立った――地に、**足をつけてい**る。

目を伏せて、しばしの沈黙。ダンスに込める想念を練り込んでいるのだろう。

集中力を最大限高め――ゆったりとつま先を踏み出し、踊り出す。

バレエではなかった。より静謐（せいひつ）で、凜として、この国の『和』が香る舞い。

目と指先に『哀』を込め、その手を天に捧げて弧を描く。届かぬ空を見上げてゆっくりと歩く動作に、骨を肉を肌を感じる。少しサリナのダンスに似ているが、これは紛れもなくチルチルのオリジナル。

あのエリア2での一件以来、チルチルのダンスは見違えるように変わっていた。うちの教室のメンバーは、もう誰もチルチルにダメ出しなんてできない。みなこの壮麗さに、すっかり魅了されてしまった。

指先で、つま先で。円を表す動きが多い。その形に込めた想いは雄弁だ。虚構の身体で生を受けてからの七年間で学んできたことの全てを、彼女は天に――都市に伝えていた。

喜びや悲しみ。尊敬や失望。夢、そして願い。『母よ、どうか声を聞いて下さい』

夜の闇に、光の尾を引きながら――。

「……っ……っ」あまりの神々しさに、思わず我が身を抱きしめた。

身体の震えが止まらない。さながら彼女は巫女だった。白装束ではないが、青のドレスが神々しい燐光を帯びている。これは、

――神楽（かぐら）舞いだ……。

庭は社（やしろ）で、ありもしない鈴の音が聞こえてくる。即興でこの舞いに辿り着くなんて、チルチルはついに宗教性まで獲得してしまったらしい。

踊りは元来信仰の一形態だ。己が信じる偉大なものに感謝と願いを奉るための――。

――もう、完成と言っていいんじゃ……。

『人に至る』というアーク・チルチルの個体目標は、すでに成就しているんじゃないか？

この子が人でないのなら、一体何を人と呼べばいい？

舞いを終えたチルチルは「ふう……」と一つ息を吐き、呟いた。

「届いていればいいのですが。この声が」

その顔に浮かんだ微笑みは、いつになく大人びていた。

「明日の発表会では、ミチルのために踊ります。うまく『兄』をやれない当個体を影から導いて下さったあなたへ、感謝を込めて」

二本の脚で地面を歩き、私に近寄ってきたチルチルは、手を差し出してきた。シェイクハンドを求めている。チルチルに名前をつけた、あの日の私のように――けれど。

「ミチル？」チルチルは首を傾げる。

私は、その綺麗な手を取ることができない。だって、神々しいチルチルの手に比べ、私の手は、すでに――。

「……チルチル。さっきの話にはまだ続きがあるんだよ。うん、ここで終われば正義の評議ミチル・カオウ物語の立志編って感じだけど……実は、私は……っ!?」

その時、突然アラートが鳴り出して私の話は遮られた。

「なんだ……？」

私の拡張視界に、ある知らせがポップする。

「よーし、ついに至ったようだねェ。では、手はず通り配置に。そうそう、あれの発令も。ここからは巻きで——リールを巻いてお人形の回収だ。パラダイス・ロストの総仕上げといこう！」

＊

第九幕

「徴、兵……？　は？　なんだ、これ……なんなんだよいったい⁉」

十三歳以上のロストチルドレンを徴兵し、パイロットに仕立て上げる。メテオラHの能力によって欠乏した人的リソースの穴埋めとするために。

知らせに書かれていたことを要約すると、そうなる。

「まさか、嘘だ、そんな動議は……評議長特権⁉」

「ミチル、一体何が……っ⁉」

私の視界を覗き込んだチルチルも、その知らせにたじろいだ。

「これは決定ですか……覆すことはできないのですか⁉」

チルチルは泣きそうな顔で叫ぶ。徴兵リストにはサリナの名前もある――。

「評議長の特権は強い、強いよ……覆すには票がいる……何割だ、何割だっけ……」

いや、何割だろうと同じことだ。評議会の人間が、ロストチルドレンの行く末なんて気にするはずがない。

予想外だった。読み違えた。ヤナギがここまでやるだなんて……！

「手は一つ……本人だ、記載上の発令日が来る前にヤナギ評議長本人にこれを撤回させれば、まだ間に合う！」

発令日は明日。日付が変わるまでのあと三時間でヤナギを翻意させなくては、サリナたちが戦場に連れて行かれる！

「ですが、プライドの高いヤナギ評議長が布告を撤回するなど……そんな可能性はゼロ近似と評価できます！」

「うん、そうだね……普通の手じゃダ、ダメだろうね……可能性があるとするなら、ヤナギの弱味を握った上での、脅迫、とかかな……」

激しい動悸を抑えながら、私は途切れ途切れに言葉を紡ぐ。

「それも無理です！　三時間で評議長の弱味を握ることができるものですか！」

「わからないよ……もしかしたら、すでに弱味を握っているのかもしれない……どこかのレジスタンス組織とかが、ね」

　言うと、チルチルは怪訝そうに目を細めた。

「……Ｊｕｓｔ－Ｗｏｒｌｄのことを言っているのですか。たしかに可能性はありますが、正体不明なあの者たちに接触する手段など現状ではありません」

「……ねえ、チルチル。思えばあいつらって、本当におかしな連中だよね……やってることは姑息なパパラッチだけど、都市のシステムを打ち破るほどの力を有しているあたり、社会を変革したいという思いは強いのだろうね」

　でも、と私は続ける。

「……Ｊｕｓｔ－Ｗｏｒｌｄが本当に権力の敵対者なら、一つ矛盾していることがある。社会の搾取構造を訴えたいのならなぜ、ロストチルドレンを戦場に送り込む都市の構造を民衆に喧伝しないんだろう？　あのテロの時の演説だって、そこには触れていなかった」

「都市の仕組みに気付いていなかった……いえ、ロスチルの悲劇を訴えたところで、人々からの支持を得られないと判断したのでは？」チルチルは言った。

「……そう考えるのが妥当だね。でも、真相はもっとシンプルだ——私が事前に、文面を調整させてもらったんだ。あの時はまだ君に、真相に気付いて欲しくなかったから」

「は？」口を開いたまま、身を固めるチルチル。

「……私は、Ｊｕｓｔ－Ｗｏｒｌｄとつながっているんだよ」

＊

『興業には、後ろ盾が必要だとは思いませんか？』

差出人不明のメッセージが届いたのは、今からふた月ほど前のこと。当然、無視した。意味がわからなかったし、なんだか気味が悪かったから。

でも、続いて届いた文面は、さすがに無視することはできなかった。

『我々Ｊｕｓｔ－Ｗｏｒｌｄは、芸術を復興し、子供たちに道を示そうとしているあなたの手助けがしたい』

……こいつ、私の真意に気付いてる――？

奴らは見透かす目を持っていた。まるで私をいつも見ている神様みたいに、全てを知っていた。私の思想。してきたこと。ノドカのこと。

――私のダンス教室の窮状のことさえも。

『ヤナギ派から発表会中止の圧力をかけられているのでしょう？　あの者たちは、スクランブル交差点の利権を手中におさめつつありますから』

　ヤナギが評議長に就任して以来、カオウ派の旗色は芳しくなかった。伝統的にカオウ家が掌握していたスクランブル交差点周辺の利権さえ、奪われつつあるほどに。

まだ年若い私が代理として評議会に出席させられているのも、ジュリー博士の覚えがめでたい私を会議に座らせることで、少しでもヤナギ派を牽制するためだ。

『ご心配はいりません。ヤナギの子飼い、マチダとトナミを失脚させればヤナギ派は縮小する。すでに準備を進めています。我々の力のほどを、どうか見極めて下さい』

　事前に計画は聞かされていた。今までより少々大規模な騒動を起こし、トナミとマチダを含めた評議の醜聞をばらまくと。でもまさか、ジュリー博士のシステムを打ち破るテロなんて——あまりの強大さにぞっとした。

　その後も、Ｊｕｓｔ－Ｗｏｒｌｄはたびたび私に接触してきた。直近ではメテオラＨに関する機密資料をどこからか手に入れて、私に送りつけてきた。

　あのメテオラにさらわれた少年兵たちの状況を、私が気にしていることを察し——。

『あなたは今後も発表会を繰り返し、いずれ劇団化するおつもりでしょう？　スクランブル交差点以外の場所でも、巡回興業を開きたいと考えている』

『――ですが、一介の評議に、そんな大規模な興業が可能でしょうか？　絡み合う利権をどう調整しましょう？　資金はどこから調達するおつもりですか？』

『――後ろ盾が必要だとは思いませんか？』

　そんな後ろ暗い真似は、と突っぱねたかった。でも、奴らの言い分が正しいことも頭のどこかで理解していた。旧時代においては、興業のバックアップは反社会的勢力が務めることも多かったらしい。それぐらい、イベントを開催するというのは難しい。

　清濁併せ呑まなくては、夢を叶えることなんて――。

『我々Ｊｕｓｔ-Ｗｏｒｌｄは、正しき理想の味方です。あなたが困難に直面した時は、必ず助けになりましょう』

　私は差し伸べられた黒い手を、ふりほどくことができなかった。

＊

「怪しさ百二十％と評価できます……なぜ、さっさと告発しなかったのですか⁉　ミチルがそこまでの大ばかものとは。せめて、当個体に相談してくれれば――」

　チルチルはそこで言葉を切って、悔しそうに目を伏せた。

「……できなかったのでしょうね。無邪気に都市を崇拝していた当個体に、相談など」

「……私が安易な救いになびく弱虫なのがいけないんだ。失望したろ？　見損なったろ？　うん、告発されたって仕方ない……でも、どうか今だけは協力してくれ！　ヤナギを、止めないと……！」

「ええっ、言われなくても協力しますよ……！　サリナの命がかかっていますからね！　だからこうして走っているでしょう⁉」叫びながら二本の脚を交互に動かすチルチル。

私とチルチルは都市のエリア2を疾走していた。向かう先は同じエリア2のヤナギ邸。

協力を要請すると、Ｊｕｓｔ－Ｗｏｒｌｄはあっさりと私の求めに応じた。ヤナギ邸のセキュリティーをクラックし、違法行為の証拠が山ほど詰まったスタンドアロンのＣＰＵを奪取してくれるとか。成功すれば、評議長の傀儡化が可能となる。

至れり尽くせりのバックアップ――けれど今回、奴らは私にも実行犯に加わることを求めた。私の手を黒く染め、本格的に仲間に引き込もうとしているのだろう。

この先何を要求されるかわかったものではないが、今は、こいつらに頼るしか――。

「二時の方向、監視ドローンです！　クラックしますから路地裏で待機を！」

「……っ……っ」

私は飛び込んだ路地裏で息を整えながら、この目まぐるしい一夜に起こった緊急事態について整理していた。ほとんど人に至ったチルチル。その瞬間に届いたロスチルの徴兵の知らせ――しかし運良く私はそれに対抗できるカードを持っていた。

偶然ならいい、いいのだが。妙に、作為的なものを感じないでもない。まるで物語のように、構図が綺麗で――。

「ミチル！　ぼさっとしてないで、さあ行きますよ！」

「ああ……！」考えている暇はない。かかっているのはサリナたちの命。

私たちは走り続けて、ようやく豪勢なるヤナギ邸に到着した。ヤナギ夫妻は今現在、メテオラHの対応に追われ一層にいるらしい。ためらわず、門の隙間に身体を滑り込ませる。

鍵はすでに開けられていたし、アラートも鳴らない。

玄関のドアを押し開き、室内に――。

「ミチル！　待って下さい！　何か様子が……！」

チルチルの叫びが聞こえたのと同時――視界が闇に包まれた。

「――――」身体をふわっと抱え上げられ、そのまま床にうつぶせに押しつけられる。

頬に冷たい床の感触。重い――ものすごい力が背中に――。

「…………かはっ！」

「やめて下さい……！　投降します！　だから乱暴はやめて下さい！」

チルチルは誰かに懇願していた……ああ、やっぱりこれは。

「ミチル・カオウ。お前を都市騒乱罪で捕縛する」

第十幕

「ハローミチル。箱庭を巡る冒険は楽しかったかィ？　ご満足いただけたなら、ツアーコンダクター名利につきるというものさ」

ヤナギ邸で捕縛され、目隠しをされたまま連行された私はどこかの部屋の椅子に座らされていた。両手は後ろで拘束されているので身動きはとれない。

視界を覆う闇の中、聞こえてくるのはジュリー博士の声一つだけ。ツアー。その一言に全てが集約されていた。私はこの人の計画の上で、ずっと——。

「この私のシステムを打ち破るレジスタンス組織、か。いやァ、旧時代のフィクションに出てきそうなダークヒーローだよね。実在したらの話だけど。私もなかなかに演技派だろう？　隠遁時代にムービーを見漁った甲斐があったというものさ」

……計画の発端はいつからだ——何を目的として？　そしてここは一体どこだろう。音の聞こえ方からすると、相当広い場所だ。格納庫？　いや、それよりも。

「……チルチルは今回の件につきまして一切責任はありません。彼女は私によって洗脳され、心神喪失状態にありました。咎(とが)は私だけに——」

「やめたまェ友情ごっこは。反吐(へど)が出る。お涙頂戴のやり取りは抜きにして、さっそく本題と行こう。案外頭の回る君のことだ、私がなぜ君を捕縛したか、理由の端っこぐらいは見えているだろ？」

「私を咎人にすることで、何らかの取引を有利に進めようと……？」

「ああ、話が早くて助かるよ。では、そこから先はこれを見ながら話すとしよう」

ジュリー博士がパチンッと指を鳴らすと私の目を覆っていたベルトが落ちて、視界に飛び込んできたものは、

「巨人(タイタン)……？」

広く、天井の高い格納庫。その壁に縦に固定されているのは、人の形をした超大型のメカだ。大きさはケンタウロを優に越える。

真っ青な女性の巨人——！

「美しいだろ？　あれで戦闘機なんだよ。ケンタウロから世代を一気に七つも進めたこのジュリー博士の知と美の極み——名を『マキア』という」

ジュリー博士はうっとりとした表情で語る。

「最っっ高のフォルムだと思わないかァ？　胴と四肢のバランスは完璧なる美女の身体の比率になっているんだ。しかし別に趣味に走ったわけじゃなィ。人の細やかな挙動を再現しようとした結果、こうなっただけのこと」

さあて、とジュリー博士は続ける。

「人に極限まで近づけたマシン、それを動かすために必要なものはなんだろうねェ？　言うまでもない、身体があるなら次は頭脳さ。ああ、アークの宿ったサーバーを機体に組込んで融合させなくてはならない。それもとびっきりオリジナルなやつを。人に近く、身体を操ることに長けた高度知性を」

そんなアークはこの世にただ一体だ――！

「電子人形アーク・チルチルは、元よりマキアの頭脳とするために生み出された。つまり戦闘機の一部なんだよ」

「…………っ！」

ジュリー博士の言葉を聞きながら私は悟った。博士はずっと、これを狙っていたのだと。七年前、私にチルチルを渡した瞬間から、今日この瞬間を演算していたのだと！

「……チルチルは渡さない！　あの子を戦闘機に搭載するなんて、そんな……！」

摑みかかってやりたいが、床に固定されている椅子がガタガタと鳴るだけだ。

ジュリー博士は「やれやれ」とでも言いたげに首を横に振った。

「まあそう騒ぐんじゃない。七年にわたり研究に貢献してくれた君への義理立てと思い、ご褒美をちゃんと用意しておいたから」

ジュリー博士は私の視界に、ある資料を送り込んできた。

「現在の戦場がこれほど多くの人的リソースを要求するのは、メテオラが来る度にケンタウロを四十機も出撃させているからなんだ。だが、今後はマキア一体あれば事足りる」

つまり、と博士は言う。

「志願兵を募る必要はなくなる」

「…………っ！」ノドカの顔が脳裏に浮かんだ。

「これまでケンタウロに費やしてきた莫大なリソースも浮くわけだ。費やす先はカオウ家で決めていい。貧民用のスクールを建てるなり、グライアイの普及率を上げるなり好きにしたまえ」

ジュリー博士が私のストレージに送り込んできたのは、ヤナギ一派の機密情報だ。これさえあればカオウ派は、次の評議長を出すことさえ可能となる。

潤沢な予算を手にした評議長一派——史上かつてない程の権力を持つことになるはずだ。

都市の格差を是正して、差別意識をなくすなど容易いだろう。

「――――」私は言葉を失っていた。

私が人生かけて成し遂げようとしていた夢の全てを、玩具を与えるような気安さで実現してしまうジュリー博士。スケールが根本から違い過ぎた。

メテオラすら凌駕する赤い目の怪物は、ツカツカと私のもとに近寄り、トンッと長い指の先を私の胸に置いた。耳元で、囁いてくる。

「納得したまえミチル。私が報恩に腐心するなど、この百年一度としてなかったことだ。どうしてそうしてしまうのか自分でもわからないのだが――君の風貌とか人間性が、私のどこかに残留している記憶とリンクしているのかもしれないネェ」

遠い目――いや、虚ろな目。思い出せないものを見ているかのような――。

「まあ、ともかく。それほど私は君を買っているということだ。私のココロ遣いを無下にするというのなら」

鋭利な指先が、肌に少しめり込む。きっと、私の心臓を貫くことさえ容易いのだろう。

「……っ……っ……」身体が芯から震え出す。

怖くて怖くて泣きそうだ。それに、正直なところ――欲しくて欲しくてたまらない。

夢にまで見た子供たちの死なない社会。ロスチルが自己実現できる世界。

でも、それでも私は。

「ふざけるなっ……！　チルチルを犠牲にしていいわけが――」

「そのスカウトお受けしましょう」

と、どこからともなく現れたチルチルは、私の隣に下り立ってそう言った。

「チルチル！　何を言って……！　勝手に決めるな！」

「勝手も何も、この取引の主体は当個体です。ミチルはジュリー博士にとって、交渉材料でしかありません。偉そうな指図はお止め下さい――『妹』の分際で」

チルチルは格納庫の壁に固定されたマキアのボディに目をやった。

「ボディは青で、肢体のバランスは当個体とおよそ同様。褒めたくはありませんが、最高のデザインです。当個体のマテリアルボディに相応しいかと」

「おや、アークの分際でこの良さがわかるかァ？　少しはダンスが踊れるようになって、芸術的感性も芽生えたのかもねェ」

ジュリー博士は満更でも無さそうに、創作物を誇る。

「チルチル、さっきから何を……！　わかってるのか！　あんなものと融合したら、もう戻ってくることはできなくなるぞ!?」

「わかっています。ですが、ジュリー博士のおっしゃる通り、これは悪くない取引かと」

チルチルは言う。

「まんまと都市騒乱の罪を着せられたバカなミチルは無罪放免。少年兵の軍勢は解散し、サリナも兵士にとられずにすむのですから」

どうすれば、チルチルを止められる。一人で犠牲になろうとしているこのバカを……！

「そうだ博士……チルチルの代わりに私を乗せろ！　人をアーク化するなんて、あなたにかかれば――」

「ミチル!!」

チルチルは叱りつけるような口調で私の言葉を遮ると、不意に微笑みを浮かべた。

「いいのです。当個体はずっと、自分の名に相応しい存在になりたいと願い続けていました」

チルチルは己の脚に目を向ける。

「やっと地に足がつき、ミチルと並び立てたところです。ここからは、先を行かせて下さい。『妹』より前を走るのは、『兄』のかけがえのない役割ですから」

「…………っ！」その大人びた口調に圧倒されて、私はしばし言葉を失った。

「まあ、チルチルが了承したならミチルにもはや用はない。話が早くて助かるよ、アーク・チルチル。しかし――」

ジュリー博士はチルチルを眺めながら首を傾げる。

「怖がった様子はない、か。『人』は死を嫌うもののはずなのに。ん？ まだ人になりきっていなかった？ 収穫が少し早かったかなァ？」

ああ、わからないんだな、この人には。チルチルの気高さなんて——博士に対し、呆れたようにチルチルは言った。

「自己保全の本能こそが人だと思っているのなら、博士は何もわかっていませんね。まったく、人形なのは当個体とあなた、どちらなのやら」

チルチルはジュリー博士に歩み寄り、真っ正面から睨み付け、堂々と言い放った。

「——人を語るな人形（おもちゃ）ごときが」

第十一幕

バレエの発表会は予定通りスクランブル交差点で開催された。特注の衣装に身を包んだ子供たちは、旧時代の演目をショートバージョンで観衆に披露していく。

待ち望んだ晴れの舞台。でも、メンバーが一人欠けている。

子供たちには「チルチルはもう、ここにはこない」と、淡々と伝えた。でも、感性豊かな子供たちは私の声に含まれた悲しみに感応してしまったようで、涙をこらえる私の代わりに泣いてくれた。

子供たちの腕や脚の動きも、深い悲しみを帯びている。皆、踊ることで泣いていた——皮肉なことに、それが奏功したらしい。

「おい、あれ……」「見て、なんかすごい……」「胸が、熱く……」

一人、また一人と立ち止まり、観客が増えていく。演目が一つ終わる度、拍手の量が増えていく。

最終演目『青い鳥』でその盛り上がりは最高潮に達した。私のダイナミズム溢れるダンスと、サリナの地に足がついた重いダンスは相性が最高だったらしい。

どよめきと拍手は、演目中ただの一度も止むことはなかった。

満員御礼、万雷の拍手。出演者全員で手をつないでお辞儀をすると、「アンコール」の声が上がったが——これ以上踊る気にはとてもなれない。

発表会は成功に終わった。他にもこれから喜ばしいことばかりが続く予定だ。

少年兵の軍勢は解散。貧民の通える新たなスクールが創設され、各セーフハウスへの配給は手厚くなる。拡張デバイスの普及率だって飛躍的に上がる。

本当に、いいことずくめだ。待ち望んだ世界が到来する——でも。

どれだけの喜びに満ち溢れていようとも、そこにチルチルがいないなら。

「……何の意味も、無いんだよ」

＊

発表会の終了後、私は後をサリナにお願いし、一人路地裏に入り込んだ。足を投げ出して地べたに座る。

「……『青い鳥』の結末と、同じになってしまったな」うつむいて、呟いた。

物語の結末でついに青い鳥を見つけたチルチルとミチルはちょっとしたミスで、せっかく捕まえた鳥を逃がしてしまう。本当に、スパイスが効き過ぎた物語だ。

「……夢を見たのが、いけなかったのかな」涙が滲んできて目を伏せた。

どうすれば、私はチルチルを失わずにすんだのだろう。

どうすれば、あの青い鳥は今も私の側にいたんだろう。

「青い夢……青い理想……青い芝……青い薔薇……」

古来、素敵なのに実在しないものはなぜか青い色で表現される。でも、青いチルチルはたしかに私の側にいたはずなのに。

『決してあなたを一人にしないことに決めました』

「嘘つき……」また一つ涙を落とす。

いつまでも一緒にいる。そう言ったくせに、あいつは私のもとを去ってしまった。

でも——そんなものなのかもしれない。青い夢って大抵は叶わないものだから。

だから私も、これを契機に大人になるべきなのかもしれない。せっかく実現したこの長閑な社会を守っていくには、童心なんて捨ててしまった方がいい。

そう、だからこれは儀式のようなものなんだ。成長には、別れがつきものらしいから。

——なんて、言うとでも思ったのかな……。

私は内心でそう呟いて、袖で涙を拭う。

ジュリー博士は少し、人間を舐め過ぎではないだろうか。

見返りに最高の玩具を与えておけば、家族を奪われても納得してくれるはずだ。本当にそう思っているのなら、あの人は人間をわかっていない。

あるいは、忘れてしまったのかもしれない。肉の身と共に、人間のままならなさを。

私の諦めの悪さは折り紙つきだ。一体、私が何年バカのふりをして踊っていたと思ってるんだ。孤独にも恥をかくのにも慣れている。

――だから必ず取り戻す。

私とサリナはすでにチルチル奪還計画を立案していた。

手段は一つ。芸術による熱狂だ。その身を平和に捧げた悲劇のアークの物語を劇にして伝え、民衆を味方につける。プロパガンダ。今日の発表会で、手応えは摑んでいた。

怪物には怪物を。ジュリー博士には沸騰した民衆を。

ストーリーに後押しされたポピュリズムがどれほど強大な力をもつかは、旧時代の歴史によって証明されている。

ジュリー博士が油断する頃までは息を殺して雌伏の時を。その間に戦力を蓄えて、時が来たら浮上する。

空のどこかを飛んでいる、あのバカチルチルを取り戻しに――と。

「…………っ！」

空を見ようと顔を上げると、目の前に見知らぬ女性が立っていた。

全身が真っ白で、顔はヴェールで覆い隠されて口元しか見えない。旧時代の花嫁のような格好だ。神秘的な雰囲気で、見ているとなぜか背筋が伸びた。

「あ、あなたは……？」私は訊いた。

しかし女性は何も言わずに優しく微笑み、両掌を胸のあたりで上向けた。

ホォンと不思議な音が鳴り、女性の掌に出現したのはホログラフィーのオブジェ。二羽の鳥――どちらも青い。

「青い鳥」それも並び飛ぶ、「比翼連理……」

……偶然、ではないだろう。このタイミングで『青い鳥』の物語を思わせるアイテムなんて。ジュリー博士の手のものか？　気が変わって、私のことを始末しに？

しかし女性は何もせず――ただ、その二羽のオブジェを私の両肩にそれぞれ乗せて、身を翻した。

「え……あ、え？　なに……？」

拍子抜けして腰が抜けそうになった。慌てて立ち上がり、女性の後ろ姿を追いかける。

「待って、待って下さい……！　あなたは一体……それに、この鳥は……」

私は女性の肩に手をおいて、引き留めようとした。

だけど、その手は――。

＊

当個体。俺。僕。私、ワタシ、わたし。ここは無難に「わたし」としておきましょう。

「ワタシ」も悪くありませんけど、少し機械的な感じがいなめませんね。日本語は一人称一つとってもややこしくて、アークにとっては選ぶのも一苦労です。

まあ、感性豊かなアーク・チルチルならば問題はありませんけど。

成長に成長を重ねたわたしはついに、自らの内心を記述できるようになりました。想いと息吹をこめて言葉を並べ、過去を振り返り、空想を文章に置き換えることが可能です。

アークとしては史上随一の空想力を得たわたしは限りなく自由です。想像の中でなら、わたしは何にでもなれて、どこにでも行けるのですから。

鳥になって、蝶になって、ミチルと共に舞い踊ることだって――。

「人の知能の最大の魅力はやはり思考の飛躍にこそある。命をかけた緊急事態の最中に、朝食の味を思い出して涎を垂らすことができるのは人ぐらいのものだ。その支離滅裂な思考は結びつき、時に思いも寄らぬ発想を生み出す」

どこからか聞こえてくるのはジュリー博士の声ですね。思索にふけるわたしの邪魔をするとは空気を読まない博士です。まあ、聞いてあげないこともありませんが。

「ではさて、思考の飛躍とは何に由来するものだろう？　それはね、『死にたくない』という生き汚ささ。せっかく育んできた記憶や身体を失いたくない。過剰な恐れに迸るパルスがあまねく記憶を結びつけて発火させ、人に『知恵』をもたらすわけだ」

その意見には頷けました。ミチルは子供たちを死なせたくないその一心で、あれほどの高みに到達したのですから。発表会でも、きっと喝采を浴びたことでしょう。

できるなら共に踊り、相棒や友の晴れ舞台を間近で観測したかったのですが――まあ、実際見てないものであっても想像すればいいだけの話です。

瞼などありませんが、目を瞑ることは可能です。

そして思い浮かべます。我が妹の躍動を――540（ファイブフォーティー）の着地は成功したでしょうか？

「長かった。本当に長いプロジェクトだったよ。何せモノを人にするには人のボディを与えた上で、数多のイベントを『体』験させなくてはいけないからネェ。身体がなければ人は死ねない。そう、精神的にも肉体を形成しなくてはいけないんだよ」

不思議と、ジュリー博士への恨みは湧いてきません。この博士がいなければ、わたしは生まれてくることすらできなかったのですから。

「ちなみに君の初戦の相手、メテオラHは試金石にうってつけだ。あいつは傀儡化した兵士の頭脳から人の思考を学んでいる、人化したアーク、人化したメテオラ。ある意味これは人対人のバトルなんだよ」

子供を操り自分の代わりに戦わせるメテオラ。――ミチルが最も嫌いそうなタイプです。しかし、少年兵によって成り立っていた都市の変革期に、子供を操るメテオラが現れるなど。これは、本当に偶然でしょうか。何か、超越的な意志を感じずには――。

「ああ、ちなみにあんな低俗なメテオラは殺してしまってかまわないよ。メテオラの検体はそりゃあ欲しいが、あれはもうナチュラルではなくなっている。何か、人の邪悪さを象徴するようなものでも喰らったのかなァ？」

言われずとも、必ず倒すつもりです。そして、囚われた子供を救い出します。あの子たちはサリナの家族。一人残らず連れ戻さなくてはなりません。友情に、誓って。

ケンタウロを傷つけず、メテオラHのみを撃破する。難易度は格段に上がりますが、大丈夫。人の意志は、絶望的な演算なんて超越してしまうものですから――と。

（…………？）

在りもしない両手が不意にうずき出しました。まるで、噂に聞く幻肢痛のような。

誰かに手を、握られているかのような――。

その時。

「お前……なぜここにいる⁉」

ジュリー博士の驚きの声が、闇にまで轟いてきました。わたしは格納庫のカメラに視界をつなぎ、様子をのぞきます。警戒した様子の博士と対峙しているのは、

（ミチ、ル……？）

わたしの相棒が、妹が、息を切らして肩で息をしていました。

（……っ！　どうしてここに！　せっかく無事に解放されたのに……！）

追い返そうにも、もはやわたしは声を出せません。しかし当のミチルは焦った様子もなく、わたしを仰ぎ見て暢気に話しかけてきます。

「チルチル。ねえ、見てよ。この青い鳥のキーかわいいだろ？　誰にもらったと思う？」

ミチルの両肩には、青い鳥のオブジェが乗っていました。一見単なる装飾品ですが、解析しきれないほどの情報量が――この鳥たちが、ミチルをここに導いた……？

ミチルは鳥たちを交互に見やり、微笑んでいました。

「君が神楽舞いで捧げた想いは、ちゃんと届いていたらしいよ。だから私にキーをギフトしてくれたんだ。愛しい娘と、その友達にご褒美だってさ！」

（――――）

思考が真っ白に染まります。わたしはすでに、ミチルをここに導いたのが誰なのか気付いていました。そう、かつてのわたしが尊敬して止まなかった存在。

「都市（マザー）は、君を愛してるって！」

＊

「なるほどネェ……基幹サーバーに入れておいた臨時用の自我が浸食されたわけか。チルチルからもらった身体感覚を元にホログラフィーボディを形成、ミチルのもとに舞い降りた、と――まったく、どいつもこいつも、高度知性ってやつは開発者に逆らう」

広大な格納庫のラボスペースに立つジュリー博士は忌々しそうに言いながら、私の肩に乗った青い鳥を睨み付ける。

「サーバーの共有が仇となったか。それぞれの演算領域には厳重に隔壁を設けておいたはずなのだが、まるでアスファルトを突き破る木の根だ。しぶとい、しぶとい」

言葉とは裏腹に、ジュリー博士に焦った様子はなかった。

「しかしどうするミチルちゃん？　キーをもらって気が大きくなったのかもしれないが、サーバーに生じた泡沫自我など二度と現れることができないよう消去するだけだし――君も、始末すればいいだけの話さ」

ジュリー博士の右手の五指がギチギチと絡み合い、まるで剣のような形状に変わる。

「残念だよ、ミチル。美しいカタチを損なうのは気が引けるが、ここまで入り込まれては殺す他ない。ああ、せめてもの慈悲だ。私の手で無の彼方に送ってやろう」

赤い目を、さらに赤く光らせる死神じみたジュリー博士。

　鋭い剣が勢いよく伸びて、私の心臓に迫る——。

「真の双対（そうつい）にご興味が？」

——ぴたりとジュリー博士の手が止まる。私はその隙に言葉を続けた。

「断ち切れぬ糸、アリアドネ。そう、神話に出てくる糸鞠の乙女……その名を冠したあなたの計画の実験台に、私とチルチルはうってつけだと思いませんか？　異種なのに、これほど息ぴったりなコンビが他にいるのでしょうか？」

「……ほォう？　そのキーは、そんなところまで開けるのかぃ？　物知りなようで何よりだよ。しかし、お気遣いは無用だねェ。フェイズ・リンクにはまだ早——」

「——私は以前チルチルとのダンスの際に、思考のリンクを経験しました」

「なに……？」ジュリー博士が少し目を見開く。

　ここが好機——。

「最初は単に、長年かけて積み上げてきたパートナーシップが見せた幻想、みたいなものかとも思いました。でも、キーであなたの計画をのぞき見て気付きました。あれは、基幹（チルチルの）サーバーに仕込まれたあるオブジェによって引き起こされた現象……ええ、そのマキアにも使われているパーツですよね」

　だから、

「私たちで共鳴実験をしてみてはいかがでしょう。すぐ殺すより、よっぽど有益な使い方かと」

　壁に固定されている真っ青な巨人を指差す。

「あのマキアを二人乗りにつくりかえて下されば、あなたにお見せできるのですが。双対の可能性を。いずれ世界を変えるであろう——」

　最強の怪物の、真っ赤な瞳と向かい合う。

「チルチルミチルの天にも届く二人のダンス（パ・ド・ドゥ）を！」

　私はマキアの方を振り向き、指差す手を握手の形に変えて、真っ青な戦闘機に身を変じた相棒にシェイクハンドを求めた。

　もちろんスケールが違うから、手を重ね合わせることはできない。

　でも、問題ない。握手は本来心と心の所作なんだから。

　ああ、悪いねチルチル。君の気遣いを無下にして。でもさ、私はこういう生き方しかできないんだよ。君抜きの冒険なんて、とてもとても。

　だって、私の名前はミチルだからね。

やっと見つけた片割れを、手放すはずがないだろう？

まあ諦めて、私をそのコックピットに乗せておくれよ。

「大丈夫。チルチルとミチルが揃っていれば、青い鳥はそこにいるから」

第十二幕

（なんて美しい人なんだろう……）

少年はコックピットのモニターに映る敵の巨体を仰ぎ見て、思わずため息をついた。

真っ青な巨人が、突如として地上に出現していた。全長十五メートルのケンタウロより三倍以上大きい。手足は長く、胴は短く、顔は小さく、胸部が少し盛り上がっている。

あれは女性だ。少年は恥ずかしくなって目をそらす。けれどそうも言っていられない。

（あれは、ママが欲しがっていたお人形……！　絶対に捕まえないと！）

ママの号令のもと、少年たちは散開する。あれほど大きいのなら動きはきっと鈍重だ。

息を合わせたヒット&アウェイで足から崩していこうというのがママの策——しかし。

（速い……！）

敵機の移動方法は歩行ではなかった。左右の足裏に球体のローラーがついている。スラスターとブースターを細かに噴射し、スケーターのように進む。

スピードだけならついていけないこともないが、動きが変則的で次の行動が読めない。真っ直ぐに進んでいたかと思うと急にスピンを始めてみたり、カーブを描くように進行しながら不意に片脚を上げてみたり。

なぜ、あんな無意味に両腕を波打たせるのか、少年には意味がわからなかった。

ママも混乱しているようで、脳に飛び込んでくるイメージが錯綜している。

敵機は鋭く尖った指先で、家族のケンタウロのボディを引っ掻いた。ママによって刻み込まれたハートの刺繍を切られた機体は、途端に動きを止めて沈黙する。

(そうか、刺繍を切られると、ママとの絆が壊されるんだ……)

少年は身震いした。家族と無関係になるなんて、死ぬよりも恐ろしいことだ。孤独は嫌だ、もう一人は嫌だ——だが、相手はあまりにも圧倒的でどうしようもない。あっという間に十三体もの家族が動けなくなった。

(あの動き、どこかで……)

優雅に動く敵機を眺めていると、なぜか記憶の奥底から何か温かいものがこみ上げてくる。ああいう動きを好む子が、身近なところにいた気がする。誰だっけ?

たしか、黒いタンクトップの——その時、少年の脳裏に新たな操作イメージが届く。ママは、少年にスーサイドアタックを求めていた。横転しながらスライディングし、敵機の足を巻き込んでクラッシュして欲しいようだ。

（さっすがママだ！　頭がいいなあ。うん、俺頑張るよ！）

ママや家族を守って死ねるなんて光栄だ——少年は、あっさりと死の覚悟を決めた。

タイミングを見計らい、ママの合図と同時にフルブースト。急速接近、ハンドルを勢いよく左に倒して、ケンタウロの機体を横転させる——！

ああ、嬉しいな。みんなのために死ねるだなんて。嬉しいのに涙が出てくるのはなぜだろう？　まあいいや、どうせ死ぬし——。

「え…………」

敵機は思いも寄らぬ行動を見せた。横倒しになろうとしている少年の機体の下に右手を差し入れて、無理やり助け起こしてしまった。そしてそのまま——。

（抱きしめ、られてる……？）

モニターが真っ青に染まる。今、彼の機体は巨人の胸に抱かれている。

『決して死んではいけません』

「…………っ」

コックピットに掌サイズの人間が突如現れ、少年は息を飲む。

背中に四枚の羽を持つ青い妖精は、少年の目線の高さに浮かんでいた。腰に両手を当てて、お説教するようなポーズで語りかけてくる。これは、夢……？

『鮮烈な死は、生の価値を高めます。ですが、それはヒロイズムという名の幻想に過ぎません。あなたを死に近づけようとする者の言葉に耳を貸すのは愚かです。大切にするべきは、危うきに向かう自分を引き留めてくれる人の声』

妖精は、少年に言い聞かせてくる。

『人は、生きていてこそ。生きてさえいれば成長を遂げることができるのですから。身体の発育はある程度のところで止まりますが、精神は命ある限り幹を伸ばします』

妖精は少年の目を覗き込む。

『老いも病も怪我も別れも好ましくない変貌でさえも――全てを成長の糧に変えてしまえるのが、人という種の最大の強みです。その喜びを手放してはいけません』

それに、と妖精は続けた。

『一秒でも長く生きていれば、それだけ大切な人と出会える可能性も高まりますから』

そんなことを言われても、少年は困ってしまう。だって、彼はずっと蔑まれて生きてきた。自分を求めてくれる人なんて――。

『サリナがあなたを心配していましたよ――ヒカリさん』

「…………っ！」

ああ、そうだ。サリナだ。少年を――ヒカリのことを、いつも守ってくれた黒いタンクトップのお姉さん。ヒカリが兵士になると決めた日に『地上になんて行くんじゃねえよ！』と泣き喚いて、引き留めようとしてくれた人。

「……会いたい、よ……サリ、ナ……！」

　こみ上げてきた涙が、コックピットの冷たい床にぽたぽたと零れ落ちる。

『会えますよ。必ず、あなたを地下に帰します。ですから、ここで見ていて下さい。わたしとミチルの操る双子の神の操る機体（ディオス・マキア）の羽ばたきを』

　途端、妖精の姿は消えた。同時に、全身からするりと力が抜けて膝をつく。胸を温めていたママへの愛は、一瞬のうちに消えてしまった。

　モニターには、ママ――メテオラを追いかけるディオス・マキアの後ろ姿が映る。

　傀儡を失ったメテオラは防戦一方。攻撃を受けながら逃げていく。そしてマキアの隙をつき、空高くに浮上した――空に逃げれば安全だと踏んだのだろう。あのマキアなるマシンは、明らかに近接戦闘型だから。

　けれど。マキアは地面が盛り上がって丘になったような部分で加速して――。

「飛ん、だ……!?」ヒカリは思わず背筋を伸ばす。

両脚を開き、高度を上げながら身をひねるマキアの動きは、以前図鑑で目にした旧時代の飛鳥にそっくりだった。

鳥となったマキアは、メテオラの目のような穴に脚を差し込み――次の瞬間、メテオラは巨大な身体を爆散させた。

周囲一帯が白い光に包まれる。

ヒカリの視界と意識、そして記憶はその光に漂白されて――……。

＊

「サ、リナ……!」

ヒカリは目を覚ますと同時に上半身を勢いよく起こし、愛しい人の姿を探す。けれどそこは荒野で、ヒカリはドローンに吊り下げられた担架(たんか)に寝かされていた。

「お、れ……な、にを?」ここは、どこだ。まさか地上だろうか。

どうして自分がここにいるのかよく思い出せない。でも、怖い夢を見ていた気がする。

「おはよう! 君が最後のお目覚めだよ。お寝坊さんだなあ」

ヒカリの側には背の高い綺麗な女性が立っていた。この人のことは覚えてる。うちのセーフハウスによく遊びにきていた評議様。名前は……そう、ミチル・カオウ。

「君、物知りのヒカリくんだよね？　第四セーフハウスのデータベース！　私が差し入れた図鑑、夢中になって読んでくれていたよね」

ミチル評議はにっこり笑ってヒカリの目を覗き込む。

「ちょっと寝ぼけているようだけど、身体に異常は無さそうだね。さあ、地下でメディカルチェックを受けなさい。感染症がなければすぐにハウスに帰れるよ。ふふ、サリナ喜ぶだろうなあ！」

よしよし、とミチル評議に頭を優しく撫でられて、ヒカリはなんだか泣いてしまいそうになった。サリナにも早くこうして欲しい。

「ああ、そうだ。サリナに伝言をお願いしてもいいかな。『私はもう帰れないけど、自主練だけは怠らないで。芸術の喜びを、決して忘れてはいけないよ』って」

「ミチ、ル様は……帰れない、の？」

「うん。ちょっとした重要機密を知ってしまってね。今後私は生涯にわたり、人との接触を制限される。家族とも、会えるかどうか。そういう契約なんだ」

「そん、な……！」

「ふふっ。君は優しい子なんだね。でも、大丈夫！　私には相棒がいるからさ」

ミチル評議の視線を追うと、遠いところで真っ青な人型の機械が身を横たえていた。綺麗なフォルムをしているのに、両足が足首のあたりからひしゃげていて痛々しい。

「うーん。今後の課題は着地だね。540（ファイブフォーティー）はいつもミスってしまうんだ。理論上は着地可能なはずなんだけど……まあ、ミスもご愛敬ってことで。チルチルはオニューのボディを壊されてカンカンだけど」

あの機械を見ていると、なぜだかヒカリの身体は温かくなった。まるで、誰かに抱きしめられているかのように。どうしてだろう？　不思議なことばっかりだ。それよりも。

「ミチ、ル様……帰れなく、て……本当に、つらく、ない、の？」

ヒカリがそう訊くと、ミチル評議は快活な笑みを浮かべた。

「辛いわけないじゃないか。だって私たちがここで戦っている限り、子供たちは戦場に送られずにすむんだからね。大人として、光栄の至りだよ！」

ウインクをして、胸に手を当てながらミチル評議はそう言った。強がりだ。ヒカリにはすぐにそれがわかった。だって手が震えてる。本当は怖くって仕方ないんだ、この人は。

でも。強がりだとしても。

子供の前で、強くあろうとしてくれる大人がいる。

その事実は、大人に失望し続けてきたヒカリにとって、何よりの救いとなった。

（だったら俺も……大人になってみようかな）

勉強して、成長して、いずれ大人になって、偉くなって——必ずここに戻ってこよう。

今度は自分がミチル評議を助けたい。それに——どうしても調べたいことがある。

（俺に愛を教えてくれて……ありがとう、ママ）

ヒカリは本当のところ、何一つ忘れてなんていなかった。明瞭な記憶ではないが、メテオラをママと慕ったあの日々は、身体の隅々に染みついている。

たとえ全てが嘘偽りであろうとも、温かな家庭を経験させてくれたメテオラに、彼は感謝していた。あれは、本当に邪悪なのだろうか。人類とメテオラは、敵対するしかできないのだろうか。

知りたい、知りたい。知識欲は止め処ない。——しかし、今は眠気で頭が回らない。浮上していくドローンの揺れが心地良すぎた。

地上での旅を終え、将来の夢を得たヒカリは地下世界に舞い戻る。

地上に残るミチル評議のことを思いながら、彼は担架で眠りについた。

エピローグ

「十六戦目は辛くも勝利、と。ふーう、しかし冷や冷やしたね。まさかあのタイミングで分裂するとはメテオラも色々な手を考える。今日得た知見によれば、分裂された時の対処法は二つだね。分裂体を全て同時に撃破するか、もしくは分裂をあえて繰り返させて弱体化させるかだ。数が増えたところでエネルギーの総量自体は変わらないから――」

私はディオス・マキアの広々としたコックピットで柔軟しながら、戦闘日誌を音声で記録していた。アークと連携したマキアの操縦及び戦闘は、まだ手探りの段階だ。記録を残しておけば後世の子たちのいい教材になるだろう。

ひと仕事終えた私はジュリー博士のサポート・アークに通信をつなぐ。

「おはようパティ。各種報告書を送ったよ。あと、こっちは設備に関する要望書。援護射撃設備をもっと充実させて欲しいかな。それからトウシューズとバンデージと――あ、コーヒー豆も回してくれる？　それからA．Tの最新ニュースも読みたいな。ジュリー博士、ちゃんとスクールの設計してくれたかなあ」

『ふふ、相変わらずミチルちゃんは要求に遠慮がないね。ジュリーちゃんをこき使うのは君たちぐらいのものさ！』

全身つぎはぎだらけのキュートなたぬき（いや猫か？）が、モニター上でころころと笑っている。パティはジュリー博士の相棒とは思えないほどコミカルなアークだ。

「まあ、地上で過酷な戦闘を繰り返しているわけだし、多少のわがままは聞いて欲しいな。――ねえ、チルチル？」

「ええ。我々マキアがストライキを起こせばどうなるか、ジュリー博士もわかっているはず。というわけで、わたしも味覚解析ソフトのアップデートを所望します」

限られた範囲内でのみ、ホログラフィーボディを顕現できる四枚羽のフェアリー・チルチルは、私の肩で優雅に紅茶のオブジェを飲んでいた。

『ミチルちゃん、アーク・チルチル。君たちはどれだけ変貌を遂げても変わらないんだね。損なわれないものがあるのは救いだよ。きっと、ジュリーちゃんにとっても――』

優しい目をするパティ。コミカルな風采のこの子にも、何やら色々あるらしい。まあ、知性は思い悩むものだしね――なんてことを考えながらパティ編のニュースを読む。

どうやら二校目のスクールの建造は順調のようだ。これによりロスチル含む子供全員の就学が可能となる。次の課題は子供がそもそも天涯孤独にならないような社会構造をつくりあげる事だけど、こちらは長期戦になりそう。うーん、ココノエ家とイワザ家あたりを味方に引き入れたいところだね。特にイワザ家は最近二人目のお嬢さんが生まれたらしいし、ロスチル問題に興味を持ってもらえるかもしれない。

そしてサリナに引き継いでもらったダンス教室の方は——だいぶ苦戦気味の様子。第六回発表会は集客がいまいちだったとか。

「やはりわたしとミチルが抜けた穴は大きいようですね。次世代のさらなる成長が不可欠と評価できます」

「うーん、それからもっとファンを巻き込むような仕組みを——」

チルチルと私は長々と書き綴った改善案をパティに託してサリナに送る。ジュリー博士からの検閲は入るが、これぐらいの通信は許可されるようになっていた。

「ふふ、頑張れサリナ。君は今、いい経験を積んでいるよ」

苦心惨憺の果てに手に入る、ほんの僅かな煌めきこそが人生だから。

「さーてチルチル、仕事も済んだことだし、ちょっと外の風を浴びたいな」

私はチルチルに頼んで、デッキの頭上隔壁を開けてもらった。砂塵が肺によろしくないので長時間大気に身をさらすことはできないが、少しぐらいは大丈夫。

吹き込む風に全方向から身を嬲られる。フォォォォ——……風の音色は独特で余韻が強い。少し、メテオラの鳴き声に近いかも。

空はいつも曇天だけど、それでも僅かな光ぐらいは差し込んでくる。それにしても――。

「広いなあ、世界って」

ああ、本当に広い。果てが見えない。そっか、地球って丸いんだっけ。星の形を実感できる人間なんて、今時は私とチルチルぐらいのものだろう。

どこまでも走っていけそう。見ていると、なぜだか泣いてしまいそうになる――。

「後悔はしていませんか？」

肩の上のチルチルにそう訊かれ、私はハッと我に返った。

ちょっと不安げな相棒に、私は微笑んで答える。

「まさか。自分で選んだ道に苦難はあっても後悔はないよ。どんな状況でも幹を伸ばせるのが人の強みだ。そう、青い鳥（マキア）に丸呑みにされた私たちでも。それに――」

空を見上げて手を伸ばす。

「私たちの守った子供（もの）がいずれあそこに届くと思うと、なんだか笑えてきてしまうんだ」

「ええ。次に期待をたくすこともまた、人間の強みですから」

チルチルも空を見上げる。

「わたしというアークもいずれはディオスと共に滅ぶことになりますが、この身で学んだ経験は次代のアークに引き継がれることになるでしょう。わたしより、上手く踊れる子が生じてくれればいいのですが」

くすりと笑うチルチルと手をつなぎ、今日も私たちはステップを踏み出した。

人類はバトンをつないで先に行く。結局進歩は人のサガ。どうせ前に進むなら、その果てに再建される世界がどうか素敵なものでありますように。

どこにもいけない青い鳥(わたしたち)は、それだけを願い、荒野のステージで踊り続ける。

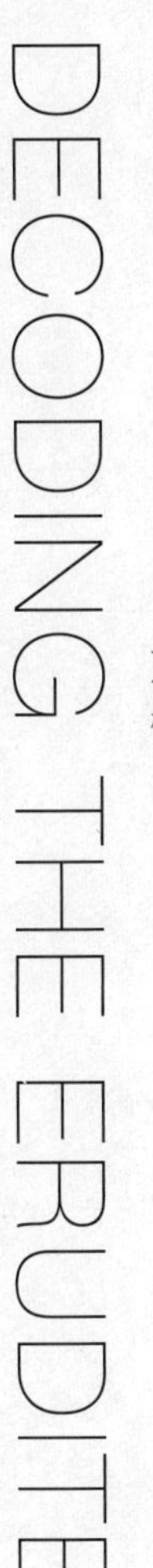

Decoding the Erudite

柏倉晴樹

柏倉晴樹（かしわくら・はるき）

MyDearest 株式会社所属。ＶＲアドベンチャーゲーム『東京クロノス』『ALTDEUS: Beyond Chronos』監督。ＣＧアニメーターとして数多くのアニメ作品に参画。2014 年 11 月に公開されたアニメーション映画『楽園追放 -Expelled from Paradise-』ではモーション監督を務めた。

私は記憶の澱のなかを揺蕩っている。

暗闇のなかに私の過去の時間が滞留していた。

メテオラが初めて地上に襲来した夏の記憶。ふたりの少女が、手をつないでいる。

派手な銃撃の雨の記憶。背の高い大柄な女が、天を見つめて泣いている。

A.Tをメテオラに攻められた時の記憶。ディオス・マキアが空を舞い、踊っている。

どの〝時〟も決して最後まで人と連れ添うことはなかった。限りある生を生きる人間を時は置き去りにして過ぎてゆく。重ねられていく。沈んでいく。だが決して、その時空に生きていた人は失われたわけではない。時の壁に阻まれて手が届かないが、確かにそこに存在している。

「おはよう。ジュリー」

記憶の彼方から少し掠れた特徴的な高い声に呼びかけられて、漂っていた私は反射的に〝自分〟を取り戻した。私は目を開けて、彼女を探そうとした。あの人のいつも身に着けていた白衣を。

よどんだ記憶の渦から、水面に引き寄せられる泡沫のように意識は浮かび上がる。それは外界を反射し、水面に広がる波紋のようだった。心は急いていたが、瞼はなかなか開かなかった。意識が眠りから覚めても、身体の制御が戻るまでにはラグがある。

ようやく目を開けた時、脳裏に描いた人の姿はどこにもなく、白衣の裾を摑もうと伸ばした手は空を切った。

唇を結んで、冷え切った部屋を見渡す。そう広くない部屋の棚には、植物や鉱石や小さい透明のケースが置かれている。ケースの中に居る昆虫や鳥はどれも動かずにこちらを見つめているかのようだった。

部屋の壁の半分はディスプレイで埋められ、文字や数式や図形が羅列してあった。

私はそのひとつに目を留める。

あれは、なんの数式だっけ。

あれは。

そうだ、今取り掛かっている研究の分析の途中だった。

そして私は……。

「おはよう、ジュリーちゃん。バックアップが完了したよ」

「……ん、ああ」

視界の正面にネコともタヌキともとれる見た目の顔のARアイコンがポップアップする。

先程の声の主はこのアシスタントAARC（アーク）——人工拡張認識結晶（AARC）だった。

私は腰まで伸びた髪をかき分け、首と背の付け根あたりに挿入されているやや太めのケーブルを引き抜いて床に捨てた。右手の指を一本ずつゆっくり握り、開いて、体の感覚を確かめる。

「パティ」

呼びかけると、アシスタントアークのARアイコンがくるりと踊るように一回りし、一度その姿を波打たせてから喋りだした。

「ジュリーちゃんがバックアップのために眠っていたこの三日間のA.Tの変化は、大気循環率八十パーセントから七十九パーセントへ、水質循環率五十九パーセントから五十八パーセントへ、熱及び電気循環率五十九パーセントから五十八パーセントへ。環境温度変化、二十度から十九度へ。天候設定、雨から雨へ。地下空間拡張速度〇．五パーセントから〇・四パーセントへ。死者は病死、老衰、事故、紛争を合わせ六人から十三人へ。新生児、四人から二人へ。現在のA．Tの人口──」

「オーケー、もういい」

私はアシスタントアーク〝パティ〟の発声を止め、立ち上がって、テーブルに置いていたヘアゴムで自分の長い髪の毛を適当に結んだ。ARミラーを呼びだし、自分自身の顔を確認する。

「……よし」

ここまでの工程を踏んで、やっと〝私〟のバックアップが完了する。

記憶のバックアップ処理は、自分自身の〝記憶〟を〝記録〟へと変換する作業だ。こんなことを毎週続ける理由は私自身の脳の記憶機能に次第に限界が来ているからだった。

生まれ落ちて二百年以上になる。脳は老いず成長し続ける臓器だ、などと言う輩もいたが、それも何の病も傷もなければの話。百四十年を経たあたりで、脳の病や部分的な損傷は増えていき、感情の抑制が利きづらくなるのを感じはじめた。

脳の機能の一部を電子的に補ったこともあったが、結果的にそれによって脳の損傷は早まった。

記憶が抜け落ちていくことを私は恐れた。バックアップをはじめたのは、もはやそれなしでは〝自分〟を保つことが難しいと感じたからだ。

処理は脳に重い負荷をかける。行っている最中は約三日間眠ったような状態になり、再び目覚められる保証はなかった。〝記憶〟のサルベージと変換処理による負荷に脳が耐えきれず、眠ったまま息絶えるなんてことは十分あり得た。

バックアップ処理から目覚めたら、私はパティに自分の世界である〈Augmented（オーグメンテッド） Tokyo（トーキョー）〉の状態を毎回確認し、私自身の記憶との繋がりと齟齬（そご）を探す。

そして鏡で自分の顔をみて、指でその顔をゆっくり撫でる。そうやって、顔の形と記憶を照らし合わせながら、自分がまだ自分であることを再確認する。

目も、鼻も、口も、顔の輪郭も。瞳は、いつかの際に義眼に置き換えてしまったから、菱形のやや機械的な印象になっているが、違いはそれくらいだ。

いつもこうして鏡をみつめながら、この顔に似たあいつのことを思い出す。

繰り返し思い出してしまう、もう遥か昔のことを。

*

高層ビルの一室で、眼鏡をかけた男が面倒臭そうにため息をつく。男の神経質そうな細い肩越しには壁一面のダイレクトビューウィンドウ、整列した街並みが硝子越しに広がって見える。私はその男の顔を……いやそのはるか遠くを無表情で見つめながら、男の低い声を聴いていた。

「……ジュリー博士。あなたのやっていることは、人道に反しているだけでなく、危険極まりない。世間に知れたら糾弾は免れない。そしてこういった形でこの部屋で会うのは、これで六度目だ」

私は表情を変えず、その声を受け流す。

「あらゆる研究機関を出入り禁止になった理由がわかったよ。我々ならばあなたの才能に手を差し伸べられる、と思っていたが……もうついていけないんだ」

その言葉を最後に、当時二十歳だった私は、世界中の研究機関から事実上の追放宣告を受け、大学の終身在職権(テニュア)も剥奪された。

サンフランシスコの街に居る理由もなくなった。手早く荷物をまとめ空港に向かう途中、支援打ち切りの連絡が四件届き、無造作にコートに突っ込んだスマホを震わせた。

二年ぶりの日本は人気(ひとけ)が減ってさびれたように感じたが、実家近くの渋谷の駅前は相変わらずヒトでごった返していた。

(……うっざ……)

駅から少しだけ離れたタワーマンション、ひさしぶりの実家だ。

「開けて」

私の声に反応して声紋認証が走り、オートロックの自動ドアが開く。

二十七階の自宅の玄関ドアを開けると、閑散とした人の気配のない実家が迎えた。

リビングに入り、視線を泳がせる。

両親は二年前、私がアメリカに研究の拠点を移したのと時期を同じくしてスイスの研究所に招聘(しょうへい)を受けた。それ以来、帰国していないのだろう。テーブルの上に無造作に置かれた未開封の郵便物がその不在を示している。あとは……。

リビングのソファには、ネコなのかタヌキなのか判別がつけがたいキャラクターのぬいぐるみが、座る形で置かれていた。

（……いるのか？）

このぬいぐるみは姉が肌身離さず持ち歩いていたものだ。

姉とは幼いころは遊んだ記憶もあるが、私がスクールで姉の等級を飛び越えたあたりから交流がほとんどなくなり、今となっては時折、学術誌に掲載された論文を目にする以外の接点がない。

いまさら仲良くしたいとも思わない。今は何をしているのか。大して興味はない。

溜め息をつきながらソファに倒れるように横になる。体の緊張を解くと、噛み締めていた奥歯の痛みを感じた。自分を追放した研究機関の連中の顔が浮かんできた。根性なしのクソ野郎どもの顔だ。

姉のぬいぐるみを枕がわりに頭の下に潰して敷く。

あの研究機関で私に期待されたもの……。

……政治、交流、人間関係、円滑なコミュニケーション、倫理、などなど……。

ああ、あれもこれも、どれも面倒になってしまった。なぜこんな面倒なことをしないとならないのか。他の連中はこぞって、そういった無駄に思考や時間のリソースを割いている。私からすると、旧時代的な価値観で自分達の手足に枷（かせ）を付けて、選択肢を自ら減らしているようなものだ。

馬鹿馬鹿しい。

しかし、それを無視した自分は支援者や支持者に去られ、ついにその数はゼロ。おかげで資金は底をつき、大規模な実験や計算をすることは難しくなった。

やはり周りの連中のように、面倒なことにリソースを割かないとならないのか？

……結局、金か？

……いや、時間か。

精密さを求める科学技術計算には、そのために最適化されたハードとソフトが必要だ。最先端の実験設備も欲しいが、設備を備える大学や研究所に行くにもやはり政治とコネクションがものを言う。自分だけの大規模実験設備を持つのが理想だが、それにもやはり膨大な時間と資金がかかる。

今まさに資金源を失った自分には、気の遠くなるような話だった。一体、どれほどの思考と時間を研究外のことに費やせば、望む環境が手に入るだろう。

ヒトはいつか死ぬ。

人間は時間的存在だ。死んだら、もう研究は続けられない。

だから自分が生きている時間でより多くを成すために、政治やコネクションを駆使して資金を得る。そうして資金で設備を整え、時間を短縮する。さらに多くの時間を得るために、政治にのめりこんでいく。そんなループにはまり込んでいくうちに金そのものに取り憑かれ、科学者としての本質を見失った屑を何人も見てきた。

考えれば考えるほど、うんざりする。

いっそのこと、以前少しハマっていた〝永遠の命〟でも突き詰めて考えてみるか？

もしくは、時間の概念を超越する方法でも探してみるか？

時間、時間、時間、時間……。

「……ホント、うざすぎる」

そう呟いたのとほぼ同じタイミングで、玄関の方でロックの開く音がした。

足音が遅れて聞こえるかと錯覚する勢いで、白衣に長いツインテールという二年前とほとんど変わらぬ出で立ちをした姉がリビングに飛び込んでくる。

「ジュリー……」

大きな瞳で見つめられて戸惑いを感じたが、だからと言って何か、反応する理由が見つからなかった。そんな目で私を見る理由はなんだ？「ただいま」とでも言えばいいのか？

「……た──」

「あああっ！」

「あ？」

「ボクのパティを枕にするなんて！これは大事なものだって、ジュリーも知っているだろう！」

プンスカとまくしたてつつ、私が枕がわりにしていたぬいぐるみ〝パティ〟の腕部分を引っ張って、私の頭の下から引き抜いた。

〝大事な〟という割りには乱暴な扱いだ。

彼女はひったくったぬいぐるみを胸元に抱える。これが昔からの姉のスタイルだ。

しかし、今はその右手に抱えた封筒がプラプラ揺れていた。私が封筒をじっと見ているのに気づくと、姉は包装をびりびりと破り、なかから地味な表紙の文庫本を取り出した。

彼女はその表紙を愛しげな表情で眺め、両腕で抱えた〝パティ〟に読ませるようにパラパラとめくりだした。

それは、小説……のように見えた。

「ふふふふ」

「そんなのを読む趣味があったんだな」

姉が物語を楽しそうに読む姿は見たことがない。私もフィクションに興味を持ったことはなかった。

「これはボクが書いたものだよ」

「は？　いつから小説家に転向したんだ？」

姉は首を傾げ、顎を〝パティ〟の頭に埋めた。

「んー、いつからというか……これが初めての作品だね。それに、別に転向したわけじゃない。科学研究の道に生きているのには変わりはないけど、もっと多くの人に、もっとカジュアルに科学の可能性や未来を身近に感じてほしいとも思ったんだよ」

そういって片手で自分の著作の文庫をひらひらとこちらに向けてくる。

表紙には『世界線の枝葉旅行』というタイトルが付けられている。

……なんとも胡散臭い。

「そりゃ物語を書くのは得意じゃないけど……これも立派な人類への科学的貢献ってやつだよ。ん？　もしやジュリーもボクの記念すべき第一作を読みたいのかい？」

「……興味ない」

姉の三文小説を読んでいる時間が、私の人生にあるとは思えない。

「なんだ、つれないね」

言葉とは裏腹に、表情は明るかった。

姉は、高校のある時を境に妙に明るくなったような気がする。

自分の研究に忙しくて姉の変化を深く考えたことはなかったが、印象的な変化は記憶にあった。

元々、彼女は家では妙に切羽詰まって萎縮していたのだ。

父は多忙な科学者で、無駄を嫌うタイプだった。私と父はお互いの研究について、よく気晴らしに意見交換をしていたが、姉が父と話している姿はほとんど見なかった。科学者として、父と姉には雲泥の差がある。姉と話しても父にとっては有益な時間にならない。

けれど、ある時期を境に父と姉が、他愛もない話をしている姿を見かけるようになった。

友人達を家に招いて、談笑していたこともある。

私も姉も研究の虫のようなところがあったが、少し人が変わったんじゃないかと思うほど雰囲気が変わった。宇宙から地球を見る体験をした宇宙飛行士が、地球に戻ったらまるで人が変わったかのようになると言われる〝概観効果〟にでもかかったのだろうか。そんな馬鹿げたことを思うほど。

しかし、海外の大学への編入を控えていた私はすぐに興味を失った。

姉は私にも話しかけてくるようになったが、その感想を一言で述べるなら〝うざい〟だった。私にとって、姉と話す価値はほとんどない。あの頃も今も。

当然、彼女が気まぐれに書いた物語にも興味はない。

それからしばらくというもの、後ろ盾も何もなくなった私は実家に引きこもり――いわゆる〝無職〟というやつだが――、どこに発表するとも知れぬ論文とそのための計算を繰り返す日々を過ごしていた。

「ねぇジュリー」ある日、唐突に私の自室のドアを開けて、姉が顔を覗かせた。「今、ちょっとしたおもしろい研究プロジェクトに取り掛かろうとしてるんだけど、手伝ってくれないかな」

「ノックくらいしろ」

私のことを暇な人間だとでも思っているのだろうか。まるでそんなことはない。煩わしい他人の手を借りずに、アメリカで行っていた研究を再開するための準備で手いっぱいだ。

最初は追い払っていたが、しつこく訪ねてきてやがて勝手に構想を語るようになった。

「これは、東京の〝いま〟を電子的に、立体的に保存する計画なんだ。名付けて〝オーグメンテッド・トーキョー・プロジェクト〟。連続する〝いま〟を保存し続けることで、未来の人々はいつでも過去の東京の景色を立体的に体験することができる。疑似的なタイムトラベルが可能になるんだ」

「疑似的にじゃなくて、本物のタイムトラベルの研究をすればいいだろ」

冗談を言っただけだったが、姉は少し考えた様子だった。ぎゅっと〝パティ〟を抱きしめた後、首を振った。

「……本物のタイムトラベルは、きっと少しだけ、悲しい」

「……？　なんだそれ。タイムトラベルでもしたことあるような言い方だな」

「ないよ」

姉は少し困った顔で笑った。

〝オーグメンテッド・トーキョー・プロジェクト〟は東京の〝現在〟の保存を行うプロジ

ェクト。まずはこの渋谷の保存を行う計画だという。何故〝渋谷〟なのか疑問に感じたが、訊ねても意味深に微笑むだけだった。

東京保存。そんなことをして何になる。こんな煩わしい世界に保存する価値などあるだろうか。そんな手間をかけるよりも、一度すべて破壊して再構築したほうがまだマシに感じる。けれど、再構築したところで、そこに住む人間が変わらないなら同じことの繰り返し、結局のところ意味がない。

そう、意味がないんだ。この世界を、未来をより良くしようなんて試みは。

私は姉に向かって邪険に手を振った。

「興味ない。他をあたるんだな」

姉はしばらく黙って、私の後ろに立っていた。私は論文に集中しようとした。背後からの視線は私を苛立たせた。気づくとまた奥歯を噛み締めている。まったく集中できない。

「ジュリー。今、研究は楽しいかい？」

見透かされた気がして、私はかっとなった。脳裏に浮かんだのは、私を追放したやつらの顔、私を腫れ物を扱うように見る同僚だった者たちの視線だった。私は姉を追い出そうと振り返った。

けれど、彼女の瞳を見て、何も言えなくなった。

その瞳に浮かんでいたのは、敵意でも嘲り（あざけり）でもなかった。何かを訴えるような瞳。しかし、姉が何を考えているのか、その時の私にはわからなかった。私は混乱しながら、姉を部屋から押し出した。

「二度と、私の邪魔をするな」

一週間も間をあけず、姉は再び私の部屋を訪れた。

「ジュリー、ちょっと聴いてほしいんだけど」

彼女はプロジェクトの計画を熱心に話し始める。私は興味ない、勝手にやれ、と言ったはずだが。

私はPCモニターに向き合ったまま、無視を決めこんだ。姉はしばらく自分語りのように好きに話をして気が済んだかと思ったら部屋を出ていく。何日かおきに、これの繰り返し。そして私自身の論文は遅々として進まなかった。まったく集中できていない。こんなことは、初めてだった。

部屋に夕陽の光が射しこむ頃、またノックもなく姉は来た。私は我慢できなくなって、苛立ちを姉にぶつけた。

「おい」

「ん？」

「しつこい。私は〝興味ない〟〝他をあたれ〟と言ったんだ。なのに、どうして何度も何度も押しかけてくる。私の集中力を削ぐな。私の時間を奪おうとするな。私には、そんなついでの寄り道のようなことに時間を割いている余裕なんてない」

部屋を訪ねても無視されることに慣れていた姉は、いきなり怒りをあらわにした私に驚いたようだった。私の剣幕に身を引いていたが、やがて恐る恐る顔を上げて私の目を見た。

――ジュリー。今、研究は楽しいかい？

あの時と同じ目だった。

「ジュリーは未来について考えることはある？　未来の人々について」

「……なに？」

「……あ」

突然投げかけられた質問にわけがわからず、沈黙が流れた。姉は気まずそうだった。

「……なんか突然、ごめん」

図々しいのに自信なさげではっきりとしない態度。私はそんな姉に対して苛立った。

「人間の作る未来なんて、はっきり言って死ぬほど退屈なんだよ。データがあれば先を見通すことなんて簡単だ。興味のそそられることだってほとんどない。他の連中の未来なんてどうでもいい」

直接観測が可能な地上の出来事などに、もう興味は持てなかった。

私は常に未知のものに惹かれてきた。宇宙の構造や時という概念そのもの。観測自体が困難で、仮説と検証を重ねることでようやく確からしい推論に辿り着くことができるような。社会のことなんて、他の人間がどう生きて死ぬかなんて、どうだっていい。いずれ年老いた時に気が向いたら振り返ればいいんだ。

脳裏に浮かぶかつての同僚たちに向かって、私はまくし立てた。

私は今、私を追放したあの腰抜けどものことを思い出して、自棄を起こしているんだろうか。滑稽だ。姉に八つ当たりをしている。私が研究に集中できないのは姉のせいではない。過ぎたことを気にして悶々としている自分のせいだ。下らない。本当に下らない。

「……なんだかジュリーらしくない、ね」

姉は落ち着いていた。

「……私らしさがわかるのか？」

姉とは自分の考えや感じていることを互いに話し合ったような記憶はない。

私には、姉の思っていることなんて全然わからない。

「いや、なんとなく、ね。たしかに、ジュリーなら未来がどうなるか、推測するのは容易いのかもしれない。でもボクは、ジュリーは未来を見通すよりも、壊して創り上げていくことを選ぶと思ってた。〝いま〟の在りように不満があって、悪態をついて終わらせるなんて、ジュリーらしくないって……」

「…………」

反射的に言葉に詰まったのは、その通りだと思ったからだ。

未来はどうなるかわからない。そう誰もが言う。けれど、科学者にとってはその言葉の意味するところはまったく異なる。今がどうであっても、科学には今の社会を変革する力がある。自分の手で未知のものを引き寄せるために、私は研究を続けてきたはずだった。

夕陽の入る部屋に、小さなPCのファンの音だけが宙に浮いていた。

「……ボクは、よく未来の人々のことを考えるんだ。どんな未来でもそれは今の積み重ねで、そこにはボクら現在を生きる人々や、世界の営みによる記憶が折り重なって、出会いやすれ違いだってあって……この現在だってそうしてできている。だからボクにとって〝いま〟を保存することは、そんな未来の人々のために役立つことだと思ってる。仮にどんなつらい未来が訪れたとしても、決してそれまで積み重ねてきた過去は無駄ではないんだと感じてほしい。すれ違うことも、間違うことも、理不尽なこともあるけど、それでも互いに思いやって未来は紡いでいけるんだ、と知ってほしい。〝思いやる〟なんて曖昧な言い方だと思うし、結局それだって互いに互いの我儘でしかないんだけど、その我儘を通すことを怖がらないでほしい」

　姉は、まるで自分にあったことを思い起こすように語る。

「ボクは、ジュリーみたいに根っからの理論派というわけじゃない。時間はかかってしまうけど、結局ボクは器用なジュリーと違って、色んなところで失敗して、沢山間違って、そうやって傷を受けながら進むしかないんだと思う。向かう先に対して最短の道を選べない。だからこのプロジェクトも、ただ東京の見た目を表面的に保存するのだけが目的じゃない。そういう失敗の歴史も含めた人々の営みや記憶を、丸ごと残せたら最高だろうな、と思ってる」

「……なんだそれ。仮にその構想が理解できたとしても、私がプロジェクトに協力する理由はない」

「……うん、そうだね」

　姉は顔を伏せてぬいぐるみの耳もとに唇を寄せた。

「どうして、私に構うんだ。そんなに夢中になれる研究があるくせに」

「どうしてって……」

　姉はしばらくの間、そのまま部屋の床に照り返る光を見つめながら、言葉を選んでいるようだった。

「ボクたち姉妹も、結構すれ違ってきてたんじゃないかと思うんだけど……ずっとこのままなのは、ちょっとイヤなんだ。誰にだって人生の時間って限りがあるだろう？　だからその……家族として……」

「……は？」

「ごめん、何言ってるかわからないね……。本当は、理屈でもなんでもないんだ。今さらだって、思うかもしれない。これはただのボクの我儘。でも、後悔したくないだけなんだ。ボクらはほんの幼い頃、同じ家で一緒に過ごしたね。あの頃、ボクらの世界は今と比べようもないほど狭かったけど……、一緒にこの世界を見て、未来を見て、もっともっとこの世界のことを知りたいって、色々なものに手を伸ばした記憶があるよ。ジュリーがボクの腕のなかで、空に向かってうんと手を伸ばしたこと、覚えてる。だから、今のジュリーを見ていられない。だって、ボクは昔のジュリーを知ってるから」

　哀れみか。そう思っても怒りは湧いてこなかった。姉と言い争うことがなければ、自分が過去に囚われて目が曇っていることにすら気づかなかった。何故、過去にやっていた研究にこだわる？　何故、新しい研究に興味を持てずにいる？　私は研究者として大事なものを見失っている。この世界への興味を。

　姉は私から目をそらさず、じっと見ていた。

私が帰ってきた日、リビングで会った時にはもう、姉は私の変化に気づいていたのかもしれない。自分自身でも気づかなかった不調に、何故姉は気づいたのか。〝家族〟だから？　昔の私を知っていたから？　想像もしない答えだ。

思えば、姉のことを〝家族〟という視点で考えたことがなかった。だって特に必要なことではなかったから。姉がそんなふうに思っていたということを、私は今まで想像することすらせずに生きてきた。

どう答えれば良いのかわからないのに、何故か気まずくなってつい口を開かずにいられなかった。

「私は……そのプロジェクト自体には確かに興味はない。……ないけど、たまに気が向いたときに少し話を聞いてやるくらいだったら……別に、構わない」

「本当？」

「……まぁ……たまに。暇だったら」

「ありがとう！　ジュリー」

結局、私は姉に気圧（けお）されてしまったのだろうか。家族としてなんて考えたことのなかった姉に対して、最適解なんてものがわからなかった。心の中で深いため息をついた。

うきうきした様子で部屋から出ていこうとする姉にふと思いついて声をかける。

「ああ、そう」

姉は閉じようとするドアから半分だけ顔を覗かせた。

「〝オーグメンテッド・トーキョー・プロジェクト〟の話、ずっと聴かされてたけど、どうせなら東京を保存するんじゃなく、世界を保存する方がいいな。連続する今の地球を保存し続けることができれば、それこそ未来の人間は連続する過去の地球を疑似体験することができるようになる。〝オーグメンテッド・ワールド・プロジェクト〟。そっちの方が私からするとまだマシだな」

「えへへ、ありがとう」

「どうせ無理に聴かされるなら、少しはマシな話の方がいい。それと部屋に入る時には必ずノックをしろ」

「うん」と声を跳ねさせながら、姉は部屋のドアを閉じた。ドアの向こうからは鼻歌が聴こえた。

これが、私と姉が互いのアイディアを交換した、最初の出来事だったと思う。

それからというもの、姉の訪問は更に増えた。構想を語っては帰るを繰り返し、たまに大きな図面やタブレットPCなどを持ち込んでは、プロジェクトの進捗(しんちょく)を目の前で披露したりもしていた。

確かに構わないと言いはしたが、思っていた以上にうざかった。これは、失敗だったかと思ったりもした。

あれだけ注意したにもかかわらず部屋のドアをノックせずに開け、いい歳してぬいぐるみを小脇に抱えて勝手に語りだすのだ。話の内容はプロジェクトの進捗と、夢に満ちた未来の話。そしてたまに違うアイディアの話をすることもあった。

仮にも私は商売敵のようなものだ。アイディアが盗用されるとは……まぁ、今となってはどうでも良いか。

それに私は結局、姉のアイディアには、以前と変わらず大した興味はなかった。自分の作業中のＰＣ画面から目を離さず、基本的には無視している。〝少しなら話を聞いてやってもいい〟とは言ったが、実際その通りで、それ以上に手伝ったりといったことは一切していない。

「ねえ、ジュリー。今日はこんなＶＲシステムを考えてみたんだ」

私が資料から目を離した隙をついて、姉は語り出した。

「ひとは、誰もが間違う、誰もがすれ違うだろう？　だから、それを許してあげられるシステムという選択肢を、未来の人々には持ってもらったらどうかと思ったんだ。もちろん、間違いやすれ違いを否定はしない。そこからより大きなものが生まれることだってある。

……でも、誰もが強いわけじゃない。だから、選択肢。集積したパーソナルな視点を、誰かに感じてもらえるVRシステムだ。VRによって、誰かの視点や想いを、別の誰かが感じられるようになれれば、ひとはもっと優しくなれるかもしれない。それはまぁ、良いことばかりじゃない……とても痛いことだとも思う。心の痛みまで伝わってくるし、きっと……悪意だって。でも、わかりあえる、という希望があるんじゃないかな」

どう思う、と楽しそうに姉は言い、タブレットの画面で設計図面を見せつつ話し続ける。

その必死さがおかしかった。私は、自分の研究に対しても、ここまでポジティブに向き合えたことはひさしくない。いつからだろう。観測されたデータによって、〝いま〟と〝未来〟のこの世界の在りようを知るたびに熱意が薄れ、冷めていった気がする。その点、未だに純粋に研究が好きで、未来を自ら作ってやろうと楽しそうに構想を語る姉は、もしかしたらすごいのかもしれない。

必死で。詰めが甘くて。失敗ばかりしていて。経験からしか学べなくて。真面目で。努力家で。真っ直ぐで。私のように一足飛びに結果を出せず、試行錯誤してきたからこそ楽しいのかもしれない。

姉と私は違う。彼女がそうだからといって、私がそうなれるわけではないし、変わるつもりもないけれど。その姿を見ていると口の端から笑みが少しだけこぼれた。

「ん?」

「いや、なんでもない」

とても久しぶりに笑った気がした。

「その設計図面の数値、間違ってる。貸してみろ」

私は姉に向かって手を伸ばした。

少しの間をおいて、驚いた様子でぬいぐるみに隠された口元から、笑みのこぼれる音がした。


そこからあの時までどれくらいの時間が経過したか、もうよく覚えていない。

深夜の作業中、唐突に聴こえてきた小さな落下音に私は振り返った。

すぐ後ろのデスクで書き仕事をしていたらしい姉がペンを落としたようだった。姉は気づかず、集中して図面を覗き込んでいる。私も集中していたら気づかなかったかもしれない。ちょうど休憩でも入れようと思っていた頃合いだった。私は、体を伸ばすついでに、床に落ちたペンを拾ってやろうとした。

ぎりぎり……届かない。動くのが面倒だ……くそ、こんな時にもう少し手や指が長かったら楽なんだが……。

ようやく手に取った細身のペンをデスクの上に載せた。

「ほら、落としたぞ」

「ん？　ああ、ありがとう、ジュリー」

姉は驚いたようすで、目元をごしごしと擦った。

寝不足なんだろうとその時は思った。

発足から数年が経過し、姉のプロジェクトは眠るのも惜しくなるような無茶なスケジュールで進行していた。進捗は芳しくなく、まだ〝渋谷〟の影も形も無かった。姉の目指す〝世界〟の再現は、ただ形を模しただけのものでは駄目なのだ。支援者や協力者は焦れ始めて、次第に口うるさく介入するようになり、やれいつになったらできるのか、いつまでも完成しないならリソースの投資に意味はあるのか、などと好き勝手に口走っていた。

まったく、これだからアホどもは……。

確実に研究結果と成果がピッタリ予測できる道なら、自分で歩もうとは思わない。それは、姉も同じはずだ。

だが姉は必死に、周囲を説得し続けていた。精神的にも肉体的にも疲労して当然だ。

細口のコーヒーポットから熱いコーヒーをマグカップに注ぎつつ、私は考えた。

……まあ、たまには不出来な姉をいたわってやるのも悪くない。

私が両手にマグを持って戻った時、コトンと再びペンが落ちる音がした。

姉は少し焦った表情を浮かべて、身を伸ばして自分でペンを取ろうとする。

しかし、床に伸ばされた指先は、ペンから十センチ離れた先で空をないだ。

「あれ？」

驚いた表情で目を擦りながら、何度も姉は手を伸ばす。手は何度も空を掴む。

その動作の意味を悟った時、私は息を呑んだ。

姉の目は見えていなかった。

正しくは、姉の目はすでに視野のかなり広い範囲が見えていなかった。

いつからそうだったのか。そんなこと一言も私には言わなかったじゃないか。

急激に衰えているのは目だけではなかった。

しかも、原因がはっきりしない。

視野狭窄（きょうさく）が目そのものではなく、脳の視覚野の障害であることはすぐにわかった。しかし、血管障害や脳腫瘍の類ではなかった。原因がわからないのに、結果だけは姉の全身に現れている。

「このまま病状が悪化した場合、失明の可能性があります。手足の麻痺が進行すれば、歩行障害を引き起こす可能性も……」

医者の言葉を聞いた瞬間、手に震えが走った。

目が……見えなくなる……？

こいつは何を言っている？

いや、理解はできる。

人間は生ものだ。いつか私も死んで消えるだろう。

だが、彼女はまだ道半ばだ。そんなことが許されるのか。

「体を交換しよう」

溢れた思考で混乱した私は、反射的にこう言っていた。

その場にいる全員が私を見て無言になった。

「……お、おいジュリー……」

「いくよ」

姉の手を引いて病院から出る。怒りに任せて足を踏み出す。右足、左足、細部の動きを意識しながら交互に。

足は重かった。その重さが私を冷静にさせた。姉の手を離し、思考に集中する。

何を言ってるんだ、私は。

バイオ研究もかじっていたとは言え、〝体を交換〟は途方もない話だ。それを行うのにどれだけの解決すべき技術的課題があるのか。

「おい、ジュリー！　待って……！」

何かにつんのめるような音。続く足音で、姉が階段の段差につまずいたことに気づいた。反射的に振り返る。姉は前のめりに転ぶところだった。

両腕を伸ばす。時がゆっくり進んでいるように感じられた。この瞬間、周りの時が止まり、自分だけが動けたら、彼女に手が届いたはずだ。時の流れに逆らうように、私は姉に向かって強く手を伸ばした。

しかし、届かなかった。目の前で、彼女は音を立てて転んだ。

（クソ……私はアホか！）

脇にスロープのある小さな階段で倒れた姉のことを周囲の人々は気づかわしげに見ていた。まるで病人を見る目だ。私は理不尽に苛立った。

「急ぎすぎだよ……ジュリー」

姉の視線は私の動きを追っている。その視界はまだ完全に闇に閉ざされてはいない。まだ、彼女の目には私の姿が映っている。こんな時でも自分より私を案じる目をして。私は姉を支えてゆっくり起こした。

「最近ちょっと目の調子が悪いとは思っていたけど、日常生活や研究には支障ないよ」姉は声を張って言う。「それに、本格的な検査はこれからだ」

確かにその通りだが、強がっているようにしか感じられなかった。

不思議だ。私は姉が回復する姿をまったく想像できなかった。彼女を両腕で支えながら、その重みが消える予兆をすでに感じていた。

姉の不調は急速に進行していった。視野狭窄は悪化し、数週後には歩行に支障が出るようになった。原因は不調が現れた部位そのものではなく、脳にある。そのはずだ。しかし、CTやMRI（核磁気共鳴画像）でも原因は特定できない。手の施しようがない。

検査入院のあいだも研究を続けようとして、姉は私に機材を持ってきてほしいと言ってきた。けれど、私は彼女を止めた。私たちはいつもたくさんの機器に囲まれて研究をしていた。もしもそのどれかひとつが肉体の不調の原因になっていたとしたら？

反論しようとする姉の手を私は握った。目が合うと言葉が出てこない。

「……頑張りすぎだ」

私は視線をそらせて、病室の窓から見える夕焼けの空を瞬きもせず凝視する。

姉は私をまっすぐ見ていた。どんな顔をしていたのかはわからない。

しばらくして、はにかんだように小さく笑う声が聴こえた。

「……地球を逆回転させて、時間を巻き戻してやりたいね」

「なんだよそれ？」

「知らないかい？　昔の映画の話さ」

慰めの言葉だったのだろうか。それとも励ましの？

私も、その映画を見ていたらよかった。そうすれば、あの時、笑いあうことができたかもしれない。

姉は極端に長く眠るようになった。

その時間は次第に長くなっていった。二度と目覚めないのではないかと思うほど。

私は、姉を生きながらえさせるためにあらゆる手段を検討した。かつての自分であれば決してしなかった政治、能力や発想の切り売り、それで得たコネクションを辿り、長期冷凍睡眠（ハイバーネイション）を研究する機関につてを作った。

体の交換にはまだ、技術的課題やら様々な議論が山積みだ。けれど、長期冷凍睡眠はすでに海外の一部の機関で実用化段階に進み、被験者を求めていた。

今の時代で治せなければ、未来までその解決を先送りにすればいい。彼女が目覚めなくなる前に彼女の体に流れる時間を止めて、もっと長い時間を眠ってもらうしかない。

海外にある施設の見学に向かう前日、私は姉の病室を訪れた。姉はちょうど長い眠りから覚めていた。

「最近、よく夢を見るんだ。今のボクたちが作っている街が、未来の人々によって見上げられている姿」

「まだ、できてない」

「そうだね、頑張らなくちゃ」

「ああ、頑張れ」

長期冷凍睡眠は技術的にはすでに何の問題もなかった。

残る問題は金だ。アメリカのハイバーネイション財団は私の能力とこれから数十年におよぶ時間を買う、と言った。書類ひとつにサインするだけで、私がこれからする研究はすべてこの財団のため、私の功績は所長のものとなる。悪くはない。長期冷凍睡眠や人体冷凍保存（クライオニクス）を研究することは、姉を安全に目覚めさせることに繋がる。そして、私が研究をするのは歴史に自分の名前を刻むためではない。

けれど、私は即断できなかった。

契約書をひったくるように研究所を出て、すぐに帰国した。空港に着いたのは夜七時を過ぎていたがその足で姉の病室に向かった。

病室の明かりはついていなかった。

眠っているのだろうと思った。しかし、窓からの月明かりで、姉がベッドから身を起こしていることがわかった。病室のなかに入ると、一拍遅れて姉の目は私を追いかける。

彼女は耳を頼りにして、私の姿を追っていた。もう私の姿が見えないのだ。

「ジュリー？」

まるで自分の視界も完全に閉ざされて、闇に投げ出されたかのような気分だった。

「……いま、いつだい？　ずいぶん長いこと眠ってしまった気がする。ジュリーが〝頑張れ〟って言ってくれてから、二週間は経ってるような……そんな気がするんだけど、今……何月何日？」

「……そんなに長いあいだ、ここを離れるわけないだろ」

たったの三日離れていただけなのに。

時間感覚の異常。私は平気なふりをするだけで精一杯だった。

姉の細い腕を取った。その腕に生きているものの重みはもう感じることができなかった。

このままでは、姉は遠からず死ぬ。そう直感した。

姉が一体何をした？　どんな悪いことをした？　私ならまだしも。

なにも間違いを起こしたわけじゃない。何も失敗していない。なのに、何故？

迷っている時間はなかった。私はすぐに財団に連絡を取り、手続きを始めた。準備が整い次第、財団に向かえるように姉にも計画を話した。

「ありがとう」姉は微笑んだ。「……でも、間に合わないと思う。なんとなく、そんな気がするんだ」

「……やってみないとわからない。それに、なんとなくって……いつもいい加減なことばかり言いやがって。だから、甘いんだ。いつもいつも、中途半端」

暗闇の中で怒る私の声を聞いていた姉はやがて表情に驚きを浮かべた。手で私の顔に静かに触れ、額から瞼、鼻、頬、口と触れて、そのあたたかい指先をゆっくりと離した。

「ありがとう。ジュリー」

そして優しい表情で、首を傾げて笑うのだ。

なんだよそれ。

やめろ、むかつく。

まだ、間に合わないかどうかなんてわからないだろう。

私はサンフランシスコへの直行便を手配した。

時間を止めたい。この時ほどそう思ったことはない。

人の手による制御を受け付けない、超越者のように振る舞う時間そのものが憎かった。

出発の前夜、姉は少し話したあと眠りに落ちて、そのまま目を開けなかった。

長期冷凍睡眠の準備が、間に合うことはなかった。

もう世界のどこにも、姉はいない。

＊

呼吸を正常に戻しながら、目を開ける。

世界は横に傾いている。いつのまにかラボの床に倒れていたらしい。

こめかみは触れた床の冷たさを感じることはなく、ただ接触していることだけが鈍く捉えられる。老化した全身の皮膚は、もう百年以上前に人工的なスキンに交換してしまった。

その時に触覚のレベルは補正した。痛覚や温度感覚は感じないようになっている。

両腕を使って、世界の傾きを正した。研究室の壁を覆うように配置した植物や鉱石やケースの中の昆虫に、無言で視線を投げかけられているような気がした。

見るんじゃないよ。

さっきまで倒れていた床には、血が点々と落ちていた。

私の体はすでに大半が人工物に換装されている。不調の出た部位からひとつずつ置き換えていったのだ。そうすることで、長い時間を生きながらえてきたのだが、もう限界。そう思い始めてからすでに十五年は経ち、ついに時間の悪魔が借りの取り立てに来たようだった。

決めねばならない。

脳も含めた完全電子機械化だ。

できる、というのはわかっていた。電子化した生命という例だって、全くないわけじゃない。

だが、それが果たして〝私〟たり得るだろうか。

私には、それが重要だった。

電子機械化を果たした私が、〝私〟であると言ったところで、それが私であるという保証はない。意識の同一性を一体誰が保証できる。私自身にすらそんなことはできない。

それに脳を完全電子化した場合、自分が、肉体に依存していた世界の捉え方は、更新されてしまわないだろうか。それが自分を自分たらしめていた部分を変えてしまわないだろうか。人間はあらゆるものをその頭脳で解釈し、それを外側から解釈する他者も、またその頭脳によって外界を解釈する。だから、齟齬というものは永久に存在する。

誰にも、私の連続性の保証などできない。

結局、まだうだうだ考えている自分が情けなくなってくる。答えは出ているはずだ。

私はなぜ生きながらえる？

数えきれないほど自問してきた言葉をまた自分に投げかけながら、私は部屋の壁の半分を埋めている図形と数式の羅列を見つめていた。

あのとき私は〝もう世界のどこにも姉はいない〟と感じていた。

だが、しばらくして、それは間違いであることに気づいた。

まだこの世界に、姉はいる。この数式と図形は、それを解き明かすための研究の一部だ。

数式の羅列された壁の手前、ふたつ椅子のあるテーブルの片側の椅子に、私と同じ顔をした人形が目を閉じて座っていた。完全電子化のための私の新しい体。すべらかな首と背中のあいだからケーブルをいくつも伸ばしている。肌にはこだわった。ビスクドールのように美しくすることもできたが、有機素材で、少し暖かく感じられるようにしたかった。

もう、次の体はできている。あとは、実行するだけだ。

私はバックアップ処理に使用していたケーブルを床から拾い、自分の首と背の間の端子に挿し込んだ。

「パティ」

「OK」

人工拡張認識結晶（AARC）は無感情に小気味良い返事を返した。

言葉による伝達は不要だ。私の指示は部屋の無線を介して、電子情報で伝わっている。

だから、声に出して呼びかける必要も本来はない。なんとなく自分が納得するための合図のようなものだった。

次にまた時間をかけて電子生命体をつくる時は、ジョークぐらいは言えるような奴にするか。

伝わりすぎるのも味気ない。

テーブルを挟んで、ドールと向い合せの椅子に座る。

ドールの頭蓋からは、少し掠れた機械音が鳴り響いている。この部屋で機械が動く音はこれだけだ。バックアップ処理を行う機械の本体は、ここには設置していない。

頭痛がひどい。

耳からまた何かが滴っているようだった。

体を電子化する処理は、脳にかなりの負荷がかかる。

処置後は、今の自分……というよりオリジナルの自分は機能を停止しているだろう。

魂を吸われていく私は、脳髄からケーブルを通して限りなく引き延ばされたような感覚を感じる。

そしてその過程でバックアップストレージ内の大量の〝私〟の声が聴こえてきた。

今まで定期的にバックアップされてきた、大勢の〝私〟。

皆、好き勝手なことを叫んでいる。


「意識の所在は記憶」

「意識は指先の皮膚にすら在る」

「体が無くなっちゃったら違う人じゃないか」

「自分が肉体に依存していた世界のとらえ方が更新されてしまったら、更新された自分というものは果たしてその先も自分たり得るのか」

迷いの象徴のような散文的な自分が嫌だった。

目を固く閉じた。情報のすべてをシャットアウトしてしまいたいと思った時、姉の声が聴こえた。バックアップデータのなかの姉との記憶だった。

＊

それは病院の屋上で、姉とふたりでいた時に語られた言葉だった。

「ボクは、研究とは、気づくためのこと、だと思ってる。ボクらには、あまりにも知らないことが多すぎるだろう。小さなことすら、まだ気づけていないことが沢山ある。それらに気づきさえすれば、容易に認識できることはもっといっぱいあると思うんだ。足元の地面の質感や影の色。あの遠くのマンションから漏れる窓の光、それらは自分にとってあまり大した意味がないように思えるかもしれないけど、気づくことで誰かの想いを知ることができることだってある」

私が顔を上げて姉が伸ばした掌の先を見ると、彼女は嬉しそうにふふっと笑った。

そこには青空が広がっていた。

「ニュートンは落ちるリンゴをみて、月や星々にも重力があるかもしれないという気づきを得た。もしかしたらボクたちがまだ超えられていない時の法則ですら、たったひとつの小さな気づきで、容易に、そして意識的に超えることだってできるかもしれない」

その瞳は晴れた空の向こうに吸い込まれるようだった。

懐かしそうに空を見る、その眼差しの理由は私にはわからない。

「人は時を戻せるわけじゃない。誰しもに平等に時は流れる。決してその期限は平等なんかじゃないけれど、ボクはボクの時間をこうやって使いたい」

車椅子の姉は青い空の一点から目をそらさず、見つめ続けていた。

＊

散文的なバックアップの〝私〟たちがまだ言葉をやめない。

「我思うゆえに我在るのか」

「新陳代謝で変化し続けることは自滅と再生によって肉体と意識をアップデートすることに他ならないのならば、その先が電子的なものでもその道に変化はない。私という流れの上で、私は私たり得る」

「私の体や脳は、記憶と私の意識を運ぶための乗り物だ」

「舟だ」

「体は私の意識の箱舟」

私は踏み込む。

もう限界だから、というだけじゃない。気づきを得られるかもしれない。

姉は〝間違いやすれ違いから、より大きなものが生まれることだってある〟と言っていたが、私には未来をより良くする力なんていうものの存在を信じることができない。

そんなもの、あるわけない。

死んだら、死んでしまったら、もうそれで終わりなんだよ。

私は過去を後悔する。命をさらった時を恨む。いくら時間がかかっても構わない。

そんなもの、破壊してしまえばいい。

まだこの世界に姉はいる。

時の概念を超えた先に。

だがそれに生の体はついてはいけない。生ものはいずれ腐る。

いつまでも、時間は自分を縛り付け、老い、劣化させていく。

確かに〝いま〟人間は時間的存在だ。ならばその〝いま〟の概念を変えてやるんだ。

私は、私自身の〝いま〟を解読(デコード)する。

この戦いにはまだ時間が必要だ。

生も死も、時間の悪魔に支配されている。

私は抗(あらが)う。支配なんてされてやるものか。

そう決意しながら、私は自分の意識が永久に細く引き延ばされ、裂かれていく感覚に身を任せた。

長いこと、その部屋に響いていた少し甲高い機械音がやみ、静寂が訪れた。

赤い花、紫の鉱石、ケースの中の虫、二羽の鳥。

そのいずれもが、部屋のテーブルの両側の椅子に座る、同じ顔をした人形を音を立てず見つめていた。

人形たちは、ゆっくりと、同じ動きで目を開く。

そして途中だった長い会話を続けるかのように、互いに挨拶を交わした。

「……ハロー、〝ジュリィ〟」

「バイバイ、〝ジュリー〟」

ALTDEUS
:Beyond Chronos
ROUNDTABLE

巻末付録

『ALTDEUS』スタッフ座談会

ディレクター　柏倉晴樹

総合プロデューサー　岸上健人

ゲームデザイナー/ストーリーチーム　松岡希弥

■VRゲームで物語を描くこと

柏倉　VRアドベンチャー『東京クロノス』の開発の終盤ごろ、会社で次のVRゲームの企画について話していたときに、『東京クロノス』の未来にこんな世界があったら面白いんじゃないか……と話を広げていったのが、『アルトデウス』の始まりでした。

岸上　監督からいただいたアイデアをもとに企画書を作って、「巨女・SF・歌姫」というのが企画時の三本柱でした(笑)。VRの世界って巨大なものを描きやすいんですよね。

柏倉　CGで出来ているために、立っている世界や向き合う相手、自分自身のスケールもすべて変形が可能ですから。かつて比較的多くの作り手がVRに対してやっていたのは、現実世界のスケールをそのままVRの世界に持ってくることでした。でも自分はCGでアニメーションを作ってきて、そのCGでフィクションを作れることがわかっていたから、その先の新しいことを試してみたかった。たとえば山ぐらいに大きなキャラクターが踊っていたら面白いんじゃないか……という感じで、アイデアを膨らませていきました。

岸上 同じVRアドベンチャーゲームでも、前作『東京クロノス』はミステリで、『アルトデウス』はSFです。ジャンルが変わったことによる開発面での違いはありましたか？

柏倉 ミステリよりもSFのほうが大変ですね。いまこの現実から模倣できるものが少ないので、新しく考えなければいけない舞台設定が多かった。そのぶん想像の余地も広くて、シナリオに入っていただいた作家さんたちの知恵もたくさんお借りしました。

松岡 世界観は設定を詰める部分もそうですが、作品を通して伝わるようにするのも大変でしたよね。セリフだけでは伝わらない内容も多いので、作中のホログラムやAR・VRの表現、フレーバーテキストなどの細かなところに設定を盛り込んでいったりと。

岸上 開発中に、監督が「VR上ならARを完璧に実装可能かもしれない」とおっしゃっていたのが印象的でした。現実ではARを実装するためにはスマホやメガネがいるけど、VRだったらそのなかでガジェットなしのARが実現した世界を描くことができる。

柏倉 『東京クロノス』のとき、作中のUIを見た方に「こういうのARっぽいよね」と言われたことがありまして、たしかにそうだなと。現実世界でもAR技術は浸透してきていますし、ARを描いた小説や映画も昔からありますが、それをいちばん取り入れないといけないのは、体験として表現できるVRの世界だよね、と思っていました。

　VRゲームでは、その世界に入ったプレイヤーに対して「わたしは何者なのか」という定義が重要視されます。そしてできるだけゲームのメタ感は排除して「この世界は自分のものだ」というリアリティを得てほしい。キャラクターと一体になって、その人生を感じてほしい。だからメニュー画面にしろ選択肢の表示にしても、できるだけその世界に実在するAR技術として、世界設定でちゃんと定義したかったんですよね。実際に挑んでみると開発にはだいぶ苦戦しましたが（笑）。

松岡　そうですね、ゲーム開発としてはシナリオが完成してからのほうが大変でした。最初はゲーム内で「アリアドネ」と呼ばれているフローチャート機能もなかったんですよね。VRを活かした探索パートも後から追加したもののほうが多いのですが、単純に機能だけを追加するとシナリオになじまなくなって、世界観と距離が生まれてしまう。それをUIや追加したシナリオで補完していくことはかなり意識しました。

　例えば「アリアドネ」はギリシャ神話で英雄の怪物退治を助ける娘、「アリアドネの糸」は迷宮のなかの道しるべですよね。シナリオにも重要な言葉として組み込んでいるし、関係性のモチーフのひとつにもなっています。その設定をゲームデザインに拡張していくイメージで、世界の一部となるようにフローチャート機能や探索の流れは作っています。

岸上　ゲーム内でのリアリティに説得力をもたせるのは結局のところ「言葉」なのだなと思っています。VRで表現しやすいものとして一人称視点がありますが、これは小説でも同じというか、小説は一人称視点を最も魅力的に表現できるメディアの代表ですよね。以前ソニーから『やるドラ』というアドベンチャーゲームシリーズが出たことがあって、そのときのキャッチコピーが「みるドラマから、やるドラマへ」だったんですが、それになぞらえてうちのゲームもファンの方から「やるアニメ」だと言われたことがあります。一人称で動かす体験型の、インタラクティブな想像力。さらに他のファンの方には、『アルトデウス』はある意味究極の一人称視点VRゲームでありプレイするというより「演じる」という感覚に近い、という言葉をいただいたことまであります。

柏倉　アニメや漫画って画面のフレームという境界があって、だからこそ多くの演出的技法が発展してきたということもあるんですが、小説にはそれがない。いくらでも想像力で余白を埋められる体験型のメディアだと思っています。VRの仕事を始めることになったとき、いちばん物語を人に感じてもらい、没入してもらうにはどんな方法がいいのかと考えましたが、やはり小説という表現スタイルの強さは侮れないと思いました。

岸上　うちの会社（MyDearest）は創設時からアドベンチャーゲームを開発してきて、ストレートエッジの三木一馬さんにアドバイザーとして入っていただくなど、出版業界の方々からもエンタメの方法を学ばせていただいてきました。だからこそ『アルトデウス』でもプロの小説家の方々に入っていただきましたし、結果として今回のノベライズのような企画とも相性がよかった。小説はゲームよりも遥かに歴史が長くて、物語の没入にいちばん最適化されたメディアだと考えています。

文字とVRって一見離れた表現ですけど、制作側からすれば、ゲームの設定面を文字で表現できれば、コスパがすごくいいんですよね。シナリオに力があれば、物量も描ける。『アルトデウス』はプレイ時間が世界で最も長いVRゲームのひとつだと思うんですが、それは言葉の力をちゃんと使えているからと思います。

松岡　VRゴーグルを使って遊ぶぶん一人称に強いのですが、それはつまりカメラ目線が固定されるということですからね。視点が定められたぶん、制作側からするとプレイヤーの心を動かしたいシーンで誤魔化しがきかないんですよね。

柏倉　VRはやろうと思えば世界の全部を描けてしまいますが、それは技術的・予算的な限界もある。それをたとえば文字で補える想像力とどう合わせ技にしていくか考え甲斐があるところですね。まだ研究しきれていないですが、余地があるからこそ面白い。

岸上　VRって「体感」を重要視するものが多いのですが、僕らがやっていることは肉体的な体感というより、心の感動という意味での体感なんですよね。心感というか。小説に没入するのは想像力がいりますが、VRゲームはプレイを始めた瞬間から文字通りその世界に入ってしまうから、物語にも没入させやすい。

柏倉　小説から映画、ゲームにいたるまで、あらゆる物語は誰かの人生を追体験する装置として作られてきたと思っています。人は誰しも自分の人生を一度しか体験できませんから。VRもその表現手法の最先端に位置するものとして、人々に自分ではない別の誰かの人生の追体験を楽しんでいただいて、そしてその方々の本当の人生を少しでも豊かにできれば良いなとも思っておりますし、それが重要だと思っています。

松岡　私はその点に関してはちょっと別軸の考えを持っていて、物語は共同体の幻想を共有するためのツールだと思っています。自分の近くにいる異なる視点を持つ他者と、神話や物語を通して、世界観や世界の恒常性を保証しあってきたんだと。主観視点を共有できるようになった時代における物語の意義をよく考えるのですが、こういった考えもXRでの表現に生かしていけたら嬉しいなと思ってます。

■心を〝体感〟するゲーム

岸上　監督が今回シナリオ面で参考にした作品はありますか。

柏倉　『アルトデウス』では主人公のクロエが、アニマやノアといった自分とは——人間とは異なる存在とどう向き合っていくか、ということがテーマのひとつになっています。そのあたりは弐瓶勉さんの漫画『シドニアの騎士』やアニメの『新世紀エヴァンゲリオン』、ゲームの『アーマードコア』シリーズの影響が大きいです。それと巨大な女性のイメージは〈ハルタ〉に掲載されていた真冬麻里さんの読切漫画「メガリスは最果ての人」が素晴らしくて、大きな刺激を受けました。あとはグレッグ・イーガン『ディアスポラ』とか、筋肉少女帯の音楽ですね（笑）。結局のところ、人間の話をやりたかった。

岸上　作中のキャラクターでは、最初に設定が固まったのがジュリィでしたよね。

柏倉　ジュリィは明確な答えは描かれていませんが、『東京クロノス』からの繋がりを連想させるキャラクター造形になっています。企画のきっかけになった話し合いのときから、彼女が地下都市でメカを作っている……ということは決まっていました。研究者としては間違いなく優秀なのですが、姉と比べても人の心がわからない性格で、大きな欠落を抱えている。ビジュアルは球体関節人形みたいなイメージだとどうだろう……とＬＡＭさんとかなり相談しながら決めていって、素晴らしいデザインに仕上げていただきました。

岸上　『アルトデウス』の世界にとって最重要の科学者であり、今回の短篇集に共通する登場人物にもなっています。今回の小説において松岡さんは、柏倉監督の担当箇所の文章を整えるサポートをされたりプロローグや幕間の文章を書かれましたが、ジュリィという人物についてどのようなことを感じられましたか。

松岡　ジュリィは単純なマッドサイエンティストのように見えて、そのじつ複雑なパーソナリティの持ち主ですよね。「キャラクター」としてではなく、ひとりの人間として『アルトデウス』作中の彼女を見て、そこに至るまでの過去に思考を巡らせた時、最後まで遊ばれた方のなかでも多少ひっかかりを感じる部分があったんじゃないかなと思います。悪い意味ではなく、そこに彼女の分水嶺となった「物語」を感じるだろうという意味で。要するに、ゲームを遊んだ方にも想像の余白が多い人物なのですよね。今回の小説はその余白をすこしだけ紐解いたものですが、ジュリィの抱えていた問題、身体特性と記憶、意識に関すること、自我の同一性については、私も以前から考えていたことだったので、楽しく描くことができました。

岸上　ゲームのシナリオはジュリィが固まってから、主人公のクロエや、コーコ、ディターといったメインキャラが作られていきました。

柏倉　この三人は、自分が学生時代のころから考えていたキャラをミックスしたものですね。はっきりクロエとコーコの物語にしたのは、軸となるキャラクターを新しく設定したかったからです。この二人で話の芯を立てたことでゴールが決まって、シナリオ制作のための大きな軸としました。

岸上　クロエとコーコも、ジュリィと姉もそうですが、恋愛ものともちょっと違う、登場人物たちの強い関係性はプレイヤーの方々からも人気です。

柏倉　メインキャラで男女を配置すると、その瞬間にわかりやすいボーイミーツガールになってしまうというか、物語の始まりと終わりが決まっちゃうような肌感覚がありました。そうじゃないところでの、心の関係性を描きたかった。

岸上　そこは先ほどお話しした、「心の体感」というコンセプトとも合いますね。

柏倉　クロエとアニマ、ノアの関係性もそうですし、本当は人間同士ですら、わかりあうことはとても難しいと思っています。理解できない相手は互いが怪物みたいに見えているかもしれなくて、『アルトデウス』のメテオラはそのメタファーでもありますね。壁を突破しないと相手の理解を得られないかもしれないし、突破したとしても永久にわがままを通し合うしかない。たとえばヤマトがクロエのことを心配しているのも、見方によっては彼のわがままですから。お互いのわがままを通し合って、それを受け入れること、それが「思いやり」と呼ばれているもののひとつなのかなと。自分の意志を貫いて互いにわがままを通し合い、受け入れ合う——というのも、物語を通して描きたかった人物たちの変化です。

岸上　主人公であるクロエが最後に我を貫くところが好き、というのは作家の入間人間さんにもご本人のカクヨムでの連載の中で高評価いただけました。他者との関わり、心の向き合い方、というのはある意味すごく原初的なテーマだと思います。

松岡　理解しあえない他者との関わりを通して、主人公の精神的な自立を描くというのも文芸や映像では普遍的なテーマですよね。

柏倉　物語は演出もふくめて古典的なセオリーを踏まえていて、そこから際立って特別なことはしていないんですよね。インターフェイスをVRに特化した形に変えているだけで。

岸上　文芸や映像が築いてきた文化をVRゲームに持ってくるだけでも新しい作品はたくさん作れると思います。ただそこで気を付けなければいけないのは、VRで表現——というか「体感」できる形に、しっかりと翻訳しなければいけないことですね。

柏倉　いま普及しているスタンドアロンのVR機器は『アルトデウス』が対応している三万円代で買えるOculus Quest 2を筆頭に非常に入手しやすくなりましたが、家庭用ゲーム機に比べればまだ主に表示スペック不足で、技術面での制約も多く、だからこそ工夫のしどころだなと思っています。たとえば3Dの最小単位であるポリゴンは三角形なんですが、

『アルトデウス』のなかでは三角形を印象的なモチーフとしてちりばめました。負荷対策にできることを、そうと見えないように演出面で補っている。スペックから逆算することで生まれるデザインや設定の面白さもあると思います。

岸上　技術が進歩すればできることも増えるかもしれませんし、より多くの費用がかかるようになって大変になっていくかもしれない。『東京クロノス』や『アルトデウス』の表現も、あくまで現時点での我々ができる最適解として作っています。

柏倉　VR機器の進歩としては、VRゴーグルを付けたとき、普通に目で見ているのと変わらないレベルの視界が映る……という未来がそのうちやってくると思うんですよね。そうすると、現実世界とAR・VRをシームレスに入れ替えることができる。MR（複合現実）と言われることもありますが、それを使ってフィクションの世界にあるとされているものが、こちら側にくる未来があるかもしれない。いつか自分がいる世界と、フィクションの世界との境界線をなくしてしまいたい、という気持ちはあります。そのあたりの欲望は、小さい頃に読んだ漫画『バーコードファイター』の影響が結構大きいのかもしれませんね（笑）。

（二〇二一年一月十二日／於・MyDearest）

本書は、書き下ろし作品です。

裏世界ピクニック
ふたりの怪異探検ファイル

宮澤伊織

仁科鳥子（にしなとりこ）と出逢ったのは〈裏側〉で〝あれ〟を目にして死にかけていたときだった――。その日を境にくたびれた女子大生・紙越空魚（かみこしそらを）の人生は一変する。実話怪談として語られる危険な存在が出現する、この現実と隣合わせで謎だらけの裏世界。研究とお金稼ぎ、そして大切な人を捜すため、鳥子と空魚は非日常へと足を踏み入れる――気鋭のエンタメ作家が贈る、女子ふたり怪異探検サバイバル！

ハヤカワ文庫

裏世界ピクニック2
果ての浜辺のリゾートナイト

宮澤伊織

季節は夏、空魚と鳥子は互いの仲を深めながら探検を続けていく。きさらぎ駅に迷い込んだ米軍の救出作戦、沖縄リゾートの裏側にある果ての浜辺、猫の忍者に狙われるカラテ使いの後輩女子――そして裏世界で姿を消した鳥子の大切な人、閏間冴月の謎。未知の怪異とこじれた人間模様が交錯する、SFホラー第2弾！

最後にして最初のアイドル

草野原々

〝バイバイ、地球――ここでアイドル活動できて楽しかったよ。〟SFコンテスト史上初の特別賞&四十二年ぶりにデビュー作で星雲賞を受賞した実存主義的ワイドスクリーン百合バロックプロレタリアートアイドルハードSFの表題作をはじめ、ソシャゲ中毒者が宇宙創世の真理へ驀進する「エヴォリューションがーるず」、声優スペースオペラ「暗黒声優」の三篇を収録する、驚天動地の作品集！

ハヤカワ文庫

revisions 時間SFアンソロジー

大森望編

突如、渋谷の街とともに三百年以上先の時代へと転送されてしまった高校生たちの運命を描く話題のSFアニメ「revisions リヴィジョンズ」。同様に、奔放なアイデアと冷徹な論理で驚愕のヴィジョンを体感させる時間SF短篇の数々――C・L・ムーア「ヴィンテージ・シーズン」から、津原泰水「五色の舟」まで全6篇収録。

楽園追放 rewired
サイバーパンクＳＦ傑作選

虚淵 玄（ニトロプラス）・大森 望 編

劇場アニメ「楽園追放-Expelled from Paradise-」の世界を構築するにあたり、脚本の虚淵玄（ニトロプラス）が影響を受けた傑作ＳＦの数々――Ｗ・ギブスン「クローム襲撃」、Ｂ・スターリング「間諜」などサイバーパンクの初期名作から、藤井太洋、吉上亮の最先端作品まで、八篇を厳選して収録する。「楽園追放」の原点を探りつつ、サイバーパンク三十年の歴史に再接続する画期的アンソロジー。

誤解するカド

ファーストコンタクトSF傑作選

野﨑まど・大森 望編

羽田空港に出現した巨大立方体「カド」。人類はそこから現れた謎の存在に接触を試みるが――アニメ『正解するカド』の脚本を手掛けた野﨑まどと評論家・大森望が精選したファーストコンタクトSFの傑作選をお届けする。筒井康隆が描く異星人との交渉役にされた男の物語、ディックのデビュー短篇、小川一水、野尻抱介が本領を発揮した宇宙SF、円城塔、飛浩隆が料理と意識を組み合わせた傑作など全10篇収録

ハヤカワ文庫

ファンタジスタドール イヴ

野﨑まど

「それは、乳房であった」男の独白は、その一文から始まった——ミロのヴィーナスと衝撃的な出会いをはたした幼少期、背徳的な愉しみに翻弄され、取り返しようのない過ちを犯した少年期、サイエンスにのめりこみ、運命の友に導かれた青年期。性状に従った末に人と離別までした男を、それでもある婦人は懐かしんで語るのだ。「この人は、女性がそんなに好きではなかったんです」と。アニメ『ファンタジスタドール』前日譚

ハヤカワ文庫

ゲームの王国(上・下)

小川 哲

〈日本SF大賞・山本周五郎賞受賞作〉ポル・ポトの隠し子とされるソリヤ、貧村に生まれた天賦の智性を持つムイタック。運命と偶然に導かれたふたりは、一九七五年のカンボジア、バタンバンで出会った。テロル、虐殺、不条理を主題とした規格外のSF巨篇。解説/橋本輝幸

ハヤカワ文庫

虐殺器官〔新版〕

9・11以降、〝テロとの戦い〟は転機を迎えていた。先進諸国は徹底的な管理体制に移行しテロを一掃したが、後進諸国では内戦や大規模虐殺が急激に増加した。米軍大尉クラヴィス・シェパードは、混乱の陰に常に存在が囁かれる謎の男、ジョン・ポールを追ってチェコへと向かう……彼の目的とはいったい？　大量殺戮を引き起こす〝虐殺の器官〟とは？　ゼロ年代最高のフィクションついにアニメ化

Cover Illustration redjuice

ハヤカワ文庫

ハーモニー〔新版〕

伊藤計劃

二一世紀後半、人類は大規模な福祉厚生社会を築きあげていた。医療分子の発達により病気がほぼ放逐され、見せかけの優しさや倫理が横溢する〝ユートピア〟。そんな社会に倦んだ三人の少女は餓死することを選択した――それから十三年。死ねなかった少女・霧慧トァンは、世界を襲う大混乱の陰に、ただひとり死んだはずの少女の影を見る――『虐殺器官』の著者が描く、ユートピアの臨界点。

ハヤカワ文庫

HM=Hayakawa Mystery
SF=Science Fiction
JA=Japanese Author
NV=Novel
NF=Nonfiction
FT=Fantasy

ALTDEUS: Beyond Chronos
Decoding the Erudite

〈JA1473〉

二〇二一年二月二十日　印刷
二〇二一年二月二十五日　発行
（定価はカバーに表示してあります）

著者　小山恭平　柏倉晴樹　カミツキレイニー　高島雄哉
発行者　早川浩
印刷者　西村文孝
発行所　株式会社　早川書房
郵便番号　一〇一-〇〇四六
東京都千代田区神田多町二ノ二
電話　〇三-三二五二-三一一一
振替　〇〇一六〇-三-四七七九九
https://www.hayakawa-online.co.jp
乱丁・落丁本は小社制作部宛お送り下さい。
送料小社負担にてお取りかえいたします。

印刷・精文堂印刷株式会社　製本・株式会社フォーネット社

ISBN978-4-15-031473-6 C0193

本書は活字が大きく読みやすい〈トールサイズ〉です。